21 contos e crônicas do romantismo brasileiro
escolhidos e apresentados por Ricardo Lísias

21 contos e crônicas do romantismo brasileiro escolhidos e apresentados por Ricardo Lísias

TORDESILHAS

Copyright da seleção e apresentação © 2011 by Tordesilhas

Todos os direitos reservados. Nenhuma parte desta edição pode
ser utilizada ou reproduzida – em qualquer meio ou forma, seja
mecânico ou eletrônico –, nem apropriada ou estocada em sistema
de banco de dados, sem a expressa autorização da editora.

O texto deste livro foi fixado conforme o acordo ortográfico
vigente no Brasil desde 1º de janeiro de 2009.

FIXAÇÃO DE TEXTO Cristiano Diniz
REVISÃO Beatriz de Freitas Moreira e Carmen T. S. Costa
CAPA E PROJETO GRÁFICO Kiko Farkas e Adriano Guarnieri/Máquina Estúdio

1ª edição, 2011

Dados Internacionais de Catalogação na Publicação (CIP)
(Câmara Brasileira do Livro, SP, Brasil)

> 21 contos e crônicas do romantismo brasileiro / escolhidos e apresentados por Ricardo Lísias. –
> São Paulo : Tordesilhas, 2011.
>
> ISBN 978-85-64406-12-4
>
> 1. Contos brasileiros - Coletâneas 2. Crônicas brasileiras - Coletâneas I. Lísias, Ricardo.

11-07247

CDD-869.9308

Índice para catálogo sistemático:
1. Contos : Antologia : Literatura brasileira   869.9308
2. Crônicas : Antologia : Literatura brasileira   869.9308

2011
Tordesilhas é um selo da Alaúde Editorial Ltda.
Rua Hildebrando Thomaz de Carvalho, 60
04012-120 – São Paulo – SP
www.tordesilhaslivros.com.br

Sumário

Apresentação   7

Contos

Machado de Assis   15
Frei Simão   17
O relógio de ouro   27
A chinela turca   37
Quem não quer ser lobo...   49
Ponto de vista   81

Álvares de Azevedo   101
Uma noite do século   102
Solfieri   107
Bertram   113

Bernardo Guimarães   129
A dança dos ossos   130

Crônicas

Joaquim Manuel de Macedo   153
Memórias da rua do Ouvidor (excertos)   154

José de Alencar   194
Ao correr da pena (excertos)   195
Rio, 17 de setembro de 1854   195
Rio, 29 de outubro de 1854   199
Rio, 1º de abril de 1855   206
Rio, 13 de maio de 1855   214
Rio, 21 de outubro de 1855   223

Manuel Antônio de Almeida   228
Fisiologia da voz   229
O nome   234
O riso   238
A independência dos jornais   242
As flores e os perfumes (lenda oriental)   245
Uma história triste   248

Sobre o organizador   252
Cronologia do romantismo brasileiro   253
Referências bibliográficas   255

Apresentação

Apresentamos a seguir alguns contos e crônicas dos escritores mais importantes do romantismo brasileiro. A antologia é aberta com os contos de Machado de Assis, que então dava os primeiros sinais do grande escritor que se tornaria ao deixar a estética romântica para trás e inaugurar no Brasil o realismo, continua com Álvares de Azevedo e Bernardo Guimarães, avançando depois com as crônicas de Joaquim Manuel de Macedo e José de Alencar, para fechar com o nome de Manuel Antônio de Almeida, eternizado por causa das inesquecíveis *Memórias de um sargento de milícias*. São três escritores para cada gênero, totalizando mais de vinte textos. Alguns autores, como Bernardo Guimarães, aparecem com um texto, enquanto outros, caso de Machado de Assis e José de Alencar, são representados por cinco. O critério foi a relevância do gênero dentro da obra e também a constância com que eles o praticaram.

No que diz respeito à prosa, o romance foi o gênero cultivado com mais cuidado pelos românticos. Além do já citado *Memórias de um sargento de milícias*, basta lembrarmos de títulos como *A moreninha* ou *O guarani* para que isso fique muito claro. Aliás, é possível dizer que o romantismo foi o momento em que o romance começou a tomar força no Brasil, para ter o realismo como um de seus auges e depois o século XX como um momento de confirmação da nossa veia para a prosa longa.

Ainda assim, o conto e a crônica românticos servem como um bom material de leitura, já que oferecem um material variado e ilustrativo tanto de cada um dos autores, como do movimento cultural por que o Brasil vivia. As crônicas, por exemplo, demonstram a preocupação dos autores com o trabalho com a imprensa, então surgindo no Brasil. O conto, por sua vez, apresenta inquietações estilísticas e ajuda a instalar o autor em filiações e concepções estéticas.

Um bom exemplo são os três textos de Álvares de Azevedo. Embora possam ser lidos de maneira independente, eles fazem parte do conjunto publicado como *Noite na taverna*. São textos densos e lúgubres, que não escondem a filiação ao romantismo europeu, então uma das leituras obsessivas do autor, talvez um de nossos românticos mais característicos.

Já o texto de Bernardo Guimarães, que não tinha o conto como um dos gêneros preferidos, mistura elementos do romantismo europeu com aspectos locais, criando um regionalismo muito particular. O sabor dos famosos "causos", tão caracteristicamente nossos, mistura-se ao tom sombrio da época, resultando em um texto híbrido bastante particular. De qualquer forma, o autor de um título tão ligado ao romantismo como A *escrava Isaura* acabou anunciando o regionalismo que viria depois no Brasil.

Machado de Assis deve ter sido um dos contistas mais prolíficos da literatura brasileira. Aliás, "escrever muito" nunca foi um problema para ele, que enxergava a literatura como um trabalho profissional. O principal da obra machadiana é a prosa de ficção: nos momentos altos, seus contos e romances estão entre os mais bem-acabados da segunda metade do século XIX – falando aqui de toda a literatura universal.

Enfeixamos apenas contos que foram escritos durante a sua primeira fase, que coincidiu com o período romântico. Todos os cinco contos apresentam inquietações formais, traduzidas tanto pela variação estilística, mais sutil, como com o trabalho intenso com a figura do narrador, aliás um dos pontos mais fortes de Machado de Assis.

"Frei Simão", o primeiro texto do bruxo do Cosme Velho que reproduzimos, complementa-se de alguma forma com "Ponto de vista", o último. Nesse, um conjunto de cartas trocadas por algumas personagens deixa entrever relações cheias de desconfianças e mal-entendidos. Desde já, Machado de Assis está compondo uma sociedade em que o interesse e a hipocrisia dão a nota. Em "Frei Simão", a trama é conduzida pelas revelações de um documento a que o narrador teve acesso. Nele, descortinam-se relações e fatos desconhecidos. O centro, nos dois casos, é machadiano: nunca saberemos bem o que está acontecendo.

O leitor, porém, não deve ler os contos de Machado de Assis que reproduzimos aqui como uma espécie de amostra de menor alcance dos grandes textos que ele produziria. Longe disso, os cinco contos são exemplos bem-acabados de um escritor que desde o começo cultivou as mesmas questões, retrabalhando-as de várias maneiras, segundo as exigências do gênero e da época. Os contos de Machado de Assis, dessa forma, estão entre os melhores do romantismo brasileiro.

Comparando-a com exemplos posteriores, a crônica teve alguma modificação. Com relação à temática, o leitor irá perceber que os autores selecionados tinham grande apreço pelo registro histórico. O texto historiográfico é característica do romantismo, no caso muito bem representado pelos de Joaquim Manuel de Macedo. Tratando de uma rua particular do Rio de Janeiro, de sua arquitetura e personagens, o autor acaba criando um microcosmo que reflete boa parte da vida da corte.

José de Alencar impõe questões políticas às suas crônicas, às vezes carregando no sarcasmo. A intenção historiográfica aparece, mas fica um pouco diminuída diante do viés polêmico. Alguma galhofa pode ser encontrada nos textos, por exemplo no que se refere à "questão das custas". A propósito, o mesmo vale para Manuel Antônio de Almeida, com a ressalva de que esse último em alguns momentos eleva o tom quase à altura da indignação.

A grande diferença está na linguagem. Na crônica romântica, o "descompromisso" estilístico ainda não tinha lugar. Pelo contrário, é fácil ver o trabalho de burilamento que os três autores citados se impunham. Não há também a intenção de que o texto fosse consumido de forma veloz, como aconteceria com as crônicas mais importantes do século xx. No caso de José de Alencar, por exemplo, se há intenção política, obviamente o objetivo do texto é ser discutido, o que afasta a imediatez que surgiria depois. Se as crônicas de Joaquim Manuel de Macedo, ainda, forem lidas na sequência, como sugere a publicação do conjunto, formarão uma espécie de painel, o que de novo as afasta do rés do chão, para usar a expressão de Antonio Candido.

Em outras palavras, os textos aqui são menores apenas se considerarmos sua extensão. De resto, estão entre os mais representativos de seus autores que, por sua vez, fazem parte do grupo considerado o principal do romantismo brasileiro. A antologia acaba reproduzindo a intenção de um de seus objetos, a crônica: o de registrar o que a literatura produziu de melhor durante um período histórico e estético ainda bastante influente. Como objeto novo, ela intenciona também fazer parte do esforço pela leitura ampla e sem amarras de nossos autores mais representativos.

Ricardo Lísias

21 contos e crônicas do romantismo brasileiro
escolhidos e apresentados por Ricardo Lísias

Contos

Machado de Assis

Joaquim Maria Machado de Assis nasceu no Rio de Janeiro, então capital do Império do Brasil, em 1839, no Morro do Livramento, em uma família pobre. Depois de uma educação precária, trabalhou em diversas funções, logo fazendo nome como cronista talentoso. Além dos cargos públicos, a imprensa lhe garantiria boa parte de seu sustento.

Muito produtivo, Machado de Assis publicou romances, contos, peças de teatro, poesia, crônica, crítica literária e alguns trabalhos de tradução. Pode-se dizer, portanto, que ele transitou por todos os gêneros literários, embora seja a prosa de ficção que lhe garanta o lugar de escritor brasileiro mais importante.

Segundo a cronologia, Machado de Assis teria produzido obras representativas tanto do romantismo quanto do realismo brasileiro, ainda que os críticos praticamente concordem na dificuldade de pô-lo nos parâmetros definidos de cada uma dessas duas escolas, preferindo falar em fases.

Do início da obra, sobressaem-se os perfis psicológicos, como *Helena* e *Iaiá Garcia*. Já maduro, Machado publica em 1881 um livro que transformaria a literatura brasileira: *Memórias póstumas de Brás Cubas*. Na década seguinte, sairiam ainda os exemplares *Quincas Borba* e *Dom Casmurro*. Entre os textos mais curtos, a novela O *alienista* é fundamental. Alguns de seus principais contos da primeira fase estão publicados na presente antologia. Da fase seguinte, é possível listar, entre muitos outros, "Pai contra mãe", "A missa do galo" e "A causa célebre".

De vida discreta, Machado casou-se com Carolina Augusta Xavier de Novaes, sem ter filhos. Monarquista, assistiu desconfiado à proclamação da república, enquanto cuidava da Academia Brasileira de Letras, instituição que fundou e da qual foi o primeiro presidente. Quando morreu, em 1908, Machado de Assis já era um escritor plenamente considerado pela crítica como um dos mais importantes do país.

Frei Simão

I

Frei Simão era um frade da Ordem dos Beneditinos. Tinha, quando morreu, cinquenta anos em aparência, mas na realidade trinta e oito. A causa desta velhice prematura derivava da que o levou ao claustro na idade de trinta anos, e, tanto quanto se pode saber por uns fragmentos de memórias que ele deixou, a causa era justa.

Era frei Simão de caráter taciturno e desconfiado. Passava dias inteiros na sua cela, donde apenas saía na hora do refeitório e dos ofícios divinos. Não contava amizade alguma no convento, porque não era possível entreter com ele os preliminares que fundam e consolidam as afeições.

Em um convento, onde a comunhão das almas deve ser mais pronta e mais profunda, frei Simão parecia fugir à regra geral. Um dos noviços pôs-lhe alcunha de *urso*, que lhe ficou, mas só entre os noviços, bem entendido. Os frades professos, esses, apesar do desgosto que o gênio solitário de frei Simão lhes inspirava, sentiam por ele certo respeito e veneração.

Um dia anuncia-se que frei Simão adoecera gravemente. Chamaram-se os socorros e prestaram ao enfermo todos os cuidados necessários. A moléstia era mortal; depois de cinco dias frei Simão expirou.

17

Durante estes cinco dias de moléstia, a cela de frei Simão esteve cheia de frades. Frei Simão não disse uma palavra durante esses cinco dias; só no último, quando se aproximava o minuto fatal, sentou-se no leito, fez chamar para mais perto o abade, e disse-lhe ao ouvido com voz sufocada e em tom estranho:

– Morro odiando a humanidade!

O abade recuou até a parede ao ouvir estas palavras, e no tom em que foram ditas. Quanto a frei Simão, caiu sobre o travesseiro e passou à eternidade.

Depois de feitas ao irmão finado as honras que se lhe deviam, a comunidade perguntou ao seu chefe que palavras ouvira tão sinistras que o assustaram. O abade referiu-as, persignando-se. Mas os frades não viram nessas palavras senão um segredo do passado, sem dúvida importante, mas não tal que pudesse lançar o terror no espírito do abade. Este explicou-lhes a ideia que tivera quando ouviu as palavras de frei Simão, no tom em que foram ditas, e acompanhadas do olhar com que o fulminou: acreditara que frei Simão estivesse doido; mais ainda, que tivesse entrado já doido para a Ordem. Os hábitos da solidão e taciturnidade a que se votara o frade pareciam sintomas de uma alienação mental de caráter brando e pacífico; mas durante oito anos parecia impossível aos frades que frei Simão não tivesse um dia revelado de modo positivo a sua loucura; objetaram isso ao abade; mas este persistia na sua crença.

Entretanto procedeu-se ao inventário dos objetos que pertenciam ao finado, e entre eles achou-se um rolo de papéis convenientemente enlaçados, com este rótulo: *Memórias que há de escrever frei Simão de Santa Águeda, frade beneditino.*

Este rolo de papéis foi um grande achado para a comunidade curiosa. Iam finalmente penetrar alguma coisa no véu misterioso que envolvia o passado de frei Simão, e talvez confirmar as suspeitas do abade. O rolo foi aberto e lido para todos.

Eram, pela maior parte, fragmentos incompletos, apontamentos truncados e notas insuficientes; mas de tudo junto pôde-se colher que realmente frei Simão estivera louco durante certo tempo.

O autor desta narrativa despreza aquela parte das Memórias que não tiver absolutamente importância; mas procura aproveitar a que for menos inútil ou menos obscura.

II

As notas de frei Simão nada dizem do lugar do seu nascimento nem do nome de seus pais. O que se pôde saber dos seus princípios é que, tendo concluído os estudos preparatórios, não pôde seguir a carreira das letras, como desejava, e foi obrigado a entrar como guarda-livros na casa comercial de seu pai.

Morava então em casa de seu pai uma prima de Simão, órfã de pai e mãe, que haviam por morte deixado ao pai de Simão o cuidado de a educarem e manterem. Parece que os cabedais deste deram para isto. Quanto ao pai da prima órfã, tendo sido rico, perdera tudo ao jogo e nos azares do comércio, ficando reduzido à última miséria.

A órfã chamava-se Helena; era bela, meiga e extremamente boa. Simão, que se educara com ela, e juntamente vivia debaixo do mesmo teto, não pôde resistir às elevadas qualidades e à beleza de sua prima. Amaram-se. Em seus sonhos de futuro contavam ambos o casamento, coisa que parece mais natural do mundo para corações amantes.

Não tardou muito que os pais de Simão descobrissem o amor dos dois. Ora é preciso dizer, apesar de não haver declaração formal disto nos apontamentos do frade, é preciso dizer que os referidos pais eram de um egoísmo descomunal. Davam de boa vontade o pão da subsistência a Helena; mas lá casar o filho com a pobre órfã é que não podiam consentir. Tinham posto a mira em uma herdeira rica, e dispunham de si para si que o rapaz se casaria com ela.

Uma tarde, como estivesse o rapaz a adiantar a escrituração do livro mestre, entrou no escritório o pai com ar grave e risonho ao mesmo tempo, e disse ao filho que largasse o trabalho e o ouvisse. O rapaz obedeceu. O pai falou assim:

– Vais partir para a província de ***. Preciso mandar umas cartas ao meu correspondente Amaral, e como sejam elas de grande importância, não quero confiá-las ao nosso desleixado correio. Queres ir no vapor ou preferes o nosso brigue?

Esta pergunta era feita com grande tino.

Obrigado a responder-lhe, o velho comerciante não dera lugar que seu filho apresentasse objeções.

O rapaz enfiou, abaixou os olhos e respondeu:

– Vou onde meu pai quiser.

O pai agradeceu mentalmente a submissão do filho, que lhe poupava o dinheiro da passagem no vapor, e foi muito contente dar parte à mulher de que o rapaz não fizera objeção alguma.

Nessa noite os dois amantes tiveram ocasião de encontrar-se sós na sala de jantar.

Simão contou a Helena o que se passara. Choraram ambos algumas lágrimas furtivas, e ficaram na esperança de que a viagem fosse de um mês, quando muito.

À mesa do chá, o pai de Simão conversou sobre a viagem do rapaz, que devia ser de poucos dias. Isto reanimou as esperanças dos dois amantes. O resto da noite passou-se em conselhos da parte do velho ao filho sobre a maneira de portar-se na casa do correspondente. Às dez horas, como de costume, todos se recolheram aos aposentos.

Os dias passaram-se depressa. Finalmente raiou aquele em que devia partir o brigue. Helena saiu de seu quarto com os olhos vermelhos de chorar. Interrogada bruscamente pela tia, disse que era uma inflamação adquirida pelo muito que lera na noite anterior. A tia prescreveu-lhe abstenção da leitura e banhos de água de malvas.

Quanto ao tio, tendo chamado Simão, entregou-lhe uma carta para o correspondente, e abraçou-o. A mala e um criado estavam prontos. A despedida foi triste. Os dois pais sempre choraram alguma coisa, a rapariga muito.

Quanto a Simão, levava os olhos secos e ardentes. Era refratário às lágrimas, por isso mesmo padecia mais.

O brigue partiu. Simão, enquanto pôde ver terra, não se retirou de cima; quando finalmente se fecharam de todo *as paredes do cárcere que anda*, na frase pitoresca de Ribeyrolles, Simão desceu ao seu camarote, triste e com o coração apertado. Havia como um pressentimento que lhe dizia interiormente ser impossível tornar a ver sua prima. Parecia que ia para um degredo.

Chegando ao lugar do seu destino, procurou Simão o correspondente de seu pai e entregou-lhe a carta. O sr. Amaral leu a carta, fitou o rapaz e, depois de algum silêncio, disse-lhe, volvendo a carta:

– Bem, agora é preciso esperar que eu cumpra esta ordem de seu pai. Entretanto venha morar para a minha casa.

– Quando poderei voltar? – perguntou Simão.

– Em poucos dias, salvo se as coisas se complicarem.

Este *salvo*, posto na boca de Amaral como incidente, era a oração principal. A carta do pai de Simão versava assim:

Meu caro Amaral,

Motivos ponderosos me obrigam a mandar meu filho desta cidade. Retenha-o por lá como puder. O pretexto da viagem é ter eu necessidade de ultimar alguns negócios com você, o que dirá ao pequeno, fazendo-lhe sempre crer que a demora é pouca ou nenhuma. Você, que teve na sua adolescência a triste ideia de engendrar romances, vá inventando circunstâncias e ocorrências imprevistas, de modo que o rapaz não me torne cá antes de segunda ordem. Sou, como sempre, etc.

III

Passaram-se dias e dias, e nada de chegar o momento de voltar à casa paterna. O ex-romancista era na verdade fértil, e não se cansava de inventar pretextos que deixavam convencido o rapaz.

Entretanto, como o espírito dos amantes não é menos engenhoso que o dos romancistas, Simão e Helena acharam meio de se escreverem, e deste modo podiam consolar-se da ausência, com presença das letras e do papel. Bem diz Heloísa que a arte de escrever foi inventada por alguma amante separada do seu amante. Nestas cartas juravam-se os dois sua eterna fidelidade.

No fim de dois meses de espera baldada e de ativa correspondência, a tia de Helena surpreendeu uma carta de Simão. Era a vigésima, creio eu. Houve grande temporal em casa. O tio, que estava no escritório, saiu precipitadamente e tomou conhecimento do negócio. O resultado foi proscrever de casa tinta, penas e papel, e instituir vigilância rigorosa sobre a infeliz rapariga.

Começaram pois a escassear as cartas ao pobre deportado. Inquiriu a causa disto em cartas choradas e compridas; mas como o rigor fiscal da casa de seu pai adquiria proporções descomunais, acontecia que todas as cartas de Simão iam parar às mãos do velho, que, depois de apreciar o estilo amoroso de seu filho, fazia queimar as ardentes epístolas.

Passaram-se dias e meses. Carta de Helena, nenhuma. O correspondente ia esgotando a veia inventadora, e já não sabia como reter finalmente o rapaz.

Chega uma carta a Simão. Era letra do pai. Só diferençava das outras que recebia do velho em ser esta mais longa, muito mais longa. O rapaz abriu a carta, e leu trêmulo e pálido. Contava nesta carta o honrado comerciante que a Helena, a boa rapariga que ele destinava a ser sua filha casando-se com Simão, a boa Helena tinha morrido. O velho copiara algum dos últimos necrológios que vira nos jornais, e ajuntara algumas consolações de casa. A última consolação foi dizer-lhe que embarcasse e fosse ter com ele.

O período final da carta dizia:

Assim como assim, não se realizam os meus negócios; não te pude casar com Helena, visto que Deus a levou. Mas volta, filho, vem; poderás consolar-te casando com outra, a filha do conselheiro ***. Está moça feita e é um bom partido. Não te desalentes; lembra-te de mim.

O pai de Simão não conhecia bem o amor do filho, nem era grande águia para avaliá-lo, ainda que o conhecesse. Dores tais não se consolam com uma carta nem com um casamento. Era melhor mandá-lo chamar, e depois preparar-lhe a notícia; mas dada assim friamente em uma carta, era expor o rapaz a uma morte certa.

Ficou Simão vivo em corpo e morto moralmente, tão morto que por sua própria ideia foi dali procurar uma sepultura. Era melhor dar aqui alguns dos papéis escritos por Simão relativamente ao que sofreu depois da carta; mas há muitas falhas, e eu não quero corrigir a exposição ingênua e sincera do frade.

A sepultura que Simão escolheu foi um convento. Respondeu ao pai que agradecia a filha do conselheiro, mas que daquele dia em diante pertencia ao serviço de Deus.

O pai ficou maravilhado. Nunca suspeitou que o filho pudesse vir a ter semelhante resolução. Escreveu às pressas para ver se o desviava da ideia; mas não pôde conseguir.

Quanto ao correspondente, para quem tudo se embrulhava cada vez mais, deixou o rapaz seguir para o claustro, disposto a não figurar em um negócio do qual nada realmente sabia.

IV

Frei Simão de Santa Águeda foi obrigado a ir à província natal em missão religiosa, tempos depois dos fatos que acabo de narrar.

Preparou-se e embarcou.

A missão não era na capital, mas no interior. Entrando na capital, pareceu-lhe dever ir visitar seus pais. Estavam mudados física e moralmente. Era com certeza a dor e o remorso de terem precipitado seu filho à resolução que tomou. Tinham vendido a casa comercial e viviam de suas rendas.

Receberam o filho com alvoroço e verdadeiro amor. Depois das lágrimas e das consolações, vieram ao fim da viagem de Simão.

– A que vens tu, meu filho?

– Venho cumprir uma missão do sacerdócio que abracei. Venho pregar, para que o rebanho do Senhor não se arrede nunca do bom caminho.

– Aqui na capital?

– Não, no interior. Começo pela vila de ***.

Os dois velhos estremeceram; mas Simão nada viu. No dia seguinte partiu Simão, não sem algumas instâncias de seus pais para que ficasse. Notaram eles que seu filho nem de leve tocara em Helena. Também eles não quiseram magoá-lo falando em tal assunto.

Daí a dias, na vila de que falara frei Simão, era um alvoroço para ouvir as prédicas do missionário.

A velha igreja do lugar estava atopetada de povo.

À hora anunciada, frei Simão subiu ao púlpito e começou o

discurso religioso. Metade do povo saiu aborrecido no meio do sermão. A razão era simples. Avezado à pintura viva dos caldeirões de Pedro Botelho e outros pedacinhos de ouro da maioria dos pregadores, o povo não podia ouvir com prazer a linguagem simples, branda, persuasiva, a que serviam de modelo as conferências do fundador da nossa religião.

O pregador estava a terminar, quando entrou apressadamente na igreja um par, marido e mulher: ele, honrado lavrador, meio remediado com o sítio que possuía e a boa vontade de trabalhar; ela, senhora estimada por suas virtudes, mas de uma melancolia invencível.

Depois de tomarem água benta, colocam-se ambos em lugar donde pudessem ver facilmente o pregador.

Ouviu-se então um grito, e todos correram para a recém-chegada, que acabava de desmaiar. Frei Simão teve de parar o seu discurso, enquanto se punha termo ao incidente. Mas, por uma aberta que a turba deixava, pôde ele ver o rosto da desmaiada.

Era Helena.

No manuscrito do frade há uma série de reticências dispostas em oito linhas. Ele próprio não sabe o que se passou. Mas o que se passou foi que, mal conhecera Helena, continuou o frade o discurso. Era então outra coisa: era um discurso sem nexo, sem assunto, um verdadeiro delírio. A consternação foi geral.

V

O delírio de frei Simão durou alguns dias. Graças aos cuidados, pôde melhorar, e pareceu a todos que estava bom, menos ao médico, que queria continuar a cura. Mas o frade disse positivamente que se retirava ao convento, e não houve forças humanas que o detivessem.

O leitor compreende naturalmente que o casamento de Helena fora obrigado pelos tios.

A pobre senhora não resistiu à comoção. Dois meses depois morreu, deixando inconsolável o marido, que a amava com veras.

Frei Simão, recolhido ao convento, tornou-se mais solitário e taciturno. Restava-lhe ainda um pouco da alienação.

Já conhecemos o acontecimento de sua morte e a impressão que ela causara ao abade.

A cela de frei Simão de Santa Águeda esteve muito tempo religiosamente fechada. Só se abriu, algum tempo depois, para dar entrada a um velho secular, que por esmola alcançou do abade acabar os seus dias na convivência dos médicos da alma. Era o pai de Simão. A mãe tinha morrido.

Foi crença, nos últimos anos de vida deste velho, que ele não estava menos doido que frei Simão de Santa Águeda.

O relógio de ouro

Agora contarei a história do relógio de ouro. Era um grande cronômetro, inteiramente novo, preso a uma elegante cadeia. Luís Negreiros tinha muita razão em ficar boquiaberto quando viu o relógio em casa, um relógio que não era dele, nem podia ser de sua mulher. Seria ilusão dos seus olhos? Não era; o relógio ali estava sobre uma mesa da alcova, a olhar para ele, talvez tão espantado, como ele, do lugar e da situação.

Clarinha não estava na alcova quando Luís Negreiros ali entrou. Deixou-se ficar na sala, a folhear um romance, sem corresponder muito nem pouco ao ósculo com que o marido a cumprimentou logo à entrada. Era uma bonita moça esta Clarinha, ainda que um tanto pálida, ou por isso mesmo. Era pequena e delgada; de longe parecia uma criança; de perto, quem lhe examinasse os olhos, veria bem que era mulher como poucas. Estava molemente reclinada no sofá, com o livro aberto, e os olhos no livro, os olhos apenas, porque o pensamento, não tenho certeza se estava no livro, se em outra parte. Em todo o caso parecia alheia ao marido e ao relógio.

Luís Negreiros lançou mão do relógio com uma expressão que eu não me atrevo a descrever. Nem o relógio, nem a corrente eram dele; também não eram de pessoas suas conhecidas. Tratava-se de uma charada. Luís Negreiros gostava de charadas, e passava por ser decifrador intrépido; mas gostava de charadas nas folhinhas ou nos jornais. Charadas palpáveis ou cronométricas, e sobretudo sem conceito, não as apreciava Luís Negreiros.

Por esse motivo, e outros que são óbvios, compreenderá o leitor que o esposo de Clarinha se atirasse sobre uma cadeira, puxasse raivosamente os cabelos, batesse com o pé no chão, e lançasse o relógio e a corrente para cima da mesa. Terminada esta primeira manifestação de furor, Luís Negreiros pegou de novo nos fatais objetos, e de novo os examinou. Ficou na mesma. Cruzou os braços durante algum tempo e refletiu sobre o caso, interrogou todas as suas recordações, e concluiu no fim de tudo que, sem uma explicação de Clarinha qualquer procedimento fora baldado ou precipitado.

Foi ter com ela.

Clarinha acabava justamente de ler uma página e voltava a folha com o ar indiferente e tranquilo de quem não pensa em decifrar charadas de cronômetro. Luís Negreiros encarou-a; seus olhos pareciam dois reluzentes punhais.

– Que tens? – perguntou a moça com a voz doce e meiga que toda a gente concordava em lhe achar.

Luís Negreiros não respondeu à interrogação da mulher; olhou algum tempo para ela; depois deu duas voltas na sala, passando a mão pelos cabelos, por modo que a moça de novo lhe perguntou:

– Que tens?

Luís Negreiros parou defronte dela.

– Que é isto? – disse ele tirando do bolso o fatal relógio e apresentando-lho diante dos olhos. – Que é isto? – repetiu ele com voz de trovão.

Clarinha mordeu os beiços e não respondeu. Luís Negreiros esteve algum tempo com o relógio na mão e os olhos na mulher, a qual tinha os seus olhos no livro. O silêncio era profundo. Luís

Negreiros foi o primeiro que o rompeu, atirando estrepitosamente o relógio ao chão, e dizendo em seguida à esposa:

– Vamos, de quem é aquele relógio?

Clarinha ergueu lentamente os olhos para ele, abaixou-os depois, e murmurou:

– Não sei.

Luís Negreiros fez um gesto como de quem queria esganá-la; conteve-se. A mulher levantou-se, apanhou o relógio e pô-lo sobre uma mesa pequena. Não se pôde conter Luís Negreiros. Caminhou para ela, e, segurando-lhe nos pulsos com força, lhe disse:

– Não me responderás, demônio? Não me explicarás esse enigma?

Clarinha fez um gesto de dor, e Luís Negreiros imediatamente lhe soltou os pulsos que estavam arrochados. Noutras circunstâncias é provável que Luís Negreiros lhe caísse aos pés e pedisse perdão de a haver machucado. Naquela, nem se lembrou disso; deixou-a no meio da sala e entrou a passear de novo, sempre agitado, parando de quando em quando, como se meditasse algum desfecho trágico.

Clarinha saiu da sala.

Pouco depois veio um escravo dizer que o jantar estava na mesa.

– Onde está a senhora?

– Não sei, não, senhor.

Luís Negreiros foi procurar a mulher, achou-a numa saleta de costura, sentada numa cadeira baixa, com a cabeça nas mãos a soluçar. Ao ruído que ele fez na ocasião de fechar a porta atrás de si, Clarinha levantou a cabeça, e Luís Negreiros pôde ver-lhe as faces úmidas de lágrimas. Esta situação foi ainda pior para ele que a da sala. Luís Negreiros não podia ver chorar uma mulher, sobretudo a dele. Ia enxugar-lhe as lágrimas com um beijo, mas reprimiu o gesto, e caminhou frio para ela; puxou uma cadeira e sentou-se em frente de Clarinha.

– Estou tranquilo, como vês – disse ele –, responde-me ao que te perguntei com a franqueza que sempre usaste comigo. Eu não te acuso nem suspeito nada de ti. Quisera simplesmente saber como foi parar ali aquele relógio. Foi teu pai que o esqueceu cá?

– Não.

– Mas então...

– Oh! não me perguntes nada! – exclamou Clarinha –; ignoro como esse relógio se acha ali... Não sei de quem é... deixa-me.

– É demais! – urrou Luís Negreiros, levantando-se e atirando a cadeira ao chão.

Clarinha estremeceu, e deixou-se ficar onde estava. A situação tornava-se cada vez mais grave; Luís Negreiros passeava cada vez mais agitado, revolvendo os olhos nas órbitas, e parecendo prestes a atirar-se sobre a infeliz esposa. Esta, com os cotovelos no regaço e a cabeça nas mãos, tinha os olhos encravados na parede. Correu assim cerca de um quarto de hora. Luís Negreiros ia de novo interrogar a esposa, quando ouviu a voz do sogro, que subia as escadas gritando:

– Ó seu Luís! ó seu malandrim!

– Aí vem teu pai! – disse Luís Negreiros –; logo me pagarás.

Saiu da sala de costura e foi receber o sogro, que já estava no meio da sala, fazendo viravoltas com o chapéu de sol, com grande risco das jarras e do candelabro.

– Vocês estavam dormindo? – perguntou o sr. Meireles tirando o chapéu e limpando a testa com um grande lenço encarnado.

– Não, senhor, estávamos conversando...

– Conversando?... – repetiu Meireles.

E acrescentou consigo:

"Estavam de arrufos... é o que há de ser".

– Vamos justamente jantar – disse Luís Negreiros. – Janta conosco?

– Não vim cá para outra coisa – acudiu Meireles –; janto hoje e amanhã também. Não me convidaste, mas é o mesmo.

– Não o convidei?...

– Sim, não fazes anos amanhã?

– Ah! é verdade...

Não havia razão aparente para que, depois destas palavras ditas com um tom lúgubre, Luís Negreiros repetisse, mas desta vez com um tom descomunalmente alegre:

– Ah! é verdade!...

Meireles, que já ia pôr o chapéu num cabide do corredor, voltou-se espantado para o genro, em cujo rosto leu a mais franca, súbita e inexplicável alegria.

– Está maluco! – disse baixinho Meireles.

– Vamos jantar – bradou o genro, indo logo para dentro, enquanto Meireles seguindo pelo corredor ia ter à sala de jantar.

Luís Negreiros foi ter com a mulher na sala de costura, e achou-a de pé, compondo os cabelos diante de um espelho:

– Obrigado – disse.

A moça olhou para ele admirada.

– Obrigado – repetiu Luís Negreiros –; obrigado e perdoa-me.

Dizendo isto, procurou Luís Negreiros abraçá-la; mas a moça, com um gesto nobre, repeliu o afago do marido e foi para a sala de jantar.

– Tem razão! – murmurou Luís Negreiros.

Daí a pouco achavam-se todos três à mesa do jantar, e foi servida a sopa, que Meireles achou, como era natural, de gelo. Ia já fazer um discurso a respeito da incúria dos criados, quando Luís Negreiros confessou que toda a culpa era dele, porque o jantar estava há muito na mesa. A declaração apenas mudou o assunto do discurso, que versou então sobre a terrível coisa que era um jantar requentado – *qui ne valut jamais rien.*

Meireles era um homem alegre, pilhérico, talvez frívolo demais para a idade, mas em todo o caso interessante pessoa. Luís Negreiros gostava muito dele, e via correspondida essa afeição de parente e de amigo, tanto mais sincera quanto que Meireles só tarde e de má vontade lhe dera a filha. Durou o namoro cerca de quatro anos, gastando o pai de Clarinha mais de dois em meditar e resolver o assunto do casamento. Afinal deu a sua decisão, levado antes das lágrimas da filha que dos predicados do genro, dizia ele.

A causa da longa hesitação eram os costumes pouco austeros de Luís Negreiros, não os que ele tinha durante o namoro, mas os que tivera antes e os que poderia vir a ter depois. Meireles confessava ingenuamente que fora marido pouco exemplar, e achava que por isso mesmo devia dar à filha melhor esposo do que ele. Luís Negreiros desmentiu as apreensões do sogro; o leão impetuoso dos outros dias, tornou-se um pacato cordeiro. A amizade nasceu franca entre o sogro e o genro, e Clarinha passou a ser uma das mais invejadas moças da cidade.

E era tanto maior o mérito de Luís Negreiros quanto que não lhe faltavam tentações. O diabo metia-se às vezes na pele de um amigo e ia convidá-lo a uma recordação dos antigos tempos. Mas Luís Negreiros dizia que se recolhera a bom porto e não queria arriscar-se outra vez às tormentas do alto-mar.

Clarinha amava ternamente o marido, e era a mais dócil e afável criatura que por aqueles tempos respirava o ar fluminense. Nunca entre ambos se dera o menor arrufo; a limpidez do céu conjugal era sempre a mesma e parecia vir a ser duradoura. Que mau destino lhe soprou ali a primeira nuvem?

Durante o jantar Clarinha não disse palavra – ou poucas dissera, ainda assim as mais breves e em tom seco.

"Estão de arrufo, não há dúvida", pensou Meireles ao ver a pertinaz mudez da filha. "Ou a arrufada é só ela, porque ele parece-me lépido."

Luís Negreiros efetivamente desfazia-se todo em agrados, mimos e cortesias com a mulher, que nem sequer olhava em cheio para ele. O marido já dava o sogro a todos os diabos, desejoso de ficar a sós com a esposa, para a explicação última, que reconciliaria os ânimos. Clarinha não parecia desejá-lo; comeu pouco e duas ou três vezes soltou-se-lhe do peito um suspiro.

Já se vê que o jantar, por maiores que fossem os esforços, não podia ser como nos outros dias. Meireles sobretudo achava-se acanhado. Não era que receasse algum grande acontecimento em casa; sua ideia é que sem arrufos não se aprecia a felicidade, como sem tempestade não se aprecia o bom tempo. Contudo, a tristeza da filha sempre lhe punha água na fervura.

Quando veio o café, Meireles propôs que fossem todos três ao teatro; Luís Negreiros aceitou a ideia com entusiasmo. Clarinha recusou secamente.

– Não te entendo hoje, Clarinha – disse o pai com um modo impaciente. – Teu marido está alegre e tu pareces-me abatida e preocupada. Que tens?

Clarinha não respondeu; Luís Negreiros, sem saber o que havia de dizer, tomou a resolução de fazer bolinhas de miolo de pão. Meireles levantou os ombros.

– Vocês lá se entendem – disse ele. – Se amanhã, apesar de ser o dia que é, vocês estiverem do mesmo modo, prometo-lhes que nem a sombra me verão.

– Oh! há de vir – ia dizendo Luís Negreiros, mas foi interrompido pela mulher que desatou a chorar.

O jantar acabou assim triste e aborrecido. Meireles pediu ao genro que lhe explicasse o que aquilo era, e este prometeu que lhe diria tudo em ocasião oportuna.

Pouco depois saía o pai de Clarinha protestando de novo que, se no dia seguinte os achasse do mesmo modo, nunca mais voltaria à casa deles, e que se havia coisa pior que um jantar frio ou requentado, era um jantar mal digerido. Este axioma valia o de Boileau, mas ninguém lhe prestou atenção.

Clarinha fora para o quarto; o marido, apenas se despediu do sogro, foi ter com ela. Achou-a sentada na cama, com a cabeça sobre uma almofada, e soluçando. Luís Negreiros ajoelhou-se diante dela e pegou-lhe numa das mãos.

– Clarinha – disse ele –, perdoa-me tudo. Já tenho a explicação do relógio; se teu pai não me fala em vir jantar amanhã, eu não era capaz de adivinhar que o relógio era um presente de anos que tu me fazias.

Não me atrevo a descrever o soberbo gesto de indignação com que a moça se pôs de pé quando ouviu estas palavras do marido. Luís Negreiros olhou para ela sem compreender nada. A moça não disse uma nem duas; saiu do quarto e deixou o infeliz consorte mais admirado que nunca.

"Mas que enigma é este?", perguntava a si mesmo Luís Negreiros. "Se não era um mimo de anos, que explicação pode ter o tal relógio?"

A situação era a mesma que antes do jantar. Luís Negreiros assentou de descobrir tudo naquela noite. Achou, entretanto, que era conveniente refletir maduramente no caso e assentar numa resolução que fosse decisiva. Com este propósito recolheu-se ao seu gabinete, e ali recordou tudo o que se havia passado desde que chegara à casa. Pesou friamente todas as razões, todos os incidentes, e buscou reproduzir na memória a expressão do rosto da moça, em toda aquela tarde. O gesto de indignação e a repulsa quando ele a foi abraçar na sala de costura, eram a favor dela; mas o movimento com que mordera os lábios no momento em que ele lhe apresentou o relógio, as lágrimas que lhe rebentaram à mesa, e mais que tudo o silêncio que ela conservava a respeito da procedência do fatal objeto, tudo isso falava contra a moça.

Luís Negreiros, depois de muito cogitar, inclinou-se à mais triste e deplorável das hipóteses. Uma ideia má começou a enterrar-se-lhe no espírito, à maneira de verruma, e tão fundo penetrou, que se apoderou dele em poucos instantes. Luís Negreiros era homem assomado quando a ocasião o pedia. Proferiu duas ou três ameaças, saiu do gabinete e foi ter com a mulher.

Clarinha recolhera-se de novo ao quarto. A porta estava apenas cerrada. Eram nove horas da noite. Uma pequena lamparina alumiava escassamente o aposento. A moça estava outra vez assentada na cama, mas já não chorava; tinha os olhos fitos no chão. Nem os levantou quando sentiu entrar o marido.

Houve um momento de silêncio.

Luís Negreiros foi o primeiro que falou.

– Clarinha – disse ele –, este momento é solene. Responde-me ao que te pergunto desde esta tarde?

A moça não respondeu.

– Reflete bem, Clarinha – continuou o marido. – Podes arriscar a tua vida.

A moça levantou os ombros.

Uma nuvem passou pelos olhos de Luís Negreiros. O infeliz marido lançou as mãos ao colo da esposa e rugiu:

– Responde, demônio, ou morres!

Clarinha soltou um grito.

– Espera! – disse ela.

Luís Negreiros recuou.

– Mata-me – disse ela –, mas lê isto primeiro. Quando esta carta foi ao teu escritório já te não achou lá: foi o que o portador me disse.

Luís Negreiros recebeu a carta, chegou-se à lamparina e leu estupefato estas linhas:

Meu nhonhô.

Sei que amanhã fazes anos; mando-te esta lembrança.

Tua *Iaiá*.

Assim acabou a história do relógio de ouro.

A chinela turca

Vede o bacharel Duarte. Acaba de compor o mais teso e correto laço de gravata que apareceu naquele ano de 1850, e anunciam-lhe a visita do major Lopo Alves. Notai que é de noite, e passa de nove horas. Duarte estremeceu e tinha duas razões para isso. A primeira era ser o major, em qualquer ocasião, um dos mais enfadonhos sujeitos do tempo. A segunda é que ele preparava-se justamente para ir ver, em um baile, os mais finos cabelos louros e os mais pensativos olhos azuis, que este nosso clima, tão avaro deles, produzira. Datava de uma semana aquele namoro. Seu coração, deixando-se prender entre duas valsas, confiou aos olhos, que eram castanhos, uma declaração em regra, que eles pontualmente transmitiram à moça, dez minutos antes da ceia, recebendo favorável resposta logo depois do chocolate. Três dias depois, estava a caminho a primeira carta, e pelo jeito que levavam as coisas não era de admirar que, antes do fim do ano, estivessem ambos a caminho da igreja. Nestas circunstâncias, a chegada de Lopo Alves era uma verdadeira calamidade. Velho amigo da família, companheiro de seu finado pai no Exército, tinha jus o major a todos os respeitos. Impossível despedi-lo ou tratá-lo com frieza. Havia felizmente uma circunstância atenuante; o major era aparentado com Cecília, a moça dos olhos azuis; em caso de necessidade, era um voto seguro.

Duarte enfiou um chambre e dirigiu-se para a sala, onde Lopo Alves, com um rolo debaixo do braço e os olhos fitos no ar, parecia totalmente alheio à chegada do bacharel.

– Que bom vento o trouxe a Catumbi a semelhante hora? – perguntou Duarte, dando à voz uma expressão de prazer, aconselhada não menos pelo interesse que pelo bom-tom.

– Não sei se o vento que me trouxe é bom ou mau – respondeu o major sorrindo por baixo do espesso bigode grisalho –; sei que foi um vento rijo. Vai sair?

– Vou ao Rio Comprido.

– Já sei; vai à casa da viúva Meneses. Minha mulher e as pequenas já lá devem estar: eu irei mais tarde, se puder. Creio que é cedo, não?

Lopo Alves tirou o relógio e viu que eram nove horas e meia. Passou a mão pelo bigode, levantou-se, deu alguns passos na sala, tornou a sentar-se e disse:

– Dou-lhe uma notícia, que certamente não espera. Saiba que fiz... fiz um drama.

– Um drama! – exclamou o bacharel.

– Que quer? Desde criança padeci destes achaques literários. O serviço militar não foi remédio que me curasse, foi um paliativo. A doença regressou com a força dos primeiros tempos. Já agora não há remédio senão deixá-la, e ir simplesmente ajudando a natureza.

Duarte recordou-se de que efetivamente o major falava noutro tempo de alguns discursos inaugurais, duas ou três nênias e boa soma de artigos que escrevera acerca das campanhas do Rio da Prata. Havia porém muitos anos que Lopo Alves deixara em paz os generais platinos e os defuntos; nada fazia supor que a moléstia volvesse, sobretudo caracterizada por um drama. Esta circunstância explicá-la-ia o bacharel, se soubesse que Lopo Alves, algumas semanas antes, assistira à representação de uma peça do gênero ultrarromântico, obra que lhe agradou muito e lhe sugeriu a ideia de afrontar as luzes do tablado. Não entrou o major nestas minuciosidades necessárias, e o bacharel ficou sem conhecer o motivo da explosão dramática do militar. Nem o soube, nem curou disso. Encareceu muito as faculdades mentais do major, manifestou calorosamente a ambição que nutria de o ver sair triunfante naquela estreia, prometeu que o recomendaria a alguns amigos que tinha no *Correio Mercantil*, e só estacou e empalideceu quando viu o major, trêmulo de bem-aventurança, abrir o rolo que trazia consigo.

– Agradeço-lhe as suas boas intenções – disse Lopo Alves –, e aceito o obséquio que me promete; antes dele, porém, desejo outro. Sei que é inteligente e lido; há de me dizer francamente o que pensa deste trabalho. Não lhe peço elogios, exijo franqueza e franqueza rude. Se achar que não é bom, diga-o sem rebuço.

Duarte procurou desviar aquele cálice de amargura; mas era difícil pedi-lo, e impossível alcançá-lo. Consultou melancolicamente o relógio, que marcava nove horas e cinquenta e cinco minutos, enquanto o major folheava paternalmente as cento e oitenta folhas do manuscrito.

– Isto vai depressa – disse Lopo Alves –; eu sei o que são rapazes e o que são bailes. Descanse que ainda hoje dançará duas ou três valsas com *ela*, se a tem, ou com elas. Não acha melhor irmos para o seu gabinete?

Era indiferente, para o bacharel, o lugar do suplício; acedeu ao desejo do hóspede. Este, com a liberdade que lhe davam as relações, disse ao moleque que não deixasse entrar ninguém. O algoz não queria testemunhas. A porta do gabinete fechou-se; Lopo Alves tomou lugar ao pé da mesa, tendo em frente o bacharel, que mergulhou o corpo e o desespero numa vasta poltrona de marroquim, resoluto a não dizer palavra para ir mais depressa ao termo.

O drama dividia-se em sete quadros. Esta indicação produziu um calafrio no ouvinte. Nada havia de novo naquelas cento e oitenta páginas, senão a letra do autor. O mais eram os lances, os caracteres, as *ficelles* e até o estilo dos mais acabados tipos do romantismo desgrenhado. Lopo Alves cuidava pôr por obra uma invenção, quando não fazia mais do que alinhavar as suas reminiscências. Noutra ocasião, a obra seria um bom passatempo. Havia logo no primeiro quadro, espécie de prólogo, uma criança roubada à família, um envenenamento, dois embuçados, a ponta de um punhal e quantidade de adjetivos não menos afiados que o punhal. No segundo quadro dava-se conta da morte de um dos embuçados, que devia ressuscitar no terceiro, para ser preso no quinto, e matar o tirano no sétimo. Além da morte aparente do embuçado, havia no segundo quadro o rapto da menina, já então moça de dezessete anos, um monólogo que parecia durar igual prazo, e o roubo de um testamento.

Eram quase onze horas quando acabou a leitura deste segundo quadro. Duarte mal podia conter a cólera; era já impossível ir ao Rio Comprido. Não é fora de propósito conjeturar que, se o major expirasse naquele momento, Duarte agradecia a morte como um benefício da Providência. Os sentimentos do bacharel não faziam crer tamanha ferocidade; mas a leitura de um mau livro é capaz de produzir fenômenos ainda mais espantosos. Acresce que, enquanto aos olhos carnais do bacharel aparecia em toda a sua espessura a grenha de Lopo Alves, fulgiam-lhe ao espírito os fios de ouro que ornavam a formosa cabeça de Cecília; via-a com os olhos azuis, a tez branca e rosada, o gesto delicado e gracioso, dominando todas as demais damas que deviam estar no salão da viúva Meneses. Via aquilo, e ouvia mentalmente a música, a palestra, o soar dos passos, e o ruge-ruge das sedas; enquanto a voz rouquenha e sensaborona de Lopo Alves ia desfiando os quadros e os diálogos, com a impassibilidade de uma grande convicção.

Voava o tempo, e o ouvinte já não sabia a conta dos quadros. Meia-noite soara desde muito; o baile estava perdido. De repente, viu Duarte que o major enrolava outra vez o manuscrito, erguia-se, empertigava-se, cravava nele uns olhos odientos e maus, e saía arrebatadamente do gabinete. Duarte quis chamá-lo, mas o pasmo tolhera-lhe a voz e os movimentos. Quando pôde dominar-se, ouviu o bater do tacão rijo e colérico do dramaturgo na pedra da calçada.

Foi à janela; nada viu nem ouviu; autor e drama tinham desaparecido.

– Por que não fez ele isso há mais tempo? – disse o rapaz suspirando.

O suspiro mal teve tempo de abrir as asas e sair pela janela fora, em demanda do Rio Comprido, quando o moleque do bacharel veio anunciar-lhe a visita de um homem baixo e gordo.

– A esta hora! – exclamou Duarte.

– A esta hora – repetiu o homem baixo e gordo, entrando na sala. – A esta ou a qualquer hora, pode a polícia entrar na casa do cidadão, uma vez que se trata de um delito grave.

– Um delito!

– Creio que me conhece...

– Não tenho essa honra.

– Sou empregado na polícia.

– Mas que tenho eu com o senhor? de que delito se trata?

– Pouca coisa: um furto. O senhor é acusado de haver subtraído uma chinela turca. Aparentemente não vale nada ou vale pouco a tal chinela. Mas há chinela e chinela. Tudo depende das circunstâncias.

O homem disse isto com um riso sarcástico, e cravando no bacharel uns olhos de inquisidor. Duarte não sabia sequer da existência do objeto roubado. Concluiu que havia equívoco de nome, e não se zangou com a injúria irrogada à sua pessoa, e de algum modo à sua classe, atribuindo-se-lhe a ratonice. Isto mesmo disse ao empregado da polícia, acrescentando que não era motivo, em todo caso, para incomodá-lo a semelhante hora.

– Há de perdoar-me – disse o representante da autoridade. – A chinela de que se trata vale algumas dezenas de contos de réis; é ornada de finíssimos diamantes, que a tornam singularmente preciosa. Não é turca só pela forma, mas também pela origem. A dona, que é uma de nossas patrícias mais viageiras, esteve, há cerca de três anos, no Egito, onde a comprou a um judeu. A história, que este aluno de Moisés referiu acerca daquele produto da indústria muçulmana, é verdadeiramente miraculosa, e, no meu sentir, perfeitamente mentirosa. Mas não vem ao caso dizê-lo. O que importa saber é que ela foi roubada e que a polícia tem denúncia contra o senhor.

Neste ponto do discurso, chegara-se o homem à janela; Duarte suspeitou que fosse um doido ou um ladrão. Não teve tempo de examinar a suspeita, porque, dentro de alguns segundos, viu entrar cinco homens armados, que lhe lançaram as mãos e o levaram, escada abaixo, sem embargo dos gritos que soltava e dos movimentos desesperados que fazia. Na rua havia um carro, onde o meteram à força. Já lá estava o homem baixo e gordo, e mais um sujeito alto e magro, que o receberam e fizeram sentar no fundo do carro. Ouviu-se estalar o chicote do cocheiro e o carro partiu à desfilada.

– Ah! ah! – disse o homem gordo. – Com que então pensava que podia impunemente furtar chinelas turcas, namorar moças louras, casar talvez com elas... e rir ainda por cima do gênero humano.

Ouvindo aquela alusão à dama dos seus pensamentos, Duarte teve um calafrio. Tratava-se, ao que parecia, de algum desforço de rival suplantado. Ou a alusão seria casual e estranha à aventura? Duarte perdeu-se num cipoal de conjeturas, enquanto o carro ia sempre andando a todo galope. No fim de algum tempo, arriscou uma observação.

– Quaisquer que sejam os meus crimes, suponho que a polícia...

– Nós não somos da polícia – interrompeu friamente o homem magro.

– Ah!

– Este cavalheiro e eu fazemos um par. Ele, o senhor e eu faremos um terno. Ora, terno não é melhor que par; não é, não pode ser. Um casal é o ideal. Provavelmente não me entendeu?

– Não, senhor.

– Há de entender logo mais.

Duarte resignou-se à espera, enfronhou-se no silêncio, derreou o corpo, e deixou correr o carro e a aventura. Obra de cinco minutos depois estacavam os cavalos.

– Chegamos – disse o homem gordo.

Dizendo isto, tirou um lenço da algibeira e ofereceu-o ao bacharel para que tapasse os olhos. Duarte recusou, mas o homem magro observou-lhe que era mais prudente obedecer que resistir. Não resistiu o bacharel; atou o lenço e apeou-se. Ouviu, daí a pouco, ranger uma porta; duas pessoas – provavelmente as mesmas que o acompanharam no carro – seguraram-lhe as mãos e o conduziram por uma infinidade de corredores e escadas. Andando, ouvia o bacharel algumas vozes desconhecidas, palavras soltas, frases truncadas. Afinal pararam; disseram-lhe que se sentasse e destapasse os olhos. Duarte obedeceu; mas ao desvendar-se, não viu ninguém mais.

Era uma sala vasta, assaz iluminada, trastejada com elegância e opulência. Era talvez sobreposse a variedade dos adornos; contudo, a pessoa que os escolhera devia ter gosto apurado. Os bronzes, charões, tapetes, espelhos – a cópia infinita de objetos que enchiam a sala, era tudo da melhor fábrica. A vista daquilo restituiu a serenidade de ânimo ao bacharel; não era provável que ali morassem ladrões.

Reclinou-se o moço indolentemente na otomana... Na otomana! Esta circunstância trouxe à memória do rapaz o princípio da aventura e o roubo da chinela. Alguns minutos de reflexão bastaram para ver que a tal chinela era já agora mais que problemática. Cavando mais fundo no terreno das conjeturas, pareceu-lhe achar uma explicação nova e definitiva. A chinela vinha a ser pura metáfora; tratava-se do coração de Cecília, que ele roubara, delito de que o queria punir o já imaginado rival. A isto deviam ligar-se naturalmente as palavras misteriosas do homem magro: o par é melhor que o terno; um casal é o ideal.

– Há de ser isso – concluiu Duarte –; mas quem será esse pretendente derrotado?

Neste momento abriu-se uma porta do fundo da sala e negrejou a batina de um padre alvo e calvo. Duarte levantou-se, como por efeito de uma mola. O padre atravessou lentamente a sala, ao passar por ele deitou-lhe a bênção, e foi sair por outra porta rasgada na parede fronteira. O bacharel ficou sem movimento, a olhar para a porta, a olhar sem ver, estúpido de todos os sentidos. O inesperado daquela aparição baralhou totalmente as ideias anteriores a respeito da aventura. Não teve tempo, entretanto, de cogitar alguma nova explicação, porque a primeira porta foi de novo aberta e entrou por ela outra figura, desta vez o homem magro, que foi direito a ele e o convidou a segui-lo. Duarte não opôs resistência. Saíram por uma terceira porta, e, atravessados alguns corredores mais ou menos alumiados, foram dar a outra sala, que só o era por duas velas postas em castiçais de prata. Os castiçais estavam sobre uma mesa larga. Na cabeceira desta havia um homem velho que representava ter cinquenta e cinco anos; era uma figura atlética, farta de cabelos na cabeça e na cara.

– Conhece-me? – perguntou o velho, logo que Duarte entrou na sala.

– Não, senhor.

– Nem é preciso. O que vamos fazer exclui absolutamente a necessidade de qualquer apresentação. Saberá em primeiro lugar que o roubo da chinela foi um simples pretexto...

– Oh! decerto! – interrompeu Duarte.

– Um simples pretexto – continuou o velho – para trazê-lo a esta nossa casa. A chinela não foi roubada; nunca saiu das mãos da dona. João Rufino, vá buscar a chinela.

O homem magro saiu, e o velho declarou ao bacharel que a famosa chinela não tinha nenhum diamante, nem fora comprada a nenhum judeu do Egito; era, porém, turca, segundo se lhe disse, e um milagre de pequenez. Duarte ouviu as explicações, e, reunindo todas as forças, perguntou resolutamente:

– Mas, senhor, não me dirá de uma vez o que querem de mim e o que estou fazendo nesta casa?

– Vai sabê-lo – respondeu tranquilamente o velho.

A porta abriu-se e apareceu o homem magro com a chinela na mão. Duarte, convidado a aproximar-se da luz, teve ocasião de verificar que a pequenez era realmente miraculosa. A chinela era de marroquim finíssimo; no assento do pé, estufado e forrado de seda cor azul, rutilavam duas letras bordadas a ouro.

– Chinela de criança, não lhe parece? – disse o velho.

– Suponho que sim.

– Pois supõe mal; é chinela de moça.

– Será; nada tenho com isso.

– Perdão! tem muito, porque vai casar com a dona.

– Casar! – exclamou Duarte.

– Nada menos. João Rufino, vá buscar a dona da chinela.

Saiu o homem magro, e voltou logo depois. Assomando à porta, levantou o reposteiro e deu entrada a uma mulher, que caminhou para o centro da sala. Não era mulher, era uma sílfide, uma visão de poeta, uma criatura divina.

Era loura; tinha os olhos azuis, como os de Cecília, extáticos, uns olhos que buscavam o céu ou pareciam viver dele. Os cabelos, desleixadamente penteados, faziam-lhe em volta da cabeça, um como resplendor de santa; santa somente, não mártir, porque o sorriso que lhe desabrochava os lábios, era um sorriso de bem-aventurança, como raras vezes há de ter tido a terra.

Um vestido branco, de finíssima cambraia, envolvia-lhe castamente o corpo, cujas formas aliás desenhava, pouco para os olhos, mas muito para a imaginação.

Um rapaz, como o bacharel, não perde o sentimento da elegância, ainda em lances daqueles. Duarte, ao ver a moça, compôs o chambre, apalpou a gravata e fez uma cerimoniosa cortesia, a que ela correspondeu com tamanha gentileza e graça, que a aventura começou a parecer muito menos aterradora.

– Meu caro doutor, esta é a noiva.

A moça abaixou os olhos; Duarte respondeu que não tinha vontade de casar.

– Três coisas vai o senhor fazer agora mesmo – continuou impassivelmente o velho –: a primeira, é casar; a segunda, escrever o seu testamento; a terceira engolir certa droga do Levante...

– Veneno! – interrompeu Duarte.

– Vulgarmente é esse o nome; eu dou-lhe outro: passaporte do céu.

Duarte estava pálido e frio. Quis falar, não pôde; um gemido, sequer, não lhe saiu do peito. Rolaria ao chão, se não houvesse ali perto uma cadeira em que se deixou cair.

– O senhor – continuou o velho – tem uma fortunazinha de cento e cinquenta contos. Esta pérola será a sua herdeira universal. João Rufino, vá buscar o padre.

O padre entrou, o mesmo padre calvo que abençoara o bacharel pouco antes; entrou e foi direito ao moço, engrolando sonolentamente um trecho de Neemias ou qualquer outro profeta menor; travou-lhe da mão e disse:

– Levante-se!

– Não! não quero! não me casarei!

– E isto? – disse da mesa o velho, apontando-lhe uma pistola.

– Mas então é um assassinato?

– É; a diferença está no gênero de morte: ou violenta com isto, ou suave com a droga. Escolha!

Duarte suava e tremia. Quis levantar-se e não pôde. Os joelhos batiam um contra o outro. O padre chegou-se-lhe ao ouvido, e disse baixinho:

– Quer fugir?

– Oh! sim! – exclamou, não com os lábios, que podia ser ouvido, mas com os olhos em que pôs toda a vida que lhe restava.

– Vê aquela janela? Está aberta; embaixo fica um jardim. Atire-se dali sem medo.

– Oh! padre! – disse baixinho o bacharel.

– Não sou padre, sou tenente do Exército. Não diga nada.

A janela estava apenas cerrada; via-se pela fresta uma nesga do céu, já meio claro. Duarte não hesitou, coligiu todas as forças, deu um pulo do lugar onde estava e atirou-se a Deus misericórdia por ali abaixo. Não era grande altura, a queda foi pequena; ergueu-se o moço rapidamente, mas o homem gordo, que estava no jardim, tomou-lhe o passo.

– Que é isso? – perguntou ele rindo.

Duarte não respondeu, fechou os punhos, bateu com eles violentamente nos peitos do homem e deitou a correr pelo jardim fora. O homem não caiu; sentiu apenas um grande abalo; e, uma vez passada a impressão, seguiu no encalço do fugitivo. Começou então uma carreira vertiginosa. Duarte ia saltando cercas e muros, calcando canteiros, esbarrando árvores, que uma ou outra vez se lhe erguiam na frente. Escorria-lhe o suor em bica, alteava-se-lhe o peito, as forças iam a perder-se pouco a pouco; tinha uma das mãos ferida, a camisa salpicada do orvalho das folhas, duas vezes esteve a ponto de ser apanhado, o chambre pegara-se-lhe em uma cerca de espinhos. Enfim, cansado, ferido, ofegante, caiu nos degraus de pedra de uma casa, que havia no meio do último jardim que atravessara.

Olhou para trás; não viu ninguém; o perseguidor não o acompanhara até ali. Podia vir, entretanto; Duarte ergueu-se a custo, subiu os quatro degraus que lhe faltavam, e entrou na casa, cuja porta, aberta, dava para uma sala pequena e baixa.

Um homem que ali estava, lendo um número do *Jornal do Comércio*, pareceu não o ter visto entrar. Duarte caiu numa cadeira. Fitou os olhos no homem. Era o major Lopo Alves. O major, empunhando a folha, cujas dimensões iam-se tornando extremamente exíguas, exclamou repentinamente:

– Anjo do céu, estás vingado! Fim do último quadro.

Duarte olhou para ele, para a mesa, para as paredes, esfregou os olhos, respirou à larga.

– Então! Que tal lhe pareceu?

– Ah! excelente! – respondeu o bacharel, levantando-se.

– Paixões fortes, não?

– Fortíssimas. Que horas são?

– Deram duas agora mesmo.

Duarte acompanhou o major até a porta, respirou ainda uma vez, apalpou-se, foi até à janela. Ignora-se o que pensou durante os primeiros minutos; mas, ao cabo de um quarto de hora, eis o que ele dizia consigo: – Ninfa, doce amiga, fantasia inquieta e fértil, tu me salvaste de uma ruim peça com um sonho original, substituíste-me o tédio por um pesadelo: foi um bom negócio. Um bom negócio e uma grave lição: provaste-me ainda uma vez que o melhor drama está no espectador e não no palco.

Quem não quer ser lobo...

I

A carteira perdida

Na última noite de Carnaval do ano de 1863, houve em um dos hotéis desta boa cidade do Rio de Janeiro uma lauta ceia que durou até ao raiar do dia. Os convivas saíram a pouco e pouco, e foram uns a pé, outros de carro, a caminho do respectivo domicílio.

O último que saiu do hotel era um rapaz magro, alto, franzino na aparência, mas dotado de grande vigor de pulso, como alguns durante a noite e o baile tiveram ocasião de experimentar. Saiu um tanto trôpego, já pelo cansaço, já pelo vinho, e aos olhos espantados das quitandeiras que passavam para o mercado, dos varredores das ruas e dos entregadores de jornais, foi tomando a direção da casa, que era no fim da rua da Ajuda.

Justamente no ponto em que se cruzam as ruas da Ajuda, Ourives, S. José e Parto, o nosso tardio conviva deu com o pé num objeto; abaixou-se para ver o que era; era uma carteira. Olhou em volta de si; as ruas estavam desertas; nas lojas abertas, ninguém havia que o pudesse ver. Meteu a carteira no bolso e seguiu para casa.

O moleque já o esperava acordado, depois de ter dormido em santa paz a noite anterior. O moço subiu as escadas lentamente, despediu-se, e antes de se entregar às delícias do sono, examinou a carteira e o conteúdo.

A carteira era de couro da Rússia e fechada por uma fita de borracha. Abriu-a sofregamente e inventariou os objetos que continha:

Dois recibos de cabeleireiro.

Um de alfaiate.

Duas contas sem recibo.

Uma flor seca.

Dois cartões da barca Ferry.

Uma letra por encher.

Três advertências amargas de credores.

Três notas de dois mil-réis.

Uma carta de namoro.

Aparentemente eram outras tantas indicações para saber quem era o dono do achado, que não valia a pena guardar.

Engano.

As contas estavam rasgadas justamente no lugar onde devera estar o nome, e as cartas dos credores e de namoro não tinham sobrescrito.

– Leve o diabo a dono disto! – exclamou o rapaz – que me fez construir tantos castelos no ar... Devia tê-lo adivinhado. O destino não me faz senão destas. José!

Veio o moleque.

– Acorda-me amanhã às onze horas; preciso sair.

Dada esta ordem, meteu-se o rapaz nos lençóis, e o leitor pode fazer o mesmo se me está lendo de noite. Ao capítulo seguinte, saberá quem era o rapaz e o que saiu da carteira.

II
Z. Y.

Coelho era o nome do mancebo que festejara tão lautamente o Carnaval na última noite, que saíra por último do hotel, que encontrara a carteira na rua de S. José e ficara logrado nas suas esperanças.

Tinha vinte e seis anos e exercia o emprego que lhe dava para comer, vestir, e gozar a vida, desde que não quisesse ir além dos limites razoáveis que a posição lhe impunha.

Nesse ponto, é que pegava o carro.

Coelho tinha mais ambições que dinheiro, e não há pior situação que a de um homem cujo espírito está acima das algibeiras. Ter a algibeira acima do espírito, dizem os poetas que não é coisa de todo desejável: estou que falam teoricamente.

Em todas as loterias, comprava um meio bilhete que lhe saía invariavelmente branco. Um dia, conseguiu tirar quarenta mil-réis, fato que coincidiu com a queda do ministério de Caxias e a morte de um parente chegado. Gastou os vinte mil-réis recebidos no aluguel do carro, na compra de luvas para ir ao enterro, e deu o resto a um pobre.

Casamento rico era uma das suas ambições, mas em vão alongava os olhos pela cidade; não aparecia noiva que lhe ficasse à mão.

Coelho desistiu do intento.

Ultimamente, parecia resignado à sorte. Começou a viver solitário, e desse programa só o Carnaval o arrancou por três dias. Foi muito festejado pelos amigos e respectivas damas e fez coisas do arco-da-velha. Mas aquela exceção acabou com o último dia: na Quarta-Feira de Cinzas, reatou o fio à regra.

O achado da carteira pareceu-lhe providencial, e desde o lugar onde se deparara o misterioso objeto, até ao fim da rua da Ajuda foi fazendo mil castelos no ar.

Já sabemos como se lhe dissiparam todos. Ao dia seguinte, tão pobre estava como na véspera.

Só uma grande e excepcional dedicação aos negócios públicos poderia fazer que um rapaz fosse à repartição depois de uma Terça-Feira de Carnaval. Coelho levantou-se da cama, à hora em que o criado foi cumprir a ordem de o acordar.

Almoçou pouco e tratou de vestir-se para sair. Antes disso, olhou de relance a carteira que estava sobre a secretária.

— José! — disse ele.

— Senhor.

— Hás de levar um anúncio ao *Jornal do Comércio*.

E olhando a carteira:

— Se tu soubesses, miserável objeto, as ilusões que me deste ontem! E com as ilusões os terríveis desenganos que sofri... Por que não trouxeste em teu bojo uns vinte contos pelo menos? Era pouco, mas era alguma coisa...

Dizendo isto, foi maquinalmente abrindo a carteira. Inventariou de novo os papéis que havia dentro; abriu de novo todos os escaninhos; nada! Ia já deitá-la a um canto com um gesto de desespero, quando, entre duas notas de dois mil-réis, descobriu um papelinho dobrado.

— Que é isto? — dizia ele.

O papel era fino, azulado e perfumado. Cheirava a amores. Coelho desdobrou-o rapidamente com a ansiedade própria de quem fareja mistérios. A letra era bem talhada e segura; poucas linhas eram, e diziam assim:

18 de fevereiro

Meu C...

Meu tio vai amanhã para a Tijuca, e minha tia há de ter visitas. Vem amanhã ao jardim; estarei na janela do fundo, e contar-te-ei o que se passou.

Tua *L*...

Eu faltaria à verdade e às regras mais elementares do romance se não dissesse que o rapaz leu e releu esta carta muitas vezes. Não faltaria tanto às regras do romance, mas faltaria com certeza à verdade, se não contasse que à sexta ou sétima leitura o nosso herói deu dois pulos no gabinete, pregou os olhos no teto e chegou a carta aos lábios.

A causa dessa alegria, na aparência inverossímil, sabê-la-á o leitor desde que eu lhe disser que o papel da carta era marcado, e que a marca constava de duas iniciais, Z. Y., que estas duas iniciais eram as de Zózimo Ypsilanti, e que este nome arrevesado era de um grego que naquele tempo negociava nesta praça.

– É dela, não há dúvida – dizia o rapaz consigo –; creio que em nenhuma outra língua há quem se chame Z. Y. Não; Z. Y. tem um perfume helênico. Trata-se da sobrinha de Ypsilanti; é preciso tirar daqui as vantagens possíveis. Exploremos o assunto.

Toda esta cena se passara em frente do moleque, que, desde que viu o senhor dar pulos na sala, concluiu logicamente que estaria nas fronteiras da demência. Consequentemente, deu dois passos para a porta com ideia de fugir apenas visse da parte do Coelho algum gesto menos pacífico, e ir logo dar parte ao inspetor do quarteirão, medida aliás inteiramente inútil, porque o inspetor só estava em casa das Ave-Marias em diante.

– José – disse Coelho –, não é preciso ir levar o anúncio ao *Jornal do Comércio*. Viste-me dar dois pulos há pouco?

– Vi, sim, senhor.

– Foi de alegria, José; recebi uma carta de meu irmão que está na Bahia. Fizemos as pazes, e é por isso que estou alegre. Recomendo-te, porém, não digas isto a ninguém; toma estes seis mil-réis.

E deu-lhe as três notas que achara na carteira.

– Sim, senhor, obrigado.

José saiu do gabinete mais tranquilo, contente com a explicação e o dinheiro.

III
L.

Coelho não saiu de casa antes das cinco horas. Gastou todo o tempo a investigar um meio de tirar vantagem da misteriosa carta, e tão depressa organizava um programa, como o achava impraticável. Se os reunisse todos em cinco atos e sete quadros, teria produzido um excelente melodrama.

Aqui, perguntará naturalmente o leitor se valia a pena gastar tanto tempo com uma carta que aparentemente não dizia nada. Perdoo à ignorância do leitor esta pergunta infundada, e passo a resumir as razões que justificam no meu herói as longas horas de meditação a que se entregou.

Lúcia Soares era uma moça de vinte e dois anos, sobrinha da mulher de Zózimo Ypsilanti, e universal herdeira de ambos. Ypsilanti passava por ter uma grande fortuna; aparentemente, tinha muito pouco, e havia quem lhe não desse quinze contos por tudo; mas a maioria do povo dizia que Ypsilanti era senhor de duzentos contos bem puxados. Os hábitos de avarento davam alguma verossimilhança a este boato; vestia mal e grosseiramente; gastava pouco, regateava muito e não dava nada a ninguém. Se fosse pobre, se ao menos a opinião o julgasse tal, aquilo seria refletida economia; mas, com a fama de rico de que ele gozava, a economia era pura avareza.

Ora, se a riqueza fazia de Lúcia uma das três Graças, a natureza tinha-a feito uma das três Fúrias. Uma testa curtinha, uns olhos vesgos, pequenos e apagados, um lábio superior oblíquo, umas faces grossas, tais eram os dotes negativos que recebera do berço. A inteligência era como os olhos, vesga, pequena e apagada. A educação, porém, fora algum tanto esmerada. Lúcia tocava piano, sabia muitas coisas de costura, desenhava bem e falava corretamente a língua francesa.

Deram-lhe tais prendas os pais, que desse modo quiseram emendar a natureza, e deixar-lhe alguma herança real. Era órfã desde a idade de dezessete anos, e vivia com os tios, que a amavam e procuravam fazê-la feliz.

Coelho já a conhecia de algum tempo; estivera com ela numa reunião em que lhe disseram que Lúcia seria senhora algum dia do melhor de duzentos contos de réis. Infelizmente, estava o nosso mancebo à busca de outra herança de algarismo igual, com a diferença que a dona em questão era excepcionalmente bonita.

Coelho sabia perfeitamente que a riqueza deve rimar com a beleza, e ainda não compreendia naquele tempo o verso solto. Agora, porém, que se achava desenganado de achar o casamento, já se contentava com uma toante e a sobrinha do grego era justamente o que lhe convinha.

De que maneira, porém, conseguiria ele, com o auxílio de uma carta, entrar na posse dos bens de Ypsilanti?

A sua primeira ideia foi menos ambiciosa. Sabendo que o tio de Lúcia era um velho irritável e severíssimo, lembrou-se de ir ameaçar o namorado de Lúcia, e restituir-lhe a carta mediante recompensa. Este meio, porém, pareceu-lhe indigno, e foi posto de lado.

Às cinco horas, nada tinha resolvido; saiu para jantar no hotel; e teve a felicidade de não encontrar conhecido. Enquanto comia, pensava no caso. Ao meio do jantar, trouxe-lhe o criado um jornal para ler.

Recusou.

– Quer alguma ilustração?

– Não quero nada.

Dizendo isto, arredou os jornais com a mão. Nesse momento, porém, leu o título de um capítulo do folhetim que um dos jornais estava publicando.

O título era: – *De noite, todos os gatos são pardos.*

– Ah!

Este grito soltado por Coelho chamou a atenção dos fregueses e dos criados da casa. Um destes correu assustado para ele e perguntou se se engasgara com algum osso. Coelho observou-lhe que, estando a comer ervas, era humanamente impossível engasgar-se com um osso, e pediu-lhe polidamente que o deixasse acabar de jantar.

A razão do grito é clara: o provérbio era um raio de luz.

– De noite, todos os gatos são pardos – repetia ele consigo –; irei ao jardim de Lúcia em lugar do namorado... e o resto à sorte.

Tendo adotado um plano, dispôs-se a jantar com mais tranquilidade. Comeu e bebeu à larga, pediu charutos e café, recostou-se na cadeira, e esperou que a digestão se fizesse em boa paz.

IV
No jardim

Às Ave-Marias, estava Coelho em casa pronto e preparado para ir à entrevista. Não sabia bem o que lhe aconteceria nessa noite, mas tinha uma tal ou qual confiança no resultado da aventura.

Quase a pôr o pé na rua, surgiram-lhe no espírito duas dúvidas.

Primeiro:

Seria tarde ou cedo a hora da entrevista?

Segundo:

Não iria ele encontrar-se com o outro, visto que a carta já estava aberta, o que era sinal de que ele a houvesse lido?

Durante um quarto de hora, esteve o nosso Coelho indeciso. A empresa chegou a parecer-lhe extravagante.

– O que estou fazendo é absurdo – dizia ele sentando-se no sofá –; não se faz isto na vida real, em 1863, na cidade do Rio de Janeiro. Estou simplesmente doido. Isso contado não se acredita.

Mas com estas ideias lhe foram aparecendo outras. Uma voz secreta dizia-lhe que tentasse a empresa, porque o desenlace seria completo. Coelho ainda procurou chamar a razão em seu auxílio, mas era tarde: o destino havia-se apoderado dele.

O jardim tinha uma porta para a rua. Eram oito horas da noite; e, posto que a rua não fosse muito frequentada, era ainda cedo para poder impunemente penetrar no jardim.

Coelho encostou-se ao muro, e estando a porta aberta, enfiou o olhar para dentro. Descobriu duas janelas, uma fechada e outra aberta; no interior, havia luz.

Entretanto, nem no jardim, nem na casa havia o menor vestígio de gente.

– Naturalmente, está ela na sala – pensava Coelho –; o diabo é eu não saber a hora; pode vir alguém e descobrir-me... E se me fecham a porta? O outro talvez tenha alguma chave...

Nesse ponto, ouviu passos na calçada. Um vulto aproximava-se costeando o muro.

– É ele – pensou Coelho.

Sua primeira ideia foi recuar, ou passar para o lado oposto; mas refletiu que esta mesma prevenção podia descobrir o seu intento.

O vulto veio andando, andando, andando, até que enfrentou com ele.

Parou.

Coelho estremeceu.

– Estou perdido! – disse ele consigo.

O vulto meteu a mão no bolso sem tirar os olhos de Coelho, sacou um objeto que ele não viu, mas que supôs ser um ferro; tirou o chapéu e disse polidamente:

– Faz favor do fogo?

Coelho respirou.

Deu-lhe o charuto em que o homem acendeu o seu e prosseguiu viagem, sem voltar os olhos para trás.

– Sempre sou um medroso! – disse Coelho consigo. – Creio que se o homem me lança a mão, eu morreria de medo. Mas também o caso é arriscado; se o meu rival se apresenta, estou perdido; pelo menos, entro em uma luta desagradável.

Neste caminho das suas reflexões, Coelho passou do medo ao terror. Parecia-lhe ver já diante de si o desconhecido namorado, munido de um cacete, ou de um punhal, e ele morto ou espancado, na sala da polícia, interrogado pela autoridade, examinado pelos médicos; e no dia seguinte, o seu nome impresso em todas as folhas, e o caso contado com todos os pormenores.

Quis fugir.

Mas, de repente, sentiu um rumor no jardim.

Era a moça que chegava com estrépito, sem dúvida para dar sinal ao namorado, caso ele estivesse nas imediações.

Coelho não pôde resistir.

Deitou um olhar à rua; ninguém o via nesse momento. Persignou-se e entrou no jardim.

Lúcia viu aparecer à porta o vulto e fez um sinal com o lenço. Coelho aproximou-se cautelosamente da janela, que ficava elevada. A ideia da existência de algum cão atravessou-lhe o espírito:

– Oh! meu Deus! – disse ele.

E estacou.

Mas a moça estava presente e não havia recuar.

Continuou a andar na direção da janela.

– És tu, Carlos? – perguntou a moça.

– Sou eu – disse Coelho, com voz fraca.

– Não pude vir mais cedo – disse Lúcia –, porque minha tia quis por força que eu ficasse na sala. Agora pude sair sem que ela reparasse. A nossa conversa não pode ser longa. Ninguém te viu?

– Ninguém – murmurou Coelho, que não queria ser descoberto pela voz.

– Sabes o que tem acontecido?

– Não.

– Meu tio anda desconfiado do nosso amor.

– Ah!

– Ouvi-o no domingo estar conversando com minha tia e dizendo que havia de saber quem era o brejeiro que andava a namorar-me, e que lhe havia de quebrar as costelas.

Ouviu-se um suspiro; ele pensou que era alguém de casa, mas reparou que era ela mesma.

– Não te parece que estamos mal? – perguntou a moça.

– Sim – disse Coelho.

– Mas que tens hoje? – disse ela. – Estás tão calado! Não me respondes senão com palavras soltas. Sofres alguma coisa?

– Oh!

– É aquela dor de peito que te continua a dar?

– É.

– Pobre Carlos!

Neste momento, ouviu-se um rumor. Era um pisar mansinho na areia do jardim.

– Que será? – pensou Coelho.

– Guardei uma flor para ti – disse a moça. – Queres?

– Quero – grunhiu Coelho.

– Lá vai.

E Lúcia debruçando-se na janela atirou a flor, que Coelho apanhou e levou aos lábios.

– Céus! que é isto? – murmurou a moça.

Era a voz de um cão que se ouvira, e a voz de alguém que animava o cão.

– Há alguém?

– Há – disse Coelho mais morto que vivo.

– Há de ser o preto.

E olhou na direção do latido.

Coelho não queria saber se era ou não o preto; a sua ideia definitiva era dirigir-se à porta e pôr-se ao fresco.

Nesse sentido, começou a recuar; mas o latido do cão aproximava-se e dentro de pouco tempo um vulto de homem e um vulto de cão se apresentaram em frente de Coelho.

O cão parou e pareceu consultar o homem. Este fez um sinal e chegou-se a Coelho.

Coelho encomendou a alma a Deus.

Um grito ouviu-se da janela. Era Lúcia, que desapareceu imediatamente.

– Quem é o senhor? – disse o vulto.

– Eu... – balbuciou Coelho.

– Sim... diga!

– Eu...

– Eu quem?

E como Coelho não respondesse, o vulto pegou-lhe no braço e procurou arrastá-lo para dentro. Coelho resistiu.

– Vou dizer tudo – gritou ele.

– Venha cá dentro; estaremos mais a gosto.

Era impossível resistir; Coelho acompanhou o vulto.

V
O vulto

Ao rés do chão, e por baixo das janelas, havia uma sala, com uma mesa e poucas cadeiras, iluminada por um bico de gás.

Aí entraram o vulto, Coelho e o cão.

Este foi acocorar-se a um canto com os olhos em Coelho à espera de um sinal do vulto.

Coelho e o vulto encararam-se antes de se sentarem.

– Ah! – exclamou o vulto.

– Ah! – exclamou Coelho.

– Pois é o senhor?

– Eu...

– Temos o *eu* outra vez – disse o vulto, que era nem mais nem menos Ypsilanti.

– Vou explicar-lhe tudo – disse Coelho, resolvido a contar a história da carteira, o mau pensamento que tivera, e obter assim o perdão do que acabava de fazer.

– Sente-se – disse Ypsilanti.

Coelho obedeceu. Ypsilanti sentou-se em frente dele, do outro lado.

– O senhor sabe – disse o velho tio de Lúcia – que acaba de fazer uma coisa muito feia.

– Sei, sim, senhor.

– Uma coisa horrível, que eu não lhe perdoarei jamais?

Coelho estendeu a mão:

– Se me quiser ouvir – disse ele.

– Ouvi-lo? Mas que me dirá o senhor para justificar o que acaba de fazer? É desse modo que pretende haver alguma coisa, que possuo? Está em minhas mãos, e eu posso fazer do senhor o que quiser. Que diria o senhor se eu o denunciasse à polícia como ratoneiro?

– Senhor!

– E ratoneiro é o senhor, porque tirar um par de galinhas de um quintal e um par de contos da algibeira de um homem honesto, é a mesma coisa; só difere o meio. O senhor quis tirar-me um par de contos...

– Enfim – disse Coelho ansioso por explicar tudo, e chamar o furor do velho para o verdadeiro ratoneiro, como ele disse –, enfim, eu espero convencê-lo de que não sou tão culpado como pareço.

– Há de ser difícil.

– Não é.

– Estou ouvindo.

Ypsilanti tirou um charuto do bolso, acendeu e começou a fumar tranquilamente, enquanto Coelho começava a narração do achado da carteira e do pensamento que tivera: não lhe ocultou que a circunstância de não ter dinheiro, que a ambição de possuir alguma coisa o levara àquele erro.

– Tal é, senhor Ypsilanti, o motivo que aqui me trouxe. Foi um erro de que eu me envergonho, mas o senhor pode ver na franqueza com que eu confesso tudo, o arrependimento que já tenho do que fiz. Agora, só me resta pedir o seu perdão... ou expor-me ao que o senhor quiser fazer.

Ypsilanti soltou uma gargalhada.

Coelho enfiou.

– De que se ri? – disse ele.

– De que me hei de rir? Da sua imaginação fecunda. Em tão pouco tempo, criou o senhor um romance, que eu poderia aceitar se já não tivesse estes cabelos brancos.

– Pois crê...

– Não creio em nada do que o senhor me disse...

Coelho encolheu os ombros.

– Então, não sei o que lhe hei de dizer...

– A verdade.

– Já a disse.

– Não; a outra.

– Não há senão esta.

– Quero ouvir a outra verdade, que é a única verdadeira. E não é melhor ser franco? Por que não me confessa que ama minha sobrinha, que esta lhe corresponde, e que o senhor nutre a esperança de casar com ela?

Ypsilanti disse estas palavras com um modo tão brando que Coelho começou a ver as coisas por outra face. Esperava encontrar um tigre, e achou-se diante de um cordeiro.

Cordeiro não o era ele tanto, porque logo depois das palavras acima transcritas, rompeu nestas:

– Vamos! fale, meu atrevido! meu sedutor de donzelas!

– Eu já lhe disse a verdade.

– Não disse. A verdade é que o senhor namora a pequena há alguns meses, que tem vindo algumas vezes ao jardim, segundo me consta, que lhe escreve e é correspondido.

Coelho fez um gesto para falar.

Ypsilanti continuou:

– E pensa que não sei a razão por que me não tem falado? É porque receia que eu lha recuse. Sabe que eu tenho fama de severo e que só admitirei casamento em condições vantajosas... Esta é a verdade.

Ypsilanti estava outra vez com o modo brando, e Coelho de novo se animou a tirar proveito da situação.

– Ora, conquanto eu deseje para minha sobrinha um noivo rico, não faço disso questão principal. Pode ser pobre e honesto. Se está nessas condições, por que não me fala? Era melhor; não daria que falar.

Luziu nos olhos de Coelho a posse de algumas dezenas de contos de réis. Era argumento melhor que todos os raciocínios. A disposição de Ypsilanti o animou a dar mais um passo.

– Pois, senhor Ypsilanti – disse Coelho –; tudo confesso; é verdade, eu amo sua sobrinha e peço-lha em casamento. A ocasião não é talvez própria, mas...

– Própria é – disse Ypsilanti –; mas confesse que procedeu muito indignamente até hoje, e que, se eu não fosse uma boa alma, o senhor devia estar morto a esta hora.

Dizendo isto, bateu o velho com a mão na mesa; o cão grunhiu do seu lugar; e Coelho cuidou seriamente que ainda não estava salvo.

Mas tudo passou depressa.

– Pois, senhor, venha amanhã pedi-la oficialmente. E prometa desde já que a há de fazer feliz.

– Juro! – disse Coelho. – E peço-lhe que acredite, senhor Ypsilanti, que não é a ideia da sua riqueza que me fez amar sua sobrinha, mas...

Ypsilanti sorriu.

– Bem sei, bem sei – disse ele.

Depois acompanhou-o até à porta do jardim.

– Até amanhã.

– Até amanhã.

VI
Mistério

Fechou-se a porta do jardim. Coelho parou na rua, atônito. Durante um quarto de hora, não pôde dar um passo.

Tudo lhe parecia um sonho.

De duas uma:

Ou tinha de ser metido numa terrível embrulhada, de que era incerto que saísse bem, ou então, a sua felicidade era certa.

Mas como supor a segunda hipótese?

Enganar o tio era possível; mas a sobrinha? Quando esta o visse reconheceria perfeitamente o engano e teria franqueza para dizer ao velho que o seu namorado não era ele mas outro. O velho perdoaria aos dois, e descarregaria sobre ele todo o furor.

Coelho caminhou lentamente para casa meditando no que acabava de ocorrer. Cada vez se lhe entranhava mais no espírito a convicção de que a situação era para ele terrível; e ao mesmo tempo perguntava a si mesmo como pudera crer que fosse possível conseguir alguma coisa nas condições em que lhe apareceu a carta.

– Eu estava doido, sem dúvida – dizia consigo Coelho. Supor que poderia dali sair alguma coisa boa, era realmente ter perdido o juízo.

Quando chegou a casa estava resolvido a abrir mão da sobrinha de Ypsilanti.

– Mas será isso possível? – perguntava Coelho a si mesmo –; depois do que se passou, conhecendo-me ele, ainda que pouco, é impossível deixar a empresa. Em rigor, eu devo-lhe uma satisfação. Não há remédio. Em que situação me fui colocar!

Depois a ideia dos contos de réis de novo lhe apareceu com todo o seu cortejo de gozos e fantasias.

– Rico – dizia ele –; rico! Oh! isto é um sonho! Eu posso estar rico daqui a um mês. Foi a minha estrela que me levou lá; está dito. – E poderia satisfazer a sua ânsia de fazer figura.

Pelas quatro horas, conseguiu fechar os olhos.

Mas os sonhos continuaram os cálculos; e o nosso Coelho acordou tarde, bem-disposto, risonho e quase rico; pelo menos, rico de imaginação.

O moleque começou a experimentar a feliz mudança operada no ânimo do senhor. Não recebeu o pontapé matinal de costume, e teve o gosto de assobiar uma ária sem medo de interrupção.

Coelho mandou comprar um par de luvas brancas, e encomendar um carro, preparou-se, perfumou-se, e ensaiou-se para a arriscada empresa. Enquanto não saía de casa, tudo parecia ir facilmente, mas apenas se meteu no carro, e este começou a rodar pelas ruas da cidade na direção da casa do grego, tudo se foi alterando no espírito do rapaz.

– Mas eu estou vivendo em pleno romance de ontem para cá – dizia o mísero –; isto é uma loucura. A rapariga vai reconhecer-me, adivinhará tudo, ou antes, não adivinhará nada, mas compreenderá ao menos que não sou eu o namorado, e tudo se desfaz e eu estou em pior posição do que ontem. O velho, apesar da confissão que lhe fiz, não me há de perdoar a audácia, desde que souber que eu efetivamente a pratiquei. Tudo isso é rematada loucura.

E o carro ia andando.

Então, voltava à mente de Coelho a ideia do dinheiro, e esta doce imaginação o seduzia e lançava uma espécie de véu sobre os perigos que ele antevia. Imaginava um belo prédio, carros, bailes, joias, passeios, todos os sonhos de um homem que não tem e quer possuir.

Mas, como o carro andava sempre, e o momento decisivo ia se aproximando, Coelho tornava aos seus terrores, e de novo hesitava se devia ir à casa do velho ou voltar para trás.

No meio dessas alternativas lembrou-lhe um meio que conciliava as esperanças com os receios.

– Entro – pensava ele –; o velho recebe-me; faço o meu pedido. Mandam vir a pequena, e apenas esta aparecer, antes que saiba do assunto, faço-lhe um gesto para que se não oponha, como quem lhe explicará o caso depois. Ela imaginará que estou de acordo com o namorado, e aguardará a explicação. Quando vier a ocasião, procurarei expor a verdade. Sim, este é o verdadeiro meio.

Com este pensamento foi até à casa de Ypsilanti. O velho já o esperava com ansiedade; recebeu-o cortesmente, ainda que não sem um ar severo, que aliás lhe era peculiar.

Feitos os cumprimentos e presente a tia de Lúcia, expôs Coelho o objeto da sua visita, proferindo um pequeno discurso análogo ao ato, que o velho ouviu com um significativo meneio de cabeça.

– Pela minha parte – disse este –, consinto no pedido que faz; mas é mister que minha sobrinha consinta também. Vou mandar chamá-la.

D. Manuela, esposa de Ypsilanti, dignou-se aprovar a resposta do marido e mandou chamar Lúcia. Não tardou que a sobrinha aparecesse à porta, convenientemente vestida, e com os olhos baixos.

Coelho estremeceu.

Não contara com este gesto de modéstia, tão natural da moça que é pedida para casar, e não sabia como fazer o gesto que devia salvar a situação.

Lúcia aproximou-se lentamente do grupo.

– Meu tio – murmurou ela.

– Senta-te, Lúcia – disse D. Manuela.

Lúcia sentou-se, sempre com os olhos pregados no chão.

Coelho estava em suores frios. Debalde olhava para ela, a moça não levantava os olhos. Começou a tossir para ver se ela levantava os olhos. Ypsilanti, vendo a insistência da tosse, mandou fechar a janela que ficara por trás de Coelho.

Tudo estava perdido.

– Lúcia – disse o velho tio –, este senhor vem pedir-te em casamento. Aceitas o seu pedido?

Houve um silêncio.

"Vai olhar para mim" – pensou Coelho –, "tudo está acabado."

– Então? – disse D. Manuela.

– Aceito.

– Tudo está arranjado – disse Ypsilanti –; resta marcar o dia do casamento.

Outro silêncio.

Lúcia não levantara os olhos do chão. Coelho estava em brasas. Esperava o momento em que ela ia levantar os olhos e soltar um grito de surpresa.

Como ela insistia em não olhar para ele, achou ele que o mais prudente era esquivar-se quanto antes e, por meio de uma carta, explicar-lhe tudo.

Ia já a levantar-se, quando Ypsilanti lhe disse:

– Toma chá conosco, senhor Coelho?

Coelho! O nome próprio do homem! Era impossível que, ao ouvir o nome de Coelho, a moça não levantasse os olhos com pasmo.

Nada!

Esta surpresa foi a maior sensação que o nosso herói tivera até aquele momento.

– Será surda? – perguntou ele. – Mas não; ontem ouvia perfeitamente os meus monossílabos.

– Então, senhor Coelho? – repetiu Ypsilanti. – Não toma chá conosco?

– Peço desculpas.

– E eu não lhas dou – acudiu D. Manuela –, há de tomar chá.

– Minha senhora; é-me impossível – disse Coelho com os olhos pregados em Lúcia –; tenho um objeto imperioso que me impede de aceitar este gracioso convite.

Coelho disse estas palavras com voz clara e firme. Lúcia moveu a cabeça para ele.

Coelho nem teve tempo de respirar; fez um gesto com os olhos, enquanto a moça, parecendo não reparar no gesto, volvia a cabeça para o tio e a tia, e mostrava-se completamente senhora de si.

– Não entendo – concluiu entre si o rapaz.

Conversaram ainda algum tempo, até que o pretendente se despediu sem que a noiva lhe desse o menor sinal de surpresa. Parecia que o amava há muito tempo.

– Que mistério será este? – dizia ele no carro –; seja o que for, a moça está caída; vou enfim ser rico.

VII
A sombra de Banquo

Coelho abençoou o acaso e o Carnaval, autores do achado da carteira anônima e da misteriosa carta que o levou à fortuna.

Começou a frequentar a casa de Ypsilanti, logo no dia seguinte, à espera de uma ocasião em que pudesse esclarecer o mistério que parecia estar envolvido na indiferença com que Lúcia o ouviu e aceitou.

Durante oito dias, não pôde ter a ocasião desejada.

No nono dia, porém, alcançou ensejo de falar a sós com a noiva, e desde as primeiras palavras notou que ela, em vez de lhe dizer alguma coisa a respeito da situação em que se achava, conversou placidamente dos seus planos futuros.

– Lúcia – disse ele –, aproveito esta ocasião para explicar-te a nossa situação.

– Que situação?

– A situação em que me coloquei para contigo. Naquela noite em que fui ao jardim conversar...

– Ah! eras tu? – perguntou ela admirada.

Mais admirado, porém, ficou o nosso Coelho. Eras tu! Então ela confessa que dez dias antes, supunha ter falado ao outro namorado, e apesar disso ia casar com ele, sem nenhum escrúpulo nem resistência?

Havia aí um mistério. Como descobri-lo?

– De um modo simples – disse Coelho consigo mesmo –; pergunto-lho.

E depois de um silêncio:

– Lúcia, pergunto-lhe; admiras-te de que fosse eu quem naquela noite estava no jardim; supunhas então que era o outro... Quem?

Lúcia franziu a testa, levantou a cabeça, mediu o rapaz de alto a baixo e saiu da janela.

– Está tudo perdido – pensou Coelho –; lá se me vai a pequena, e com ela... Reparemos o erro.

O erro não era difícil reparar. Lúcia parece que esperava por isso mesmo.

– Olhe – disse ela –, há um mistério aparente, mas uma coisa muito natural, que eu só lhe explicarei depois de casada.

E disse isto com um ar tão mimoso, que por um triz não endireita a boca.

Coelho deu-se por satisfeito.

Foi marcado o dia do casamento e começaram a correr os banhos. Lúcia estava mais alegre que a mais alegre moça deste mundo; Ypsilanti dignou-se abrir um riso prazenteiro; e Coelho fez grandes promessas aos seus credores.

Dez dias antes do casamento, estava Coelho em casa devaneando e construindo os mais soberbos castelos, quando o moleque veio dizer-lhe que um sujeito mal-encarado o procurava.

– Conheces quem seja?

– Nunca o vi, não, senhor.

– Manda-o entrar.

Daí a pouco chegava Coelho à sala e dava com um homem alto, vestido de preto, sobrecasaca abotoada, cabelos em desordem e olhar ameaçador.

Coelho pôs-se em guarda.

– Que me quer?

Silêncio.

– Que me quer? – repetiu ele.

– Tenho a honra de falar ao senhor Coelho?

– Sim, senhor.

– Queria dar-lhe duas palavras.

– Pode falar.

Sentaram-se.

– Chamo-me Carlos...

– Ah!

– Ah?

Coelho estremeceu.

O homem continuou:

– Carlos Alves da Anunciação. Já ouviu alguma vez pronunciar o meu nome?

– Não me lembra...

– Lúcia devia casar comigo.

– Ah!

– Ah?

Coelho tornou a estremecer.

– E foi o senhor que me arrancou a felicidade das mãos, quem me lançou no abismo de todas as misérias, porque eu...

Não pôde continuar; tapou a cara com as mãos, e pareceu – pareceu ao menos – chorar à larga.

Coelho ficou comovido.

– Peço-lhe – disse este – que não me acuse...

– Não o acuso de nada – respondeu Alves –, eu apenas digo que foi o senhor quem me fez desgraçado, não por vontade própria, mas por irrisão da minha sorte. Seja o que Deus quiser...

Alves parecia mais calmo.

– Falei-lhe um pouco exaltadamente, mas é a dor que me obriga a estes arrebatamentos. Se soubesse como eu sofro!

– Mas que lhe poderei eu fazer agora? – disse Coelho.

O homem pareceu não ouvir essas palavras.

– Às vezes, cuido que estou doido. Sinto um fogo em mim; uma ardência... Ah!...

E, dizendo isto, começou a passear pela sala com grandes passos e sacudimentos de cabeça.

De repente, parou o homem.

– Senhor Coelho – disse ele –, eu quero perdoar-lhe e não posso.

– Perdoar-me? Mas que culpa...

Coelho estacou.

Estaria o homem informado da entrevista no jardim, e teria assim descoberto o achado da carteira? Nesse caso, era positivo que a noiva estava de acordo com o antigo namorado.

Coelho perdia-se num mar de conjeturas.

– Perdoar-me o quê?

– Perdoar-lhe a minha morte.

– A sua morte?

– Sim, porque eu vou morrer.

– Não! não deve morrer! Mas, em todo caso, já lhe disse, que tenho eu com isso? Que me quer o senhor?

Alves encarou-o, pôs o chapéu na cabeça e saiu.

VIII

A indenização

Coelho ficou atônito.

A entrada e a saída daquele homem seria inexplicável se ele não estivesse doido. Só a loucura podia explicar semelhante procedimento.

Coelho deu graças a Deus de se ver livre do doido, e deu ordem ao moleque de nunca mais abrir a porta àquele sujeito.

A ordem era inútil.

O homem reapareceu à porta da sala.

– Ainda aqui! – exclamou Coelho.

– É verdade – respondeu Alves. – Venho propor-lhe um meio de nos reconciliarmos.

Coelho fez um gesto de impaciência.

– Mas, senhor, nós nunca estivemos conciliados, nem brigados. Não sei que haja necessidade...

– Há – respondeu tranquilamente o homem. – Quer ouvir-me?

– Fale.

– Eu disse-lhe há pouco que amava a sobrinha de Ypsilanti. – Coelho fez um gesto afirmativo. – Era mentira – disse Alves.

– Ah!

– É verdade, era mentira, não a amava; o meu fim era fazer um bom casamento, isto é, um casamento rico.

– Ainda bem que o confessa – disse Coelho, respirando.

– Confesso.

Coelho levantou-se.

– Nesse caso – disse ele –, se e senhor tem a impudência de confessar que não amava a pessoa em questão, se confessa que queria um casamento rico, por que razão está aqui?

– Estou aqui por uma razão bem simples – disse tranquilamente o homem.

– Qual?

– Porque o senhor...

E parou.

– Porque eu... – disse Coelho.

O homem cravou os olhos nele.

– Porque eu... – repetiu Coelho.

– Porque o senhor também a não ama.

– O quê? – disse Coelho espantado.

– O senhor também a não ama...

– Essa agora!...

– O seu fim é também fazer um casamento de dinheiro... – concluiu tranquilamente o homem.

Coelho estava estupefato.

– De que se admira? – perguntou Alves.

– Da sua audácia.

– Em que consiste a minha audácia?

– Meu caro senhor, isto é ridículo – disse Coelho encolerizado –; a ninguém dou o direito de duvidar dos meus sentimentos.

– Não digo que o senhor dê esse direito a ninguém – retorquiu Alves sentando-se tranquilamente –, mas eu é que o tomo por minhas mãos.

– Mas enfim que quer o senhor?

Alves assumiu um ar melancólico, e respondeu:

– Que o senhor me indenize da perda que sofro em não casar com aquele anjo.

Coelho não podia cair em si. Alves falava com tanta segurança, que era impossível não supor nele uma resolução inabalável.

– Então, quer liquidar esse negócio comigo?

– Creio que o senhor não fala sério.

– Muito sério.

Coelho começou a refletir. Não lhe convinha ter por inimigo um homem cuja audácia se manifestara já tão singularmente. Tratou de ladear a questão.

– Eu não hesitaria em socorrê-lo – disse ele –, caso o senhor precisasse, mas confesso que não possuo nada.

Alves sorriu.

– Há de possuir.

– Mas...

– Eu não venho pedir-lhe socorro, mas uma indenização. Saibamos de uma coisa antes de tudo: adota essa indenização em princípio?

– Em princípio, nego-lha.

– Ah!

Houve um silêncio.

– Está bem – disse Alves –, deixemos os princípios; vamos aos fatos. Está pronto a dar-ma?

– Mas, senhor, isto é uma ladroeira – disse Coelho levantando a voz para que o moleque o ouvisse.

– Não, senhor, é uma indenização.

– Pois bem – disse Coelho, depois de alguns instantes de reflexão. – Vejamos as suas condições.

– Bravo! vejo que nos entendemos. As minhas condições são: dez contos de réis pagos dois meses depois do seu casamento.

– Dez contos! – exclamou Coelho.

– Sem lhe rebater um real; é largar ou pegar. Não é mau; o senhor deve entrar na posse de uns cem contos de réis pelo menos, além das esperanças; e nega uns pobres dez contos a quem lhe cede o lugar?

– Nada, não lhe dou um vintém – disse resolutamente Coelho.

– Sério?

– Sério.

– Olhe lá.

– Já disse; não lhe dou um vintém. Isto seria ridículo se não fosse infame. Peço-lhe que se retire.

Alves soltou uma gargalhada, pôs o chapéu na cabeça, cumprimentou o dono da casa e saiu dizendo:

– Até à vista.

IX
Ah!

Coelho respirou apenas se viu só. Repetiu ao moleque a ordem que lhe havia dado e preparou-se para dar boas notícias à noiva.

Logo nessa noite, estando com ela, falou na estranha visita que lhe fizera Alves.

– Sabes quem foi hoje à minha casa?

– Quem foi?

– O Carlos Alves.

– Ah! – disse ela empalidecendo.

– Não o recrimino por isso; sei que foi o teu primeiro namorado. Quero só dizer-te que escapaste de uma infâmia.

– Como?

– Aquele homem não era digno de ser teu marido – continuou Coelho –; era um infame. Se soubesses o que praticou comigo...

Lúcia estava perturbada com o assunto da conversa.

– Falemos de outra coisa – disse ela.

– Compreendo o teu melindre, e respeito-o. Depois de casado, contar-te-ei tudo. Não imaginas... Queria casar contigo por interesse.

Lúcia arregalou os olhos.

– Deveras? – disse ela.

– É verdade; teve o descaramento de o confessar; é um cínico. Eu te contarei tudo depois.

A conversa não passou além.

Correram os dias sem novidade. Aproximou-se o dia do casamento. Ypsilanti queria dar um banquete, que o noivo aprovou, mas a mulher e a sobrinha foram de opinião que o casamento à capucha era melhor.

– Pois vá à capucha – disse o grego.

Na véspera do casamento, o noivo deu parte a dois ou três amigos íntimos, e foi dar a última vista de olhos na casa. A casa estava ornada com certo luxo, para o qual teve Coelho de pedir algumas somas emprestadas. De noite, foi à casa da noiva, mas voltou cedo para descansar e dar umas últimas providências.

Não se admirou pouco de ver a sala com luz, coisa que não havia durante a sua ausência.

– Há de ser alguma visita – pensou ele.

Subiu as escadas.

Céus!

Era Alves!

O ex-namorado de Lúcia estava assentado no sofá brincando com uma bengala. Defronte dele, estava o moleque pedindo-lhe que saísse.

– Entra a propósito – disse Alves –, o seu moleque conhece pouco os deveres de hospitalidade. Quer pôr-me fora daqui. Diga-lhe que é uma grosseria.

Coelho fez um sinal ao moleque, que se retirou.

Apenas ficou só com o ex-rival, disse:

– Senhor Alves, há de convir que isto vai passando os limites, não estou disposto a sofrer as suas importunações, já lhe disse que...

– O senhor disse-me que não me daria os dez contos de réis, cuidei que estava brincando, porque, na situação em que o senhor se acha, só por brincadeira pode dizer uma monstruosidade de tal calibre. Os dez contos hão de vir ter às minhas mãos.

– Ameaça-me?

– Não ameaço; discuto. Não quer pagar-me a indenização que lhe peço? É um desejo impossível de satisfazer. Vou dizer a razão.

E metendo a mão no bolso tirou um papel.

– Sabe o que é isto?

– Não.

– É uma carta.

Coelho levantou os ombros.

– Uma carta de sua noiva.

– Ah!

– Se o senhor me não der o dinheiro, publico-a.

– Mas isto é uma...

– É uma defesa. Quer ler a carta?

Coelho fez um gesto de recusa.

– Há de confessar – disse este – que o senhor é muito infame!

– Mais talvez do que o senhor pensa – disse tranquilamente Alves –; não tenho só esta carta; tenho mais trinta e sete cartas, cada qual mais ardente. Imagine o efeito desse regimento epistolar em letra redonda. É coruscante.

– Basta – disse Coelho –; sacrifico-me, já que é preciso. Que condições quer?

– Já lhe disse: dez contos de réis a pagar daqui a dois meses. Trago a letra.

– É previdente.

– A previdência é a mãe da vitória.

Alves tirou do bolso uma letra, que ali mesmo encheu, e Coelho assinou trêmulo de raiva.

– Adeus, meu caro senhor Coelho. Ainda havemos de ser amigos.

Coelho não disse palavra.

Alves saiu saltitante e alegre.

A noite do pobre noivo foi atribulada.

O dia seguinte, porém, desfez as más impressões da noite. Sorria-lhe a ideia de que a fortuna mudava enfim. A felicidade foi mais completa; logo de manhã recebeu a visita do Alves, ia dizer-lhe que apenas recebesse os dez contos de réis, receberia as trinta e sete cartas de Lúcia.

A cerimônia do casamento passou-se sem novidade. Todos estavam alegres como é de costume nesses dias. O velho Ypsilanti parecia haver recobrado a pouca alegria que tinha outrora; estava brando como uma cera, esfregando as mãos, piscava os olhos, todo ele era ventura e prazer.

Que direi eu da noiva, que não seja sabido por quantos têm assistido a um casamento? Estava acanhada, modesta, reservada, mas no fundo do seu coração era imensa a alegria.

Não menos feliz estava Coelho. A mulher era positivamente um dragão, mas em compensação era herdeira de um bom par de contos de réis. Este era o principal objeto do amor do rapaz.

Não admira, pois, que, todo entregue às delícias do noivado, o nosso Coelho de todo esquecesse o seu singular credor. Correram as semanas sem ele dar por elas. No fim de dois meses, bateu-lhe Alves à porta.

Coelho estremeceu quando o viu entrar.

– Venho para cobrar a letra que me deve, e que se vence amanhã.

– Bem – disse Coelho –, venha amanhã.

– A que horas?

– Às dez horas.

– Cá estarei. Passe bem.

– Passe bem.

E saiu Alves.

Coelho correu à casa do sogro.

Explicou-lhe com franqueza que devia pagar uma letra.

Ypsilanti respondeu:

– Não lhe posso dar o dinheiro que me pede.

– Mas, senhor...

– Não lhe posso dar o dinheiro que me pede.

Coelho começou a irritar-se.

– Mas, senhor, esta dívida de honra, fi-la para salvar o decoro do seu nome.

E explicou-lhe tudo.

– Céus! – exclamou o velho –; será verdade isso que me diz?

– Puríssima verdade.

Ypsilanti levantou os braços com desespero:

– Oh! meu Deus! meu Deus!

– Que é?

– Mas eu não tenho dinheiro; não sou rico como o senhor pensa; todos os meus haveres andam por oito contos.

– Ah! – exclamou o rapaz petrificado.

Imagina-se o desespero do pobre rapaz quando soube do logro em que caíra.

E o logro era talvez o menos; o risco em que se achava com a dívida que contraíra era o pior – sem falar na que fez para montar a casa.

Correu para a casa furioso; a mulher foi a primeira que pagou as favas.

Tudo se arranjou entretanto. Alves, sabedor das desgraças de Coelho, pela confissão que este lhe fez, houve por bem perdoar-lhe a dívida.

– Pago com dez contos – disse ele – o risco de que o senhor me livrou.

Coelho estava desesperado; julgou ter dado um grande golpe na má sorte financeira, e fora vencido por ela; estava mais pobre que dantes.

Um dia, seis meses depois de casado, contou ele à mulher toda a cena da carteira, e perguntou-lhe por que razão o aceitara tão facilmente para marido, sabendo que não era ele o namorado.

Lúcia respondeu ingenuamente:

– Porque você era mais bonito.

Ponto de vista

I / À D. Luísa P..., em Juiz de Fora
Corte, 5 de outubro

Não me dirá a quem entregou você as encomendas que lhe pedi? Na sua carta vem mal escrito o nome do portador; e até hoje nem sombra dele, quem quer que seja. Será o Luís?

Ou dizer que você vinha para cá passar algum tempo; estimaria muito que assim fosse. Havia de gostar disto agora, apesar do calor, que tem sido forte. Hoje entretanto temos um dia excelente.

Ou então, no caso de não vir, estimaria muito ir eu para lá; mas papai, como você sabe, ninguém há que o tire dos seus cômodos; e mamãe anda meio adoentada. Vontade teria ela de me ser agradável, mas eu é que não sou tão egoísta. E olhe que perco muito; porque, além de ir ver a minha melhor amiga, iria ao mesmo tempo verificar se é verdade que ainda não tem esperanças de um nenê. Alguém me disse que sim. Por que nega você isso?

Esta carta irá amanhã. Escreva-me logo; e dê muitas lembranças a seu marido, minhas e de todos nós. Adeus.

Raquel

II / À *mesma*
Corte, 15 de outubro

Gastou muitos dias, mas veio uma carta longa e, apesar disso, curta. Obrigada pelo trabalho; peço-lhe que o repita; aborreço os seus bilhetinhos, escritos às carreiras, com o pensamento... em quem? Nesse marido cruel que só cuida de eleições, segundo li outro dia. Eu escrevo cartinhas quando não tenho tempo para mais. Mas quando me sobra tempo escrevo cartões. Creio que disse uma tolice; desculpe-me.

Vieram as encomendas logo no dia seguinte ao da minha última carta. E que quer você que eu lhe mande? Tenho aqui uns figurinos recebidos ontem, mas não há portador. Se puder arranjar algum por estes dias irá também um romance que me trouxeram esta semana. Chama-se *Ruth*. Conhece?

A Mariquinhas Rocha vai casar. Que pena! tão bonitinha, tão boa, tão criança, vai casar... com um sujeito velho! E não é só isto: casa-se por amor. Eu duvidei de semelhante coisa, mas todos dizem que tanto o pai como os mais parentes procuraram dissuadi-la de semelhante projeto; ela porém insistiu de maneira que ninguém mais se lhe opôs.

A falar a verdade, ele não está a cair de maduro; é velho, mas elegante, gamenho, robusto, diz muitas pilhérias e parece que tem bom coração. Não era eu que caía apesar de tudo isto. Que consórcio pode haver entre uma rosa e uma carapuça?

Antes, mil vezes antes, casasse ela com o filho do noivo: esse sim, é um rapaz digno de merecer uma moça como ela. Dizem que é um bandoleiro dos quatro costados; mas você sabe que eu não creio em bandoleiros. Quando uma pessoa quer, vence o coração mais versátil deste mundo.

O casamento parece que será daqui a dois meses. Irei naturalmente às exéquias, quero dizer às bodas. Pobre Mariquinhas!

Lembra-se das nossas tardes no colégio? Ela era a mais quieta de todas, e a mais cheia de melancolia. Parece que adivinhava este destino.

Papai aprovou muito a escolha dela; faz-lhe muitos elogios como pessoa de juízo, e chegou a dizer que eu devia fazer o mesmo. Que lhe parece? Eu, se tivesse de seguir algum exemplo, seguia o da minha Luísa; essa sim, é que teve dedo para escolher... Não mostre esta carta a seu marido; é capaz de arrebentar de vaidade.

E vocês não vêm para cá? É pena; dizem que vamos ter companhia lírica, e mamãe está melhor. Quer dizer que vou passar algum tempo de vida excedente. O futuro enteado de Mariquinhas, o tal que ela devia escolher em lugar do pai, afirma que a companhia é magnífica. Seja ou não, é mais um divertimento. E você lá na roça!...

Vou jantar; adeus. Escreva-me quando puder, mas nada de cartas microscópicas. Ou muito ou nada.

Raquel

III / *À mesma*
Corte, 17 de outubro

Escrevi-lhe anteontem uma carta, e acrescento hoje um bilhetinho (sem exemplo) para dizer que o velho noivo de Mariquinhas inspirou paixão a outra moça, que adoeceu de desespero. É uma história complicada. Compreende isto? Se fosse o filho vá; mas o pai!

Raquel

IV / À *mesma*
Corte, 30 de outubro

Muito velhaca é você. Então porque lhe falei duas ou três vezes no rapaz, imagina logo que estou apaixonada por ele? Papai nestes casos costuma dizer que é falta de lógica. Eu digo que é falta de amizade.

E provo.

Pois se eu tivesse algum namoro, afeição ou coisa assim, a quem diria em primeiro lugar senão a você? Não fomos durante tanto tempo confidentes uma da outra? Supor-me tão reservada é não me ter amizade nenhuma; porque a falta de afeição é que traz a injustiça.

Não, Luísa, eu nada sinto por esse moço, a quem conheço de poucos dias. Falei nele algumas vezes por comparação com o pai; se eu estivesse disposta a casar-me, certamente que preferia o moço ao velho. Mas é só isto e nada mais.

Nem imagine que o Dr. Alberto (é o nome dele) vale muito; é bonito e elegante, mas tem ar pretensioso e parece-me um espírito curto. Você sabe como eu sou exigente nesses assuntos. Se eu não achar marido como imagino, fico solteira toda a minha vida. Antes disso, que ficar presa a um cepo, ainda que esbelto.

Também não basta ter os predicados que eu imagino para me seduzir logo. Anda agora aqui em casa um sujeito que nos foi apresentado há pouco tempo; qualquer outra moça ficava presa pelas maneiras dele; a mim não me faz a menor impressão.

E por quê?

A razão é simples; toda a graça que ele ostenta, toda a afeição que simula, todos os cortejos que me faz, quer saber o que é, Luísa? é que eu sou rica. Descanse; quando me aparecer aquele que o céu me destina, você será a primeira a ter notícia. Por ora estou livre, como as andorinhas que estão agora a passear na chácara.

E para vingar-me da calúnia, não escrevo mais. Adeus.

Raquel

V / À *mesma*
Corte, 15 de novembro

Estive doente estes dois dias; foi uma constipação forte que apanhei saindo do ginásio, onde fui ver uma peça nova, muito falada e muito insípida.

Sabe quem estava lá? A Mariquinhas com o noivo no camarote, e o enteado também, o futuro enteado, se Deus quiser. Não se pode imaginar como ela parecia contente, como ela conversava com o noivo! E olhe que de longe, à luz do gás, o tal velho é quase tão moço como o filho. Quem sabe? Bem pode ser que ela viva feliz!

Dou-lhe muitos parabéns pela notícia que me dá de que brevemente veremos um nenê. A mamãe também lhe manda parabéns. O Luís leva com esta carta os figurinos...

Raquel

VI / À *mesma*
Corte, 27 de novembro

A sua carta chegou quando estávamos almoçando, e foi bom tê-la lido depois, porque se a leio antes não acabava de almoçar. Que história é essa, e quem lhe meteu na cabeça semelhante coisa? Eu, namorada do Alberto! Isso é caçoada de mau gosto, Luísa! Se alguém lhe mandou dizer tal, teve certamente a intenção de me envergonhar. Se você o conhecesse, não era necessário este meu protesto. Já lhe disse as boas qualidades dele, mas os seus defeitos são para mim superiores às qualidades. Você bem sabe como eu sou; para mim a menor nódoa, destrói a maior alvura. Uma estátua... estátua é o termo próprio, porque o tal Alberto tem certa rigidez escultural.

Ah! Luísa, o homem que o céu me destina ainda não veio. Sei que não veio porque ainda não senti dentro de mim aquele estremecimento simpático que indica a harmonia de duas almas. Quando ele vier, fique certa de que será a primeira a quem eu confiarei tudo.

Dir-me-á que, se eu sou assim fatalista, devo admitir a possibilidade de um marido sem todas as condições que exijo.

Engano.

Deus que me fez assim, e me deu esta percepção íntima para conhecer e amar a superioridade, Deus me há de deparar uma criatura digna de mim.

E agora que me expliquei deixe-me ralhar-lhe um pouco. Por que motivo dá tão facilmente ouvidos a uma calúnia contra mim? Você me conhece há tanto devia ser a primeira a pôr de quarentena esses ditos sem senso comum. Por que o não faz?

Gastou você duas páginas para defender a Mariquinhas. Eu não a acuso; deploro-a. Pode ser que o noivo venha a ser um excelente marido, mas não creio que esteja na altura dela. E é neste sentido que eu a deploro.

A nossa divergência tem natural explicação. Eu sou uma moça solteira, cheia de caraminholas, sonhos, ambições e poesia; você é já uma dona de casa, esposa tranquila e feliz, mãe de família dentro de pouco tempo; vê a coisa por outro prisma.

Será isto?

Parece que a companhia lírica não vem. A cidade está hoje muito alegre; andam bandas de música nas ruas; chegaram boas notícias do Paraguai. Naturalmente sairemos hoje; não tem saudades de cá?

Adeus.

Lembranças de todos a seu marido.

Raquel

VII / À *mesma*
Corte, 20 de dezembro

Tem razão; pareço ingrata. Há quase um mês que lhe não escrevo, apesar de ter recebido já duas cartas. Seria longo explicar esta demora, e eu infelizmente não tenho tempo para tanto, porque estão aqui, alguns dias, as primas Alvarengas.

Com que então, você confessa que apenas me quis experimentar? Eu logo vi que ninguém lhe poderia dizer semelhante coisa a respeito do Dr. Alberto.

O casamento de Mariquinhas está marcado para véspera de Reis. Iremos assistir ao sacrifício. Desculpe-me, Luísa; bem sabe que sou sarcástica, e às vezes... Desculpe-me, sim?

E todavia, quer saber uma coisa? Mudei de opinião a certo respeito. Hoje penso que antes o pai que o filho. Que espírito frívolo! que sujeito superficial e tolo é o tal Alberto! O pai é grave e sabe ser amável; e é amável sem deixar de ser grave. Tem uma distinção própria, uma conversa animada, é engenhoso e sagaz.

Mil vezes o velho... para ela.

Pergunta-me o que farei eu no caso de nunca encontrar o ideal que procuro? Já lhe disse: nesse caso fico solteira. O casamento é uma grande coisa, é a flor dos estados, concordo; mas é mister que não seja um cativeiro, e cativeiro é tudo o que não realiza as nossas aspirações íntimas.

Agradeço os seus conselhos, mas quer que lhe diga? Você fala como quem é feliz; parece-lhe que o casamento, quaisquer que sejam as condições, é um antegosto do paraíso.

Creio que nem sempre há de ser assim.

Verdade é que, dependendo as coisas das impressões de cada um, a Mariquinhas pode ser feliz, visto que o marido que escolheu parece falar-lhe ao coração. Não o nego; nesse caso, continuo a lastimá-la, porque (repito) não compreendo a união de uma flor com uma carapuça. E não escrevo mais por não dizer mal dela. Perdoe-me você estas tolices, e creia que sou amiga, agora e sempre.

Raquel

VIII / À *mesma*
Corte, 8 de janeiro

Casou-se a Mariquinhas. Festa íntima, mas brilhante. A noiva estava esplêndida, risonha, orgulhosa. O mesmo se pode dizer do noivo, que parecia ainda mais moço do que me parecera uma vez no teatro, a ponto de me fazer desconfiar da velhice dele. A cada instante cuidava que o homem tirava a máscara e confessava ser irmão do filho.

Perguntar-me-á você se eu não tive inveja?

Confesso que sim.

Não sei se era inveja; confesso porém que suspirei quando vi a nossa formosa Mariquinhas com seu véu e sua grinalda de flores de laranja, derramar um olhar tão celeste em torno de si, feliz por se despedir deste mundo de futilidades como é a vida de uma moça solteira.

Suspirei, é verdade.

Se naquela mesma noite eu pudesse escrever o que senti, acredite você teria uma página de literatura digna de figurar nos jornais.

Hoje tudo passou.

O que não passou, entretanto, porque existia antes e existirá sempre, porque nasceu comigo e comigo morrerá, é este sonho de uns amores que eu nunca vi na terra, uns amores que eu não posso exprimir, mas que devem existir visto que eu tenho a imagem deles no espírito e no coração.

Mamãe quando me vê aborrecida e devaneadora, costuma perguntar-me se estou respirando as nuvens. Ela ignora talvez que exprime com essa palavra o estado do meu espírito. Pensar nestas coisas não é ir respirar as nuvens lá tão longe da terra?

Acabo de reler o que escrevi, e riscaria tudo se tivesse mais papel para escrever. Infelizmente não tenho, é meia-noite, e esta carta há de seguir amanhã cedo. Risque pois o que aí fica escrito; não vale a pena guardar tolices.

Novidade não há que mereça a pena de mencionar. Esqueci-me de dizer-lhe que achei uma verdadeira qualidade no Dr. Alberto. Adivinha? Dança admiravelmente. Má-língua! dirá você. E para que não diga mais nada, aqui me fico.

Raquel

IX / À *mesma*
Corte, 10 de janeiro

Isto é apenas um bilhetinho. Dou-lhe notícia de que vamos ter aqui uma representação familiar, como fazíamos no colégio. O Dr. Alberto foi encarregado de escrever a comédia; afiançam-me que há de sair boa. Representa comigo a Carlota. Os homens são o primo Abreu, o Juca e o Dr. Rodrigues. Ah! se você cá estivesse!

X / *D. Luísa a D. Raquel*
Juiz de Fora, 15 de janeiro

Meu marido quer ir à corte no fim do mês que vem. Ver-nos-emos enfim depois de alguns meses de separação. Escrevo apenas para lhe dar esta notícia que você há de estimar decerto.

E ao mesmo tempo o meu fim é preveni-la, a fim de que procure disfarçar na presença aquilo que me disfarça no papel.

Adeus.

Luísa

XI / D. Raquel a D. Luísa
Corte, 20 de janeiro

O que é que disfarço no papel? Estou a meditar, a esquadrinhar, e nada descubro. Podia imaginar que você se refere ao assunto do Alberto; mas depois do que eu lhe escrevi seria demasiada insistência...

Explique-se.

Quanto à notícia que me dá de que vem cá, para mim a sorte grande. Por mais que eu queira explicar no papel o prazer que sinto com isto, não posso. Não sei escrever; não me acodem as palavras próprias. O Dr. Alberto (o tal!) dizia outro dia que a língua humana é cabal para dizer o que se passa no espírito, mas incapaz de dizer o que vem do coração. E acrescentou esta sentença que é engenhosa, mas velha: com os lábios fala a cabeça, com os olhos o coração.

Você porém adivinhará o que eu sinto e apressará a sua vinda. E o nenê?

Raquel

XII / À mesma
Corte, 28 de janeiro

Faz um calor insuportável; mas como eu abri a janela que dá para o jardim, estou a ver o céu "todo recamado de estrelas" como dizem os poetas, e o espetáculo compensa o calor. Que noite, minha Luísa! Gosto imensamente destes grandes silêncios, porque então ouço-me a mim mesma, e vivo mais em cinco minutos de solidão do que em vinte horas de bulício.

A Mariquinhas Rocha esteve esta noite cá em casa com o marido. Ambos parecem felizes, ela ainda mais do que ele, o que se me afigura completa inversão das leis naturais.

Não se admira de me ouvir falar em "leis naturais"? A ideia não é minha, é do próprio enteado, o Dr. Alberto. Conversamos os dois a respeito das boas e santas qualidades de Mariquinhas, e eu dizia o que ela foi sempre desde criança.

– Criança é ainda ela – observou ele sorrindo. – Não posso chamar de madrasta a uma criatura que parece antes minha irmã mais moça.

– Na idade, sim – tornei eu –; mas na circunspeção e na compostura é positivamente mais velha que o senhor.

Ele sorriu, mas de um sorriso amarelo, e continuou:

– Meu pai é feliz; minha madrasta parece ainda mais feliz que meu pai. Não é isto uma inversão das leis naturais?

Critique, se lhe parece, a opinião do filho; mas aproveito a ocasião para dizer que na sua última carta há duas linhas em que parece um resto de suspeita. Mande-me dizer como quer que a convença de que ele é para mim uma criatura igual a tantas outras?

Ande, confesse que é cruel comigo, e disponha-se a um sermão na primeira ocasião em que estivermos juntas.

Sabe quem eu vi hoje? Dou-lhe um doce se adivinhar. O Garcia, aquele Garcia que a nam... Não, não, paremos aqui.

Raquel

XIII / D. *Luísa a D. Raquel*
Juiz de Fora, 10 de fevereiro

Não confesso nada; não fui cruel. Tive uma suspeita e preferi dizê-la a guardá-la. A amizade manda isto mesmo. Por que razão deixaríamos nós aquela franqueza e confiança do tempo do colégio?

Acredito que realmente nada há, mas acredito também outra coisa. Estou a ver que é alguma figura grotesca, e que você foi antes ofendida na vaidade que no coração. Vá, confesse isso.

Sabe de uma coisa? Está-me parecendo mais poeta do que era, mais romanesca, mais cheia de caraminholas. Bem sei que a idade explica muita coisa; mas há um limite, Raquel; não confunda o romance com a vida, ou viverá desgraçada...

... Um sermão! aí começava eu a fazer-lhe um sermão chocho e insulso, e sobretudo ineficaz. Venhamos a coisas mais de prosa. Meu marido quer entrar na política. Não se arrepia com esta palavra? Política e lua de mel, que duas coisas tão inimigas! Mas será o que Deus quiser. Lembranças dele e minhas a sua mamãe e a você.

Até breve.

Luísa

XIV / D. *Raquel a D. Luísa*
Corte, 15 de fevereiro

Engana-se quando supõe que o Dr. Alberto é uma figura grotesca; já lhe disse que é rapaz elegante; e até aquele ar compassado e escultural que eu lhe achava, até isso parece ter desaparecido desde que tem intimidade conosco.

Não foi pois a minha vaidade que se ofendeu; não foi também o meu coração. Senti que você não me acreditasse, nada mais.

Eu podia fazer-lhe agora uma dissertação a respeito do amor; mas retraio a pena por me lembrar que iria ensinar o *padre-nosso* ao vigário.

Seu marido quer entrar na política? Vai você admirar-se da minha opinião a este respeito, que não parece opinião de uma devaneadora, como você me chama. Eu penso que a política para você tem uma onça de inconvenientes e uma libra de vantagens.

A política há de ser uma rival, mas pesadas as coisas antes essa que outra. Essa ao menos ocupa o espírito e a vida; mas deixa o coração livre e puro. Demais, eu nem sempre sou a cismadora que você tem na cabeça; sinto um grãozinho de ambição comigo, a ambição de ser... *ministra*. Ri-se? Eu também me rio, o que prova que o meu espírito anda despreocupado e livre, livre como a pena que me corre agora no papel, produzindo uma letra que não sei se entenderá. Adeus.

Raquel

XV / *Dr. Alberto a D. Raquel*
18 de fevereiro

Perdoa-me a audácia; peço-lhe de joelhos uma resposta que os seus olhos teimam em me não dar. Não lhe digo no papel o que sinto; não o poderia exprimir cabalmente. Mas o seu espírito há de ter compreendido o que se passa no meu coração, há de ter lido no meu rosto aquilo que eu nunca me atreveria a dizer de viva voz.

Alberto

XVI / D. *Raquel a D. Luísa*
21 de fevereiro

Mamãe estava com disposições de ir visitá-la; mas infelizmente não me acho boa, e adiamos a viagem. Quando desempenha você a sua palavra vindo passar alguns dias na corte? Conversaríamos muito.
Raquel

XVII / À *mesma*
5 de março

Não é carta; é apenas um bilhetinho. Não me dirá o que é o coração humano? Um logogrifo. Mistério! exclamará você ao ler estas linhas. Pois será.
Raquel

XVIII / Dr. *Alberto a D. Raquel*
8 de março

Oh! não sabe como lhe agradeço a sua carta! Enfim veio! Foi um raio de luz entre as sombras da minha incerteza. Sou amado? Não me ilude? Também sente a paixão que me devora o peito, capaz de levar-me ao céu, capaz de levar-me ao inferno?

Tem razão quando me pergunta se o não perceberá já nos seus olhos. É verdade que eu julguei ler neles a minha felicidade. Mas podia iludir-me; supus que a suprema felicidade não era tão pronta e se me iludisse, não sei se viveria...

Por que duvidas de mim? por que motivo receia que o meu amor seja um passatempo de sala? Que mortal haveria neste mundo que brincasse com a coroa de glória trazida à terra nas mãos de um anjo?

Não, Raquel... perdão se lho chamo assim! Não, o meu amor é imenso, casto, sincero, como os verdadeiros amores.

Uma só palavra sua e podemos converter esta paixão no mais doce e delicioso estado de bem-aventurança. Quer ser minha esposa? Diga, responda esta palavra.

Alberto

XIX / D. Luísa a D. Raquel
Juiz de Fora, 10 de março

O coração é um mar, sujeito à influência da lua e dos ventos. Serve-lhe esta definição? Pena foi que o bilhetinho não tivesse mais quatro linhas: saberia agora tudo. Ainda assim adivinho alguma coisa; adivinho que ama.

Luísa

XX / À mesma
Juiz de Fora, 17 de março

A 10 deste mês escrevi-lhe uma carta de que ainda não obtive resposta.

Por quê?

Já me lembrou se estaria doente; mas creio que se assim fosse ter-me-ia mandado dizer.

Esta carta vai por mão própria; o portador não volta cá; mas sendo por mão própria tenho certeza de que lhe será entregue. E quero que me responda imediatamente.

Vá; um esforço.

Adeus.

Luísa

XXI / D. *Luísa a D. Raquel*
Juiz de Fora, 24 de março

Nada até hoje! Que é isso, Raquel?

O portador da minha carta anterior mandou-me dizer que lhe havia entregue em mão própria; não estava doente; por que razão este esquecimento? Esta é a última; se me não escrever, acreditarei que outra amiga lhe merece mais, e que você esqueceu a confidente do colégio.

Luísa

XXII / D. *Raquel a D. Luísa*
Corte, 30 de março

Esquecer-me de você? Está louca! Onde acharia eu melhor amiga nem tão boa? Não tenho escrito, é verdade, por mil razões, cada qual mais justa, sendo a principal delas, ou antes, a que as resume todas, uma razão... Não sei como lhe diga isto.

Amor?

Ah! Luísa, o mais puro e ardente que pode imaginar, e o mais inesperado também. Aquela devaneadora que você conhece, a que vive nas nuvens, viu lá mesmo das nuvens o esperado do seu coração, tal qual o sonhara um dia e desesperara de achar jamais.

Não lhe posso dizer mais nada, não sei. Tudo o que eu poderia escrever aqui estaria abaixo da realidade. Mas venha, venha, e talvez leia no meu rosto a felicidade que experimento, e no dele o sinal característico daquela superioridade que eu ambicionei sempre e tão rara é na terra.

Enfim, sou feliz!

Raquel

XXIII / D. *Luísa a D. Raquel*
Juiz de Fora, 8 de abril

Chegou enfim uma carta, e chegou a tempo, porque eu já estava disposta a esquecer-me de você. Ainda assim não lhe perdoava, se não fosse a razão... Céus que razão! Ama enfim? achou o homem... quero dizer o arcanjo que procurava a minha cismadora? Que figura tem? é bonito? é alto? é baixo? Vá, diga-me tudo.

Agora vejo que estive a pique de fazê-la perder a sua felicidade. Tanto lhe falei no tal Dr. Alberto, que era bem possível, como às vezes acontece, vir a namorar-se dele, e então quando o outro chegasse... era tarde.

E diga-me: será ele velho como o da Mariquinhas Rocha? Não se zangue, Raquel, mas o peixe morre pela boca, e era possível que você fosse castigada por ter falado dela. Pela minha parte, não acharia que dizer, uma vez que ele a amasse e fosse homem digno de casar com a minha Raquel. Em todo o caso, antes um moço.

Não me atrevo a pedir-lhe o retrato; mas meu marido pede-lho. Não se zangue, eu contei tudo, e ele manda-lhe muitos parabéns. Os meus, irei eu mesma levá-los.

Luísa

XXIV / *D. Raquel ao Dr. Alberto*
10 de abril

Estou muito zangada por não teres vindo ontem; cedo começas a esquecer-me.

Vem hoje ou eu fico zangada. Ao mesmo tempo quero que me tragas um retrato dos teus; é um segredo.

Ontem perdestes muito; esteve aqui a G... e naturalmente sentiu a tua falta. Sentes isso, não? Pobre da Raquel! Adeus.

Raquel

XXV / *Dr. Alberto a D. Raquel*
10 de abril

Perdoa-me se não fui ontem lá; em compensação pensei muito em ti. Teu pai pediu-me que eu fosse jantar hoje com a família; espera-me cedo.

Levarei nessa ocasião o meu retrato, sem saber para que é; mas espero não será para coisa má.

Quanto à G... eu já não sei como te hei de dizer que é uma deslambida de quem não faço caso; se queres, limitar-me-ei a cumprimentá-la apenas. Que mais desejas?

Adeus, minha desconfiada. Crê que eu te amo muito, muito e muito, agora e sempre.

Teu Alberto

XXVI / D. *Raquel a D. Luísa*
17 de abril

Uma grande notícia! Fui ontem pedida a papai, e vou casar. Se soubesse como sou feliz!... Quisera que estivesse aqui para dar-lhe muitos e muitos beijos. Mas há de vir ao casamento, não? Se não vier, declaro que não caso.

Naturalmente adivinha que o retrato que vai dentro desta carta é o do meu noivo. Não é bonito? Que distinção! que inteligência! que espírito!... A alma, sobretudo, não creio que Deus mandasse a este mundo nenhuma outra que se lhe compare. Creio que eu não merecia tanto.

Venha depressa; o casamento há de ser em maio. Dê a notícia a seu marido.

Raquel

XXVII / D. *Luísa a D. Raquel*
Juiz de Fora, 22 de abril

Que cabeça! disse tudo menos o nome do noivo!

Luísa

XXVIII / D. *Raquel a D. Luísa*
Corte, 27 de abril

Tem razão; sou uma cabeça no ar. Mas a felicidade explica ou desculpa tudo. O meu noivo é o Dr. Alberto.

Raquel

XXIX / *D. Luísa a D. Raquel*
Juiz de Fora, 1º de maio

Luísa

Álvares de Azevedo

Manuel Antônio Álvares de Azevedo nasceu em São Paulo em 1831, em uma família de boas condições. Depois de passar a infância no Rio de Janeiro, volta à cidade natal para estudar direito. Durante o curso, que não concluiria por conta da morte precoce, funda a Sociedade Epicureia, uma espécie de grupo que promovia a vida aos moldes do romantismo: ou seja, culto aos mortos, à melancolia e à palidez. As reuniões serviam também para que os membros trocassem textos e ideias sobre literatura e estética.

Aluno aplicado e tradutor de Shakespeare e Lorde Byron, seus textos nunca foram publicados em livro enquanto estava vivo, mas o poeta ganhou notoriedade tanto por ser orador importante como por viver conforme o ideário estético que praticava. Em 1852, com apenas vinte anos, Álvares de Azevedo morre em decorrência de um ferimento causado por uma queda de cavalo. Coerente, já há alguns anos ele pensava constantemente na morte.

Os textos que estão na presente antologia foram retirados do livro de contos *Noite na taverna*. Além dele, o volume de poemas *Lira dos vinte anos*, uma espécie de súmula poética do ultrarromantismo brasileiro, e, entre outros, a peça *Macário*, curioso drama com todos os ingredientes, sempre com a mão cheia, da estética romântica, dão muito bem conta da obra de Álvares de Azevedo.

Uma noite do século

Bebamos! Nem um canto de saudade!
Morrem na embriaguez da vida as cores!
Que importam sonhos, ilusões desfeitas?
Fenecem como as flores!
José Bonifácio

– Silêncio! moços! acabai com essas cantilenas horríveis! Não vedes que as mulheres dormem ébrias, macilentas como defuntos? Não sentis que o sono da embriaguez pesa negro naquelas pálpebras onde a beleza sigilou os olhares da volúpia?

– Cala-te, Johann! enquanto as mulheres dormem e Arnold – o loiro – cambaleia e adormece murmurando as canções de orgia de Tieck, que música mais bela que o alarido da saturnal? Quando as nuvens correm negras no céu como um bando de corvos errantes, e a lua desmaia como a luz de uma lâmpada sobre a alvura de uma beleza que dorme, que melhor noite que a passada ao reflexo das taças?

– És um louco, Bertram! não é a lua que lá vai macilenta: é o relâmpago que passa e ri de escárnio as agonias do povo que morre, aos soluços que seguem as mortualhas do cólera!

– Ó cólera! e que importa? Não há por ora vida bastante nas veias do homem? não borbulha a febre ainda as ondas do vinho? não reluz em todo o seu fogo a lâmpada da vida na lanterna do crânio?

– Vinho! vinho! Não vês que as taças estão vazias e bebemos o vácuo, como um sonâmbulo?

– É o fichtismo na embriaguez! Espiritualista, bebe a imaterialidade da embriaguez!

– Oh! vazio! meu copo está vazio! Olá taverneira, não vês que as garrafas estão esgotadas? Não sabes, desgraçada, que os lábios da garrafa são como os da mulher: só valem beijos enquanto o fogo do vinho ou o fogo do amor os borrifa de lava?

– O vinho acabou-se nos copos, Bertram, mas o fumo ondula ainda nos cachimbos! Após os vapores do vinho os vapores da fumaça! Senhores, em nome de todas as nossas reminiscências, de todos os nossos sonhos que mentiram, de todas as nossas esperanças que desbotaram, uma última saúde! A taverneira aí nos trouxe mais vinho: uma saúde! O fumo é a imagem do idealismo, é o transunto de tudo quanto há mais vaporoso naquele espiritualismo que nos fala da imortalidade da alma! e pois, ao fumo das Antilhas, à imortalidade da alma!

– Bravo! bravo!

Um *urrah* tríplice respondeu ao moço meio ébrio.

Um conviva se ergueu entre a vozeria: contrastavam-lhe com as faces de moço as rugas da fronte e a rouxidão dos lábios convulsos. Por entre os cabelos prateava-se-lhe o reflexo das luzes do festim. Falou:

– Calai-vos, malditos! a imortalidade da alma? pobres doidos! e porque a alma é bela, porque não concebeis que esse ideal possa tornar-se em lodo e podridão, como as faces belas da virgem morta, não podeis crer que ele morra? Doidos! nunca velada levastes porventura uma noite à cabeceira de um cadáver? E então não duvidastes que ele não era morto, que aquele peito e aquela fronte iam palpitar de novo, aquelas pálpebras iam abrir-se, que era apenas o ópio do sono que emudecia aquele homem? Imortalidade da alma! e por que também não sonhar a das flores, a das brisas, a dos perfumes? Oh! não mil vezes! a alma não é, como a lua, sempre moça, nua e bela em sua virgindade eterna! a vida não é mais que a reunião ao acaso das moléculas atraídas: o que era um corpo de mulher vai porventura transformar-se num cipreste ou numa nuvem de miasmas; o que era um corpo do verme vai alvejar-se no cálice da flor ou na fronte da criança mais loira e bela. Como Schiller o disse, o átomo da inteligência de Platão foi talvez para o coração de um ser impuro. Por isso eu vo-lo direi: se entendeis a imortalidade pela metempsicose, bem! talvez eu creia um pouco: – pelo platonismo, não!

– Solfieri! és um insensato! o materialismo é árido como o deserto, é escuro como um túmulo! A nós frontes queimadas pelo mormaço do sol da vida, a nós sobre cuja cabeça a velhice regelou os cabelos, essas crianças frias! A nós os sonhos do espiritualismo!

– Archibald! deveras, que é um sonho tudo isso! No outro tempo o sonho da minha cabeceira era o espírito puro ajoelhado no seu manto argênteo, num oceano de aromas e luzes! Ilusões! a realidade é a febre do libertino, a taça na mão, a lascívia nos lábios, e a mulher seminua, trêmula e palpitante sobre os joelhos.

– Blasfêmia! – e não crês em mais nada: teu ceticismo derribou todas as estátuas do teu templo, mesmo a de Deus?

– Deus! crer em Deus! sim como o grito íntimo o revela nas horas frias do medo – nas horas em que se tirita de susto e que a morte parece roçar úmida por nós! Na jangada do náufrago, no cadafalso, no deserto – sempre banhado do suor frio – do terror é que vem a crença em Deus! – Crer nele como a utopia do bem absoluto, o sol da luz e do amor, muito bem! Mas se entendeis por ele os ídolos que os homens ergueram banhados de sangue, e o fanatismo beija em sua inanimação de mármore de há cinco mil anos! não creio nele!

– E os livros santos?

– Miséria! quando me vierdes falar em poesia eu vos direi: aí há folhas inspiradas pela natureza ardente daquela terra como nem Homero as sonhou – como a humanidade inteira ajoelhada sobre os túmulos do passado nunca mais lembrará! Mas quando me falarem em verdades religiosas, em visões santas, nos desvarios daquele povo estúpido – eu vos direi – miséria! miséria! três vezes miséria! Tudo aquilo é falso – mentiram como as miragens do deserto!

– Estás ébrio, Johann! O ateísmo é a insânia como o idealismo místico de Schelling, o panteísmo de Spinoza, o judeu, o esoterismo crente de Malebranche nos seus sonhos da visão em Deus. A verdadeira filosofia é o epicurismo. Hume bem o disse: o fim do homem é o prazer. Daí vede que é o elemento sensível quem domina. E pois ergamo-nos, nós que amarelecemos nas noites desbotadas de estudo insano, e vimos que a ciência é falsa e esquiva, que ela mente e embriaga como um beijo de mulher.

– Bem! muito bem! é um *toast* de respeito!

– Quero que todos se levantem, e com a cabeça descoberta digam-no: Ao Deus Pan da natureza, aquele que a Antiguidade chamou Baco o filho das coxas de um Deus e do amor de uma mulher, e que nós chamamos melhor pelo seu nome – o vinho.

– Ao vinho! ao vinho!

Os copos caíram vazios na mesa.

– Agora ouvi-me, senhores! entre uma saúde e uma baforada de fumaça, quando as cabeças queimam e os cotovelos se estendem na toalha molhada de vinho, como os braços do carniceiro no cepo gotejante, o que nos cabe é uma história sanguinolenta, um daqueles contos fantásticos – como Hoffmann os delirava ao clarão dourado do Johannisberg!

– Uma história medonha, não, Archibald? – falou um moço pálido que a esse reclamo erguera a cabeça amarelenta. – Pois bem, dir-vos-ei uma história. Mas quanto a essa, podeis tremer a gosto, podeis suar a frio da fronte grossas bagas de terror. Não é um conto, é uma lembrança do passado.

– Solfieri! Solfieri! aí vens com teus sonhos!

– Conta!

Solfieri falou: os mais fizeram silêncio.

Solfieri

> *Yet one kiss on your pale clay*
> *And those lips once so warm – my heart! my heart!*
>
> Byron, *Cain*

Sabeis-lo. Roma é a cidade do fanatismo e da perdição: na alcova do sacerdote dorme a gosto a amásia, no leito da vendida se pendura o crucifixo lívido. É um requintar de gozo blasfemo que mescla o sacrilégio à convulsão do amor, o beijo lascivo à embriaguez da crença!

Era em Roma. Uma noite a lua ia bela como vai ela no verão pôr aquele céu morno, o fresco das águas se exalava como um suspiro do leito do Tibre. A noite ia bela. Eu passeava a sós pela ponte de... As luzes se apagaram uma por uma nos palácios, as ruas se faziam ermas, e a lua de sonolenta se escondia no leito de nuvens. Uma sombra de mulher apareceu numa janela solitária e escura. Era uma forma branca. – A face daquela mulher era como a de uma estátua pálida à lua. Pelas faces dela, como gotas de uma taça caída, rolavam fios de lágrimas.

Eu me encostei à aresta de um palácio. A visão desapareceu no escuro da janela e daí um canto se derramava. Não era só uma voz melodiosa: havia naquele cantar um como choro de frenesi, um como gemer de insânia: aquela voz era sombria como a do vento à noite nos cemitérios cantando a nênia das flores murchas da morte.

Depois o canto calou-se. A mulher apareceu na porta. Parecia espreitar se havia alguém nas ruas. Não viu a ninguém – saiu. Eu segui-a.

A noite ia cada vez mais alta: a lua sumira-se no céu, e a chuva caía às gotas pesadas: apenas eu sentia nas faces caírem-me grossas lágrimas de água, como sobre um túmulo prantos de órfão...

Andamos longo tempo pelo labirinto das ruas: enfim ela parou: estávamos num campo.

Aqui, ali, além eram cruzes que se erguiam de entre o ervaçal. Ela ajoelhou-se. Parecia soluçar: em torno dela passavam as aves da noite.

Não sei se adormeci: sei apenas que quando amanheceu achei-me a sós no cemitério. Contudo a criatura pálida não fora uma ilusão – as urzes, as cicutas do campo-santo estavam quebradas junto a uma cruz.

O frio da noite, aquele sono dormido à chuva, causaram-me uma febre. No meu delírio passava e repassava aquela brancura de mulher, gemiam aqueles soluços e todo aquele devaneio se perdia num canto suavíssimo...

Um ano depois voltei a Roma. Nos beijos das mulheres nada me saciava: no sono da saciedade me vinha aquela visão...

Uma noite, e após uma orgia, eu deixara dormida no leito dela a condessa Bárbara. Dei um último olhar àquela forma nua e adormecida com a febre nas faces e a lascívia nos lábios úmidos, gemendo ainda nos sonhos como na agonia voluptuosa do amor. – Saí. – Não sei se a noite era límpida ou negra – sei apenas que a cabeça me escaldava de embriaguez. As taças tinham ficado vazias na mesa: nos lábios daquela criatura eu bebera até a última gota o vinho do deleite...

Quando dei acordo de mim estava num lugar escuro: as estrelas passavam seus raios brancos entre as vidraças de um templo. As luzes de quatro círios batiam num caixão entreaberto. Abri-o: era o de uma moça. Aquele branco da mortalha, as grinaldas da morte na fronte dela, naquela tez lívida e embaçada, o vidrento dos olhos mal apertados... Era uma defunta!... e aqueles traços todos me lembraram uma ideia perdida... – Era o anjo do cemitério? Cerrei as portas da igreja, que, ignoro por quê, eu achara abertas. Tomei o cadáver nos meus braços para fora do caixão. Pesava como chumbo.

Sabeis a história de Maria Stuart degolada e o algoz, "do cadáver sem cabeça e o homem sem coração" como a conta Brantôme? – Foi uma ideia singular a que eu tive. Tomei-a no colo. Preguei-lhe mil beijos nos lábios. Ela era bela assim: rasguei-lhe o sudário, despi-lhe o véu e a capela como o noivo as despe à noiva. Era uma forma puríssima. Meus sonhos nunca me tinham evocado uma estátua tão perfeita. Era mesmo uma estátua: tão branca era ela. A luz dos tocheiros dava-lhe aquela palidez de âmbar que lustra os mármores antigos. O gozo foi fervoroso – cevei em perdição aquela vigília. A madrugada passava já frouxa nas janelas. Àquele calor de meu peito, à febre de meus lábios, à convulsão de meu amor, a donzela pálida parecia reanimar-se. Súbito abriu os olhos empanados. – Luz sombria alumiou-os como a de uma estrela entre névoa – apertou-me em seus braços, um suspiro ondeou-lhe nos beiços azulados... Não era já a morte – era um desmaio. No aperto daquele abraço havia contudo alguma coisa de horrível. O leito de lájea onde eu passara uma hora de embriaguez me resfriava. Pude a custo soltar-me daquele aperto do peito dela... Nesse instante ela acordou...

Nunca ouvistes falar da catalepsia? É um pesadelo horrível aquele que gira ao acordado que emparedam num sepulcro; sonho gelado em que sentem-se os membros tolhidos, e as faces banhadas de lágrimas alheias sem poder revelar a vida!

A moça revivia a pouco e pouco. Ao acordar desmaiara. Embucei-me na capa e tomei-a nos braços coberta com seu sudário como uma criança. Ao aproximar-me da porta topei num corpo; abaixei-me – olhei: era algum coveiro do cemitério da igreja que aí dormira de ébrio, esquecido de fechar a porta...

Saí. – Ao passar a praça encontrei uma patrulha.

– Que levas aí?

A noite era muito alta – talvez me cressem um ladrão.

– É minha mulher que vai desmaiada...

– Uma mulher!... Mas essa roupa branca e longa? Serás acaso roubador de cadáveres?

Um guarda aproximou-se. Tocou-lhe a fronte – era fria.

– É uma defunta...

Cheguei meus lábios aos dela. Senti um bafejo morno. – Era a vida ainda.

– Vede – disse eu.

O guarda chegou-lhe os lábios: os beiços ásperos roçaram pelos da moça. Se eu sentisse o estalar de um beijo... o punhal já estava nu em minhas mãos frias...

– Boa noite, moço: podes seguir – disse ele.

Caminhei. – Estava cansado. Custava a carregar o meu fardo: e eu sentia que a moça ia despertar. Temeroso de que ouvissem-na gritar e acudissem, corri com mais esforço...

Quando eu passei a porta ela acordou. O primeiro som que lhe saiu da boca foi um grito de medo...

Mal eu fechara a porta, bateram nela. Era um bando de libertinos meus companheiros que voltavam da orgia. Reclamaram que abrisse.

Fechei a moça no meu quarto – e abri.

Meia hora depois eu os deixava na sala bebendo ainda.

A turvação da embriaguez fez que não notassem minha ausência.

Quando entrei no quarto da moça vi-a erguida. Ria de um rir convulso como a insânia, e frio como a folha de uma espada. Trespassava de dor o ouvi-la.

Dois dias e duas noites levou ela de febre assim... Não houve como sanar-lhe aquele delírio, nem o rir do frenesi. Morreu depois de duas noites e dois dias de delírio.

À noite saí – fui ter com um estatuário que trabalhava perfeitamente em cera – e paguei-lhe uma estátua dessa virgem.

Quando o escultor saiu, levantei os tijolos de mármore do meu quarto, e com as mãos cavei aí um túmulo. – Tomei-a então pela última vez nos braços, apertei-a a meu peito muda e fria, beijei-a e cobri-a adormecida do sono eterno com o lençol de seu leito. – Fechei-a no seu túmulo e estendi meu leito sobre ele.

Um ano – noite a noite – dormi sobre as lajes que a cobriam... Um dia o estatuário me trouxe a sua obra. – Paguei-lha e paguei o segredo...

– Não te lembras, Bertram, de uma forma branca de mulher que entreviste pelo véu do meu cortinado? Não te lembras que eu te respondi que era uma virgem que dormia?

– E quem era essa mulher, Solfieri?

– Quem era? seu nome?

– Quem se importa com uma palavra quando sente que o vinho lhe queima assaz os lábios? quem pergunta o nome da prostituta com quem dormia e que sentiu morrer a seus beijos, quando nem há dele mister por escrever-lho na lousa?

Solfieri encheu uma taça. – Bebeu-a. – Ia erguer-se da mesa quando um dos convivas tomou-o pelo braço.

– Solfieri, não é um conto isso tudo?

– Pelo inferno que não! por meu pai que era conde e bandido, por minha mãe que era a bela Messalina das ruas – pela perdição que não! Desde que eu próprio calquei aquela mulher com meus pés na sua cova de terra – eu vô-lo juro – guardei-lhe como amuleto a capela de defunta. – Eis-la!

Abriu a camisa, e viram-lhe ao pescoço uma grinalda de flores mirradas.

– Vedes-la? murcha e seca como o crânio dela!

Bertram

> *But why should I for others groan,*
> *When none will sigh for me?*
>
> Childe Harold, I

Um outro conviva se levantou.

Era uma cabeça ruiva, uma tez branca, uma daquelas criaturas fleumáticas que não hesitaram ao tropeçar num cadáver para ter mão de um fim.

Esvaziou o copo cheio de vinho, e com a barba nas mãos alvas, com os olhos de verde-mar fixos, falou:

– Sabeis, uma mulher levou-me à perdição. Foi ela quem me queimou a fronte nas orgias, e desbotou-me os lábios no ardor dos vinhos e na moleza de seus beijos: quem me fez devassar pálido as longas noites de insônia nas mesas do jogo, e na doidice dos abraços convulsos com que ela me apertava o seio! Foi ela, vós o sabeis, quem fez-me num dia ter três duelos com meus três melhores amigos, abrir três túmulos àqueles que mais me amavam na vida – e depois, depois sentir-me só e abandonado no mundo, como a infanticida que matou o seu filho, ou aquele mouro infeliz junto a sua Desdêmona pálida!

Pois bem, vou contar-vos uma história que começa pela lembrança desta mulher.

Havia em Cádiz uma donzela – linda daquele moreno das andaluzas que não há vê-las sob as franjas da mantilha acetinada, com as plantas mimosas, as mãos de alabastro, os olhos que brilham e os lábios de rosa d'Alexandria – sem delirar sonhos delas por longas noites ardentes!

Andaluzas! sois muito belas! se o vinho, se as noites de vossa terra, o luar de vossas noites, vossas flores, vossos perfumes são doces, são puros, são embriagadores – vós ainda o sois mais! Oh! por esse eivar a eito de gozos de uma existência fogosa nunca pude esquecer-vos!

Senhores! aí temos vinho de Espanha, enchei os copos – à saúde das espanholas!

...

Amei muito essa moça, chamava-se Ângela. Quando eu estava decidido a casar-me com ela, quando após das longas noites perdidas ao relento a espreitar-lhe da sombra um aceno, um adeus, uma flor – quando após tanto desejo e tanta esperança eu sorvi-lhe o primeiro beijo – tive de partir da Espanha para Dinamarca onde me chamava meu pai.

Foi uma noite de soluços e lágrimas, de choros e de esperanças, de beijos e promessas, de amor, de voluptuosidade no presente e de sonhos no futuro... Parti. Dois anos depois foi que voltei: quando entrei na casa de meu pai, ele estava moribundo: ajoelhou-se no seu leito e agradeceu a Deus ainda ver-me: pôs as mãos na minha cabeça, banhou-me a fronte de lágrimas – eram as últimas – depois deixou-se cair, pôs as mãos no peito, e com os olhos em mim murmurou – Deus!

A voz sufocou-se-lhe na garganta: todos choravam.

Eu também chorava – mas era de saudades de Ângela...

Logo que pude reduzir minha fortuna a dinheiro pus-la no banco de Hamburgo, e parti para a Espanha.

Quando voltei. Ângela estava casada e tinha um filho...

Contudo meu amor não morreu! Nem o dela!

Muito ardentes foram aquelas horas de amor e de lágrimas, de saudades e beijos, de sonhos e maldições para nos esquecermos um do outro.

...

Uma noite, dois vultos alvejavam nas sombras de um jardim, as folhas tremiam ao ondear de um vestido, as brisas soluçavam aos soluços de dois amantes, e o perfume das violetas que eles pisavam, das rosas e madressilvas que abriam em torno deles era ainda mais doce perdido no perfume dos cabelos soltos de uma mulher...

Essa noite – foi uma loucura! foram poucas horas de sonhos de fogo! e quão breve passaram! Depois a essa noite seguiu-se outra, outra... e muitas noites as folhas sussurraram ao roçar de um passo misterioso, e o vento se embriagou de deleite nas nossas frontes pálidas...

Mas um dia o marido soube tudo: quis representar de Otelo com ela. Doido...

Era alta noite: eu esperava ver passar nas cortinas brancas a sombra do anjo. Quando passei, uma voz chamou-me. Entrei – Ângela com os pés nus, o vestido solto, o cabelo desgrenhado e os olhos ardentes tomou-me pela mão... Senti-lhe a mão úmida... Era escura a escada que subimos: passei a minha mão molhada pela dela por meus lábios. – Tinha saibo de sangue.

– Sangue, Ângela! De quem é esse sangue?

A espanhola sacudiu seus longos cabelos negros e riu-se.

Entramos numa sala. Ela foi buscar uma luz, e deixou-me no escuro.

Procurei, tateando, um lugar para assentar-me: toquei numa mesa. Mas ao passar-lhe a mão senti-a banhada de umidade: além senti uma cabeça fria como neve e molhada de um líquido espesso e meio coagulado. Era sangue...

Quando Ângela veio com a luz, eu vi... Era horrível. O marido estava degolado.

Era uma estátua de gesso lavada em sangue... Sobre o peito do assassinado estava uma criança de bruços. Ela ergueu-a pelos cabelos... Estava morta também: o sangue que corria das veias rotas de seu peito se misturava com o do pai!

– Vês, Bertram, esse era o meu presente: agora será, negro embora, um sonho do meu passado. Sou tua e tua só. Foi por ti que tive força bastante para tanto crime... Vem, tudo está pronto, fujamos. A nós o futuro!

...

Foi uma vida insana a minha com aquela mulher! Era um viajar sem fim. Ângela vestia-se de homem: era um formoso mancebo assim. No demais ela era como todos os moços libertinos que nas mesas da orgia batiam com a taça na taça dela. Bebia já como uma inglesa, fumava como uma sultana, montava a cavalo como um árabe, e atirava as armas como um espanhol.

Quando o vapor dos licores me ardia a fronte ela ma repousava em seus joelhos, tomava um bandolim e me cantava as modas de sua terra...

Nossos dias eram lançados ao sono como pérolas ao amor: nossas noites sim eram belas!

...

Um dia ela partiu: partiu, mas deixou-me os lábios ainda queimados dos seus, e o coração cheio de gérmen de vícios que ela aí lançara. Partiu. Mas sua lembrança ficou como o fantasma de um mau anjo perto de meu leito.

Quis esquecê-la no jogo, nas bebidas, na paixão dos duelos. Tornei-me um ladrão nas cartas, um homem perdido por mulheres e orgias, um espadachim terrível e sem coração.

...

Uma noite eu caíra ébrio às portas de um palácio: os cavalos de uma carruagem pisaram-me ao passar e partiram-me a cabeça de encontro à lájea. Acudiram-me desse palácio. Depois amaram-me: a família era um nobre velho viúvo e uma beleza peregrina de dezoito anos. Não era amor de certo o que eu sentia por ela – não sei o que foi – era uma fatalidade infernal. A pobre inocente amou-me; e eu recebido como o hóspede de Deus sob o teto do velho fidalgo, desonrei-lhe a filha, roubei-a, fugi com ela... E o velho teve de chorar suas cãs manchadas na desonra de sua filha, sem poder vingar-se.

Depois enjoei-me dessa mulher. – A saciedade é um tédio terrível: – uma noite que eu jogava com Siegfried – o pirata, depois de perder as últimas joias dela, vendi-a.

A moça envenenou Siegfried logo na primeira noite, e afogou-se...
...

Eis aí quem eu sou: se quisesse contar-vos longas histórias do meu viver, vossas vigílias correriam breves demais...

Um dia – era na Itália – saciado de vinho e mulheres, eu ia suicidar-me. A noite era escura e eu chegara só na praia. Subi num rochedo: daí minha última voz foi uma blasfêmia, meu último adeus uma maldição... *meu último*, digo mal; porque senti-me erguido nas águas pelo cabelo.

Então na vertigem do afogo o anelo da vida acordou-se em mim. A princípio tinha sido uma cegueira – uma nuvem ante meus olhos, como aos daquele que labuta nas trevas. A sede da vida veio ardente: apertei aquele que me socorria: fiz tanto, em uma palavra, que, sem querê-lo, matei-o. Cansado do esforço desmaiei...

Quando recobrei os sentidos estava num escaler de marinheiros que remavam mar em fora. Aí soube eu que meu salvador tinha morrido afogado por minha culpa. Era uma sina, e negra; e por isso ri-me; ri-me, enquanto os filhos do mar choravam.

Chegamos a uma corveta que estava erguendo âncora.

O comandante era um belo homem. Pelas faces vermelhas caíam--lhe os crespos cabelos loiros onde a velhice alvejava algumas cãs.

Ele perguntou-me:

– Quem és?

– Um desgraçado que não pode viver na terra, e não deixaram morrer no mar.

– Queres pois vir a bordo?

– A menos que não prefirais atirar-me ao mar.

– Não o faria: tens uma bela figura. Levar-te-ei comigo. Servirás...

– Servir! – e ri-me: depois respondi-lhe frio: deixai que me atire ao mar...

– Não queres servir? queres então viajar de braços cruzados?

– Não: quando for a hora da manobra dormirei: mas quando vier a hora do combate ninguém será mais valente do que eu...

– Muito bem: gosto de ti, disse o velho lobo do mar. Agora que estamos conhecidos dize-me teu nome e tua história.

– Meu nome é Bertram. Minha história? escutai: o passado é um túmulo! Perguntai ao sepulcro a história do cadáver! guarda o segredo... ele dir-vos-á apenas que tem no seio um corpo que se corrompe! tereis sobre a lousa um nome – e não mais!

O comandante franziu as sobrancelhas, e passou adiante para comandar a manobra.

O comandante trazia a bordo uma bela moça. Criatura pálida, parecera a um poeta o anjo da esperança adormecendo esquecido entre as ondas. Os marinheiros a respeitavam: quando pelas noites de lua ela repousava o braço na amurada e a face na mão, aqueles que passavam junto dela se descobriam respeitosos. Nunca ninguém lhe vira olhares de orgulho, nem lhe ouvira palavras de cólera: era uma santa.

Era a mulher do comandante.

Entre aquele homem brutal e valente, rei bravio ao alto-mar, esposado, como os doges de Veneza ao Adriático, a sua garrida corveta – entre aquele homem pois e aquela madona havia um amor de homem como o palpita o peito que longas noites abriu-se às luas do oceano solitário, que adormeceu pensando nela ao frio das vagas e ao calor dos trópicos, que suspirou nas horas de quarto, alta noite na amurada do navio, lembrando-a nos nevoeiros da cerração, nas nuvens da tarde... Pobres doidos! parece que esses homens amam muito! A bordo ouvi a muitos marinheiros seus amores singelos: eram moças loiras da Bretanha e da Normandia, ou alguma espanhola de cabelos negros vista ao passar – sentada na praia com sua cesta de flores – ou adormecida entre os laranjais cheirosos – ou dançando o fandango lascivo nos bailes ao relento! Houve-as junto a mim muitas faces ásperas e tostadas ao sol do mar que se banharam de lágrimas...

Voltemos à história. – O comandante a estremecia como um louco – um pouco menos que a sua honra, um pouco mais que sua corveta.

E ela – ela no meio de sua melancolia, de sua tristeza e sua palidez – ela sorria às vezes quando cismava sozinha – mas era um sorrir tão triste que doía. Coitada!

Um poeta a amaria de joelhos. Uma noite – de certo eu estava ébrio – fiz-lhe uns versos. Na lânguida poesia, eu derramara uma essência preciosa e límpida que ainda não se poluíra no mundo...

Bofé que chorei quando fiz esses versos. Um dia, meses depois – li-os, ri-me deles e de mim e atirei-os ao mar... Era a última folha da minha virgindade que lançava ao esquecimento...

Agora, enchei os copos: o que vou dizer-vos é negro: é uma lembrança horrível, como os pesadelos no oceano.

Com suas lágrimas, com seus sorrisos, com seus olhos úmidos, e os seios intumescidos de suspiros – aquela mulher me enlouquecia as noites. Era como uma vida nova que nascia cheia de desejos, quando eu cria que todos eles eram mortos como crianças afogadas em sangue ao nascer.

Amei-a: por que dizer-vos mais? Ela amou-me também. Uma vez a luz ia límpida e serena sobre as águas – as nuvens eram brancas como um véu recamado de pérolas da noite – o vento cantava nas cordas. Bebi-lhe na pureza desse luar, ao fresco dessa noite mil beijos nas faces molhadas de lágrimas, como se bebe o orvalho de um lírio cheio. Aquele seio palpitante, o contorno acetinado, apertei-os sobre mim.

O comandante dormia.

...

Uma vez ao madrugar o gajeiro assinalou um navio. Meia hora depois desconfiou que era um pirata...

Chegávamos cada vez mais perto. Um tiro de pólvora seca da corveta reclamou a bandeira. Não responderam. Deu-se segundo – nada. Então um tiro de bala foi cair nas águas do barco desconhecido como uma luva de duelo. O barco que até então tinha seguido rumo oposto ao nosso e vinha proa contra nossa proa virou de bordo e apresentou-nos seu flanco enfumaçado: um relâmpago correu nas baterias do pirata – um estrondo seguiu-se – e uma nuvem de balas veio morrer perto da corveta.

Ela não dormia, virou de bordo: os navios ficaram lado a lado. À descarga do navio de guerra o pirata estremeceu como se quisesse ir a pique.

...

O pirata fugia: a corveta deu-lhe caça: as descargas trocaram-se então mais fortes de ambos os lados.

Enfim o pirata pareceu ceder. Atracaram-se os dois navios como para uma luta. A corveta vomitou sua gente a bordo do inimigo. O combate tornou-se sangrento – era um matadouro: o chão do navio escorregava de tanto sangue: o mar ansiava cheio de escumas ao boiar de tantos cadáveres. Nesta ocasião sentiu-se uma fumaça que subia do porão. O pirata dera fogo às pólvoras... Apenas a corveta por uma manobra atrevida pôde afastar-se do perigo. Mas a explosão fez-lhe grandes estragos. Alguns minutos depois o barco do pirata voou pelos ares. Era uma cena pavorosa ver entre aquela fogueira de chamas, ao estrondo da pólvora, ao reverberar deslumbrador do fogo nas águas, os homens arrojados ao ar irem cair no oceano.

Uns a meio queimados se atiravam à água, outros com os membros esfolados e a pele a despegar-se-lhes do corpo nadavam ainda entre dores horríveis e morriam torcendo-se em maldições.

A uma légua da cena do combate havia uma praia bravia, cortada de rochedos... Aí se salvaram os piratas que puderam fugir.

E nesse tempo enquanto o comandante se batia como um bravo, eu o desonrava como um covarde.

Não sei como se passou o tempo todo que decorreu depois. Foi uma visão de gozos malditos – eram os amores de Satã e de Eloá, da morte e da vida, no leito do mar.

Quando acordei um dia desse sonho, o navio tinha encalhado num banco de areia: o ranger da quilha a morder na areia gelou a todos... Meu despertar foi a um grito de agonia...

– Olá, mulher! taverneira maldita, não vês que o vinho acabou-se?

Depois foi um quadro horrível! Éramos nós numa jangada no meio do mar. Vós que lestes o *Don Juan*, que fizestes talvez daquele veneno a vossa Bíblia, que dormistes as noites da saciedade como eu, com a face sobre ele – e com os olhos ainda fitos nele vistes tanta vez amanhecer – sabeis quanto se coa de horror ante aqueles homens atirados ao mar, num mar sem horizonte, ao balouço das águas, que parecem sufocar seu escárnio na mudez fria de uma fatalidade!

Uma noite – a tempestade veio – apenas houve tempo de amarrar nossas munições... Fora mister ver o oceano bramindo no escuro como um bando de leões com fome, para saber o que é a borrasca – fora mister vê-la de uma jangada à luz da tempestade, às blasfêmias dos que não creem e maldizem, às lágrimas dos que esperam e desesperam, aos soluços dos que tremem e tiritam de susto como aquele que bate a porta do nada... E eu, eu ria: era como o gênio do ceticismo naquele deserto. Cada vaga que varria nossas tábuas descosidas arrastava um homem – mas cada vaga que me rugia aos pés parecia respeitar-me. Era um oceano como aquele de fogo onde caíram os anjos perdidos de Milton – o cego: quando eles passavam cortando-as a nado, as águas do pântano de lava se apertavam: a morte era para os filhos de Deus – não para o bastardo do mal!

Toda aquela noite passei-a com a mulher do comandante nos braços. Era um himeneu terrível aquele que se consumava entre um descrido e uma mulher pálida que enlouquecia: o tálamo era o oceano, a escuma das vagas era a seda que nos a alcatifava o leito. Em meio daquele concerto de uivos que nos ia ao pé, os gemidos nos sufocavam: e nós rolávamos abraçados – atados a um cabo da jangada – por sobre as tábuas...

Quando a aurora veio, restávamos cinco: eu, a mulher do comandante, ele e dois marinheiros – ...

Alguns dias comemos umas bolachas repassadas da salsugem da água do mar. Depois tudo o que houve de mais horrível se passou...

– Por que empalideces, Solfieri? a vida é assim. Tu o sabes como eu o sei. O que é o homem? é a escuma que ferve hoje na torrente e amanhã desmaia: alguma coisa de louco e movediço como a vaga, de fatal como o sepulcro! O que é a existência? Na mocidade é o caleidoscópio das ilusões: vive-se então da seiva do futuro. Depois envelhecemos: quando chegamos aos trinta anos, e o suor das agonias nos grisalhou os cabelos antes do tempo, e murcharam como nossas faces as nossas esperanças, oscilamos entre o passado visionário, e este *amanhã* do velho, gelado e ermo – despido como um cadáver que se banha antes de dar à sepultura! Miséria! loucura!

– Muito bem! miséria e loucura! – interrompeu uma voz.

O homem que falara era um velho. A fronte se lhe descalvara, e longas e fundas rugas a sulcavam – eram ondas que o vento da velhice lhe cavava no mar da vida... Sob espessas sobrancelhas grisalhas lampejavam-lhe os olhos pardos e um espesso bigode lhe cobria parte dos lábios. Trazia um gibão negro e roto, e um manto desbotado, da mesma cor lhe caía dos ombros.

– Quem és, velho? – perguntou o narrador.

– Passava lá fora: a chuva caía a cântaros: a tempestade era medonha: entrei. Boa noite, senhores! se houver mais uma taça na vossa mesa, enchei-a até às bordas e beberei convosco.

– Quem és?

– Quem eu sou? na verdade fora difícil dizê-lo: corri muito mundo, a cada instante mudando de nome e de vida. – Fui poeta – e como poeta cantei. Fui soldado, e banhei minha fronte juvenil nos últimos raios de sol da águia de Waterloo. – Apertei ao fogo da batalha a mão do homem do século. Bebi numa taverna com Bocage – o português, ajoelhei-me na Itália sobre o túmulo de Dante – e fui à Grécia para sonhar como Byron naquele túmulo das glórias do passado. – Quem eu sou? Fui um poeta aos vinte anos, um libertino aos trinta – sou um vagabundo sem pátria e sem crenças aos quarenta. Sentei-me à sombra de todos os sóis – beijei lábios de mulheres de todos os países – e de todo esse peregrinar só trouxe duas lembranças – um amor de mulher que morreu nos meus braços na primeira noite de embriaguez e de febre – e uma agonia de poeta... Dela, tenho uma rosa murcha e a fita que prendia seus cabelos. – Dele – olhai...

O velho tirou do bolso um embrulho: era um lençol vermelho o invólucro: desataram-no: dentro estava uma caveira.

– Uma caveira! – gritaram em torno: és um profanador de sepulturas?

– Olha, moço, se entendes a ciência de Gall e Spurzheim, dize-me pela protuberância dessa fronte, e pelas bossas dessa cabeça quem podia ser esse homem?

– Talvez um poeta – talvez um louco.

– Muito bem! adivinhaste. Só erraste não dizendo que talvez ambas as coisas a um tempo. Sêneca o disse – a poesia é a insânia. Talvez o gênio seja uma alucinação, e o entusiasmo precise da embriaguez para escrever o hino sanguinário e fervoroso de Rouget de l'Isle, ou para, na criação do painel medonho do Cristo morto de Holbein, estudar a corrupção no cadáver. Na vida misteriosa de Dante, nas orgias de Marlowe, no peregrinar de Byron havia uma sombra da doença de Hamlet: quem sabe?

– Mas a que vem tudo isso?

– Não bradastes – miséria e loucura! – vós, almas onde talvez borbulhava o sopro de Deus, cérebros que a luz divindade do gênio esclarecia, e que o vinho enchia de vapores e a saciedade de escárnios? Enchei as taças até à borda! enchei-as e bebei; bebei à lembrança do cérebro que ardeu nesse crânio, da alma que aí habitou, do poeta-louco – Werner! e eu bradarei ainda uma vez: – miséria e loucura!

O velho esvaziou o copo, embuçou-se e saiu. Bertram continuou a sua história.

– Eu vos dizia que ia passar-se uma coisa horrível: não havia mais alimentos, e no homem despertava a voz do instinto, das entranhas que tinham fome, que pediam seu cevo como o cão do matadouro, fosse embora sangue.

A fome! a sede! tudo quanto há de mais horrível...

Na verdade, senhores, o homem é uma criatura perfeita! Estatuário sublime, Deus esgotou no talhar desse mármore todo o seu esmero. Prometeu divino, encheu-lhe o crânio protuberante da luz do gênio. Ergueu-o pela mão, mostrou-lhe o mundo do alto da montanha, como Satã quatro séculos depois o fez a Cristo, e disse-lhe: Vê, tudo isso é belo – vales e montes, águas do mar que espumam, folhas das florestas que tremem e sussurram como as asas dos meus anjos – tudo isso é teu. Fiz-te o mundo belo no véu purpúreo do crepúsculo, dourei-o aos raios de minha face. Ei-lo, rei da terra! banha a fronte olímpica nessas brisas, nesse orvalho, na escuma dessas cataratas. – Sonha como a noite, canta como os anjos, dorme entre as flores! Olha! entre as folhas floridas do vale dorme uma criatura branca como o véu das minhas virgens, loira como o reflexo das minhas nuvens, harmoniosa como as aragens do céu nos arvoredos da terra. – É tua: acorda-a: ama-a, e ela te amará; no seio dela, nas ondas daquele cabelo, afoga-te como o sol entre vapores. – Rei no peito dela, rei na terra, vive de amor e crença, de poesia e de beleza, levanta-te, vai e serás feliz!

Tudo isso é belo, sim – mas é a ironia mais amarga, a decepção mais árida de todas as ironias e de todas as decepções. Tudo isso se apaga diante de dois fatos muito prosaicos – a fome e a sede.

O gênio, a águia altiva que se perde nas nuvens, que se aquenta no eflúvio da luz mais ardente do sol – cair assim com as asas torpes e verminosas no lodo das charnecas? Poeta! porque no meio do arroubo mais sublime do espírito, uma voz sarcástica e mefistofélica te brada – meu Fausto, ilusões! a realidade é a matéria: Deus escreveu Ἀνάγκη na fronte de sua criatura! – Don Juan! porque choras a esse beijo morno de Haidea que desmaia-te nos braços? a prostituta vender-tos-á amanhã mais queimadores!... Miséria! E dizer que tudo o que há de mais divino no homem, de mais santo e perfumado na alma se infunde no lodo da realidade, se revolve no charco e acha ainda uma convulsão infame para dizer – sou feliz!...

Isso tudo, senhores, para dizer-vos uma coisa muito simples... um fato velho e batido – uma prática do mar, uma lei do naufrágio – a antropofagia.

Dois dias depois de acabados os alimentos, restavam três pessoas: eu, o comandante e ela – eram três figuras macilentas como o cadáver, cujos peitos nus arquejavam como a agonia, cujos olhares fundos e sombrios se injetavam de sangue como a loucura.

O uso do mar – não quero dizer a voz da natureza física, o brado do egoísmo do homem – manda a morte de um para a vida de todos. – Tiramos à sorte – o comandante teve por lei morrer.

Então o instinto de vida se lhe despertou ainda. Por um dia mais de existência, mais um dia de fome e sede, de leito úmido e varrido pelos ventos frios do norte, mais umas horas mortas de blasfêmia e de agonia, de esperança e desespero – de orações e descrenças – de febre e de ânsia – o homem ajoelhou-se, chorou, gemeu a meus pés...

– Olhai – dizia o miserável –, esperemos até amanhã... Deus terá compaixão de nós... Por vossa mãe, pelas entranhas de vossa mãe! por Deus se ele existe! deixai, deixai-me ainda viver!

Oh! a esperança é pois como uma parasita que morde e despedaça o tronco, mas quando ele cai, quando morre e apodrece, ainda o aperta em seus convulsos braços! Esperar! quando o vento do mar açouta as ondas, quando a escuma do oceano vos lava o corpo lívido e nu, quando o horizonte é deserto e sem termo, e as velas que branqueiam ao longe parecem fugir! Pobre louco!

Eu ri-me do velho. – Tinha as entranhas em fogo. – Morrer hoje, amanhã, ou depois – tudo me era indiferente, mas hoje eu tinha fome, e ri-me porque tinha fome.

O velho lembrou-me que me acolhera a seu bordo, por piedade de mim – lembrou-me que me amava – e uma torrente de soluços e lágrimas afogava o bravo que nunca empalidecera diante da morte.

Parece que a morte no oceano é terrível para os outros homens: quando o sangue lhes salpica as faces, lhes ensopa as mãos, correm à morte como um rio ao mar – como a cascavel ao fogo. Mas assim – no deserto – nas águas – eles temem-na, tremem diante dessa caveira fria da morte!

Eu ri-me porque tinha fome.

Então o homem ergueu-se. A fúria levantou nele – com a última agonia. Cambaleava, e um suor frio lhe corria no peito descarnado. – Apertou-me nos seus braços amarelentos e lutamos ambos corpo a corpo, peito a peito, pé por pé – por um dia de miséria!

A lua amarelada erguia sua face desbotada, como uma meretriz cansada de uma noite de devassidão – do céu escuro parecia zombar desses dois moribundos que lutavam por uma hora de agonia...

O valente do combate desfalecia – caiu: pus-lhe o pé na garganta – sufoquei-o – e expirou...

Não cubrais o rosto com as mãos – faríeis o mesmo... Aquele cadáver foi nosso alimento dois dias...

Depois, as aves do mar já baixavam para partilhar minha presa; e às minhas noites fastientas uma sombra vinha reclamar sua ração de carne humana...

Lancei os restos ao mar...

Eu e a mulher do comandante passamos – um dia, dois – sem comer nem beber...

Então ela propôs-me morrer comigo. – Eu disse-lhe que sim. Esse dia foi a última agonia do amor que nos queimava: gastamo-lo em convulsões para sentir ainda o mel fresco da voluptuosidade banhar-nos os lábios... Era o gozo febril que podem ter duas criaturas em delírio de morte. Quando soltei-me dos braços dela a fraqueza a fazia desvairar. O delírio tornava-se mais longo, mais longo: debruçava-se nas ondas e bebia a água salgada, e oferecia-ma nas mãos pálidas, dizendo que era vinho. As gargalhadas frias vinham mais de entuviada...

Estava louca.

Não dormi – não podia dormir: uma modorra ardente me fervia as pálpebras: o hálito de meu peito parecia fogo: meus lábios secos e estalados apenas se orvalhavam de sangue.

Tinha febre no cérebro – e meu estômago tinha fome. Tinha fome como a fera.

Apertei-a nos meus braços, oprimi-lhe nos beiços a minha boca em fogo: apertei-a convulsivo – sufoquei-a. Ela era ainda tão bela!

Não sei que delírio estranho se apoderou de mim. Uma vertigem me rodeava. O mar parecia rir de mim, e rodava em torno, escumante e esverdeado, como um sorvedoiro. As nuvens pairavam correndo e pareciam filtrar sangue negro. O vento que me passava nos cabelos murmurava uma lembrança.

De repente senti-me só. Uma onda me arrebatara o cadáver. Eu a vi boiar pálida como suas roupas brancas, seminua, com os cabelos banhados de água: eu via-a erguer-se na escuma das vagas, desaparecer, e boiar de novo: depois não a distingui mais – era como a escuma das vagas, como um lençol lançado nas águas...

Quantas horas, quantos dias passei naquela modorra nem o sei... Quando acordei desse pesadelo de homem desperto, estava a bordo de um navio.

Era o brigue inglês *Swallow*, que me salvara...

Olá, taverneira, bastarda de Satã, não vês que tenho sede, e as garrafas estão secas, secas como tua face e como nossas gargantas?

Bernardo Guimarães

Bernardo Joaquim da Silva Guimarães nasceu na cidade de Ouro Preto, então capital da província de Minas Gerais, em 1825, quando a exploração do ouro já declinara. Ao mudar-se para São Paulo, para estudar direito, travou contato com Álvares de Azevedo, com quem fundou a Sociedade Epicureia. Ao contrário do amigo, Bernardo Guimarães viu alguns de seus livros serem publicados.

O mais famoso deles é *A escrava Isaura*, romance de feição antiescravagista. Na década de 1970, o livro inspirou uma novela de televisão de extraordinário sucesso em vários países. *O seminarista* é outro de seus romances fundamentais. O centro da história, o celibato clerical, continua muito contemporâneo.

Autor prolífico e hábil, além de romances escreveu alguns contos (o principal é o que está reproduzido aqui), teatro, e foi ativo poeta. Junto com a lírica, Bernardo Guimarães escreveu poesia erótica, que circulou à época de maneira clandestina. Além de escrever para a imprensa, foi juiz e professor. Nenhuma das profissões, porém, foi suficiente para lhe garantir uma vida confortável e, apesar do relativo reconhecimento à época, morre pobre em 1884, em Minas Gerais.

A dança dos ossos

I

A noite, límpida e calma, tinha sucedido a uma tarde de pavorosa tormenta, nas profundas e vastas florestas que bordam as margens do Parnaíba, nos limites entre as províncias de Minas e de Goiás.

Eu viajava por esses lugares, e acabava de chegar ao porto, ou recebedoria, que há entre as duas províncias. Antes de entrar na mata, a tempestade tinha-me surpreendido nas vastas e risonhas campinas, que se estendem até a pequena cidade de Catalão, donde eu havia partido.

Seriam nove a dez horas da noite; junto a um fogo aceso defronte da porta da pequena casa da recebedoria, estava eu, com mais algumas pessoas, aquecendo os membros resfriados pelo terrível banho que a meu pesar tomara. A alguns passos de nós se desdobrava o largo veio do rio, refletindo em uma chispa retorcida, como uma serpente de fogo, o clarão avermelhado da fogueira. Por trás de nós estavam os cercados e as casinhas dos poucos habitantes desse lugar, e, por trás dessas casinhas, estendiam-se as florestas sem fim.

No meio do silêncio geral e profundo sobressaía o rugido monótono de uma cachoeira próxima, que ora estrugia como se estivesse a alguns passos de distância, ora quase se esvaecia em abafados murmúrios, conforme o correr da viração.

No sertão, ao cair da noite, todos tratam de dormir, como os passarinhos. As trevas e o silêncio são sagrados ao sono, que é o silêncio da alma.

Só o homem nas grandes cidades, o tigre nas florestas e o mocho nas ruínas, as estrelas no céu e o gênio na solidão do gabinete, costumam velar nessas horas que a natureza consagra ao repouso.

Entretanto, eu e meus companheiros, sem pertencermos a nenhuma dessas classes, por uma exceção de regra estávamos acordados a essas horas.

Meus companheiros eram bons e robustos caboclos, dessa raça semisselvática e nômade, de origem dúbia entre o indígena e o africano, que vagueia pelas infindas florestas que correm ao longo do Parnaíba, e cujos nomes, decerto, não se acham inscritos nos assentos das freguesias e nem figuram nas estatísticas que dão ao império... não sei quantos milhões de habitantes.

O mais velho deles, de nome Cirino, era o mestre da barca que dava passagem aos viandantes.

De bom grado eu o compararia a Caronte, barqueiro do Averno, se as ondas turbulentas e ruidosas do Parnaíba, que vão quebrando o silêncio dessas risonhas solidões cobertas da mais vigorosa e luxuriante vegetação, pudessem ser comparadas às águas silenciosas e letárgicas do Aqueronte.

– Meu amo decerto saiu hoje muito tarde da cidade – perguntou-me ele.

– Não, era apenas meio-dia. O que me atrasou foi o aguaceiro, que me pilhou em caminho. A chuva era tanta e tão forte o vento que meu cavalo quase não podia andar. Se não fosse isso, ao pôr do sol eu estava aqui.

– Então, quando entrou na mata, já era noite?...

– Oh!... se era!... já tinha anoitecido havia mais de uma hora.

– E Vm. não viu aí, no caminho, nada que o incomodasse?...

– Nada, Cirino, a não ser às vezes o mau caminho, e o frio, pois eu vinha ensopado da cabeça aos pés.

– Deveras, não viu nada, nada? é o primeiro!... pois hoje que dia é?...

– Hoje é sábado.

– Sábado!... que me diz? E eu, na mente que hoje era sexta--feira!... oh! Senhorinha!... eu tinha precisão de ir hoje ao campo buscar umas linhas que encomendei para meus anzóis, e não fui, porque esta minha gentinha de casa me disse que hoje era sexta--feira... e esta! E hoje, com esta chuva, era dia de pegar muito peixe... Oh! Senhorinha!... gritou o velho com mais força.

A este grito apareceu, saindo de um casebre vizinho, uma menina de oito a dez anos, fusca e bronzeada, quase nua, bocejando e esfregando os olhos; mas que me mostrava ser uma criaturinha esperta e viva como uma capivara.

– Então, senhorinha, como é que tu vais-me dizer que hoje era sexta-feira?... ah! cachorrinha! deixa-te estar, que amanhã tu me pagas... então hoje que dia é?...

– Eu também não sei, papai, foi a mamãe que me mandou que falasse que hoje era sexta...

– É o que tua mãe sabe ensinar-te; é a mentir!... deixa, que vocês outra vez não me enganam mais. Sai daqui: vai-te embora dormir, velhaquinha!

Depois que a menina, assim enxotada, se retirou, lançando um olhar cobiçoso sobre umas espigas de milho verde que os caboclos estavam a assar, o velho continuou:

– Veja o que são artes de mulher! A minha velha é muito ciumenta, e inventa todos os modos de não me deixar um passo fora daqui. Agora não me resta um só anzol com linha, o último lá se foi esta noite, na boca de um dourado; e, por culpa dessa gente, não tenho maneiras de ir matar um peixe para meu amo almoçar a amanhã!...

– Não te dê isso cuidado, Cirino; mas conta-me que te importava que hoje fosse sexta ou sábado, para ires ao campo buscar as tuas linhas?...

– O quê!... meu amo? Eu atravessar o caminho dessa mata em dia de sexta-feira?!... é mais fácil eu descer por esse rio abaixo em uma canoa sem remo!... não era à toa que eu estava perguntando se não lhe aconteceu nada no caminho.

– Mas o que há nesse caminho?... conta-me, eu não vi nada.

– Vm. não viu, daqui a obra de três quartos de légua, à mão direita de quem vem, um meio claro na beirada do caminho, e uma cova meio aberta com uma cruz de pau?

– Não reparei; mas sei que há por aí uma sepultura de que se contam muitas histórias.

– Pois muito bem! Aí nessa cova é que foi enterrado o defunto Joaquim Paulista. Mas é a alma dele só que mora aí: o corpo mesmo, esse anda espatifado aí por essas matas, que ninguém mais sabe dele.

– Ora valha-te Deus, Cirino! Não te posso entender. Até aqui eu acreditava que, quando se morre, o corpo vai para a sepultura, e a alma para o céu, ou para o inferno, conforme as suas boas ou más obras. Mas, com o teu defunto, vejo agora, pela primeira vez, que se trocaram os papéis: a alma fica enterrada e o corpo vai passear.

– Vm. não quer acreditar!... pois é coisa sabida aqui, em toda esta redondeza, que os ossos de Joaquim Paulista não estão dentro dessa cova e que só vão lá nas sextas-feiras para assombrar os viventes; e desgraçado daquele que passar aí em noite de sexta-feira!...

– Que acontece?...

– Aconteceu o que já me aconteceu, como vou lhe contar.

II

Um dia, há de haver coisa de dez anos, eu tinha ido ao campo, à casa de um meu compadre que mora da aqui a três léguas.

Era uma sexta-feira, ainda me lembro, como se fosse hoje.

Quando montei no meu burro para vir-me embora, já o sol estava baixinho; quando cheguei na mata, já estava escuro; fazia um luar manhoso, que ainda atrapalhava mais a vista da gente.

Já eu ia entrando na mata, quando me lembrei que era sexta-feira. Meu coração deu uma pancada e a modo que estava me pedindo que não fosse para diante. Mas fiquei com vergonha de voltar. Pois um homem, já de idade como eu, que desde criança estou acostumado a varar por esses matos a toda hora do dia ou da noite, hei de agora ter medo? De quê?

Encomendei-me de todo o coração à Nossa Senhora da Abadia, tomei um bom trago na guampa que trazia sortida na garupa, joguei uma masca de fumo na boca, e toquei o burro para diante. Fui andando, mas sempre cismado; todas as histórias que eu tinha ouvido contar da cova de Joaquim Paulista estavam-se-me representando na ideia: e ainda, por meus pecados, o diabo do burro não sei o que tinha nas tripas que estava a refugar e a passarinhar numa toada.

Mas, a poder de esporas, sempre vim varando. À proporção que ia chegando perto do lugar onde está a sepultura, meu coração ia ficando pequenino. Tomei mais um trago, rezei o Creio em Deus Padre, e toquei para diante. No momento mesmo em que eu ia passar pela sepultura, que eu queria passar de galope e voando se fosse possível, aí é que o diabo do burro dos meus pecados empaca de uma vez, que não houve força de esporas que o fizesse mover.

Eu já estava decidido a me apear, largar no meio do caminho burro com sela e tudo, e correr para a casa; mas não tive tempo. O que eu vi, talvez Vm. não acredite; mas eu vi como estou vendo este fogo: vi com estes olhos, que a terra há de comer, como comeu os do pobre Joaquim Paulista... mas os dele nem foi a terra que comeu, coitado! Foram os urubus, e os bichos do mato. Dessa feita acabei de acreditar que ninguém morre de medo; se morresse, eu lá estaria até hoje fazendo companhia ao Joaquim Paulista. Cruz!... Ave Maria!...

Aqui o velho fincou os cotovelos nos nós dos joelhos, escondeu a cabeça entre as mãos e pareceu-me que resmungou uma Ave-Maria. Depois, acendeu o cachimbo, e continuou:

– Vm. se reparasse, havia de ver que o mato faz uma pequena aberta da banda, em que está a sepultura do Joaquim Paulista.

A lua batia de chapa na areia branca do meio da estrada. Enquanto eu estou esporeando com toda a força a barriga do burro, salta lá, no meio do caminho, uma cambada de ossinhos brancos, pulando, esbarrando uns nos outros, e estalando numa toada certa, como gente que está dançando ao toque de viola. Depois, de todos os lados, vieram vindo outros ossos maiores, saltando e dançando da mesma maneira.

Por fim de contas, veio vindo lá, de dentro da sepultura, uma caveira branca como papel, e com os olhos de fogo; e dando pulos como sapo, foi-se chegando para o meio da roda. Daí começaram aqueles ossos todos a dançar em roda da caveira, que estava quieta no meio, dando de vez em quando pulos no ar, e caindo no mesmo lugar, enquanto os ossos giravam num corrupio, estalando uns nos outros, como fogo da queimada, quando pega forte num sapezal.

Eu bem queria fugir, mas não podia; meu corpo estava como estátua, meus olhos estavam pregados naquela dança dos ossos, como sapo quando enxerga cobra; meu cabelo, enroscado como Vm. está vendo, ficou em pé como espetos.

Daí a pouco os ossinhos mais miúdos, dançando, dançando sempre e batendo uns nos outros, foram-se ajuntando e formando dois pés de defunto.

Estes pés não ficam quietos, não; e começam a sapatear com os outros ossos numa roda-viva. Agora são os ossos das canelas, que lá vêm saltando atrás dos pés, e de um pulo, trás!... se encaixaram em cima dos pés. Daí a um nada vêm os ossos das coxas, dançando em roda das canelas, até que, também de um pulo, foram-se encaixar direitinho nas juntas dos joelhos. Toca agora as duas pernas que já estão prontas a dançar com os outros ossos.

Os ossos dos quadris, as costelas, os braços, todos esses ossos que ainda agora saltavam espalhados no caminho, a dançar, a dançar, foram pouco a pouco se ajuntando e embutindo uns nos outros, até que o esqueleto se apresentou inteiro, faltando só a cabeça. Pensei que nada mais teria que ver; mas ainda me faltava o mais feio. O esqueleto pega na caveira e começa a fazê-la rolar pela estrada, e a fazer mil artes e piruetas; depois entra a jogar peteca com ela, e a atirá-la pelos ares mais alto, mais alto, até o ponto de fazê-la sumir-se lá pelas nuvens; a caveira gemia zunindo pelos ares, e vinha estalar nos ossos da mão do esqueleto, como uma espoleta que rebenta. Afinal o esqueleto escanchou as pernas e os braços, tomando toda a largura do caminho, e esperou a cabeça, que veio cair direito no meio dos ombros, como uma cabaça oca que se rebenta em uma pedra, e olhando para mim com os olhos de fogo!...

Ah! meu amo!... Eu não sei o que era feito de mim!... Eu estava sem fôlego, com a boca aberta querendo gritar e sem poder, com os cabelos espetados; meu coração não batia, meus olhos não pestanejavam. O meu burro mesmo estava a tremer e encolhia-se todo, como quem queria sumir-se debaixo da terra. Oh! se eu pudesse fugir naquela hora, eu fugia ainda que tivesse de entrar pela goela de uma sucuri adentro.

Mas ainda não contei tudo. O maldito esqueleto do inferno – Deus me perdoe! – não tendo mais nem um ossinho com quem dançar, assentou de divertir-se comigo, que ali estava sem pingo de sangue, e mais morto do que vivo, e começa a dançar defronte de mim, como essas figurinhas de papelão que as crianças, com uma cordinha, fazem dar de mão e de pernas; vai-se chegando cada vez mais para perto, dá três voltas em roda de mim, dançando e estalando as ossadas; e por fim de contas, de um pulo, encaixa-se na minha garupa...

Eu não vi mais nada depois; fiquei atordoado. Pareceu-me que o burro saiu comigo e como maldito fantasma, zunindo pelos ares, e nos arrebatava por cima das mais altas árvores.

Valha-me Nossa Senhora da Abadia e todos os santos da corte celeste! gritava eu dentro do coração, porque a boca, essa nem podia piar. Era à toa; desacorçoei, e pensando que ia por esses ares nas unhas de Satanás, esperava a cada instante ir estourar nos infernos. Meus olhos se cobriam de uma nuvem de fogo, minha cabeça andava à roda, e não sei mais o que foi feito de mim.

Quando dei acordo de mim, foi no outro dia, na minha cama, a sol alto. Quando a minha velha, de manhã cedo, foi abrir a porta, me encontrou no terreiro, estendido no chão, desacordado, e o burro selado perto de mim.

A porteira da manga estava fechada; como é que esse burro pôde entrar comigo para dentro, é que não sei. Portanto ninguém me tira da cabeça que o burro veio comigo pelos ares.

Acordei com o corpo todo moído, e com os miolos pesando como se fossem de chumbo, e sempre com aquele maldito estalar de ossos nos ouvidos, que me perseguiu por mais de um mês.

Mandei dizer duas missas pela alma de Joaquim Paulista, e jurei que nunca mais havia de pôr meus pés fora de casa em dia de sexta-feira.

III

O velho barqueiro contava esta tremenda história de modo mais tosco, porém muito mais vivo do que eu acabo de escrevê-lo, e acompanhava a narração de uma gesticulação selvática e expressiva e de sons imitativos que não podem ser representados por sinais escritos. A hora avançada, o silêncio e solidão daqueles sítios, teatro desses assombrosos acontecimentos, contribuíram também grandemente para torná-los quase visíveis e palpáveis. Os caboclos, de boca aberta, o escutavam como olhos e ouvidos transidos de pavor, e de vez em quando, estremecendo, olhavam em derredor pela mata, como que receando ver surgir o temível esqueleto a empolgar e levar pelos ares alguns deles.

– Com efeito, Cirino! – disse-lhe eu –, foste vítima da mais pavorosa assombração de que há exemplo, desde que andam por este mundo as almas do outro. Mas quem sabe se não foi a força do medo que te fez ver tudo isso? Além disso, tinhas ido muitas vezes à guampa, e talvez ficasse com a vista turva e a cabeça um tanto desarranjada.

– Mas, meu amo, não era a primeira vez que eu tomava o meu gole, nem que andava de noite por esses matos, e como é que eu nunca vi ossos de gente dançando no meio do caminho?

– Os teus miolos é que estavam dançando, Cirino; disso estou eu certo. Tua imaginação, exaltada a um tempo pelo medo e pelos repetidos beijos que davas na tua guampa, é que te fez ir voando pelos ares nas garras de Satanás. Escuta; vou te explicar como tudo isso te aconteceu muito naturalmente. Como tu mesmo disseste, entraste na mata com bastante medo, e, portanto, disposto a transformar em coisas do outro mundo tudo quanto confusamente vias no meio de uma floresta frouxamente alumiada por um luar escasso. Acontece ainda para teu mal que, no momento mais crítico, quando ias passando pela sepultura, empaca-te o maldito burro.

Faço ideia de como ficaria essa pobre alma, e até me admiro de que não visses coisas piores!

– Mas então que diabo eram aqueles ossos a dançarem, dançarem tão certo, como se fosse a toque de música, e aquele esqueleto branco, que trepou na garupa, e me levou por esses ares?

– Eu te digo. Os ossinhos que dançavam, não eram mais do que os raios da lua, que vinham peneirados por entre os ramos dos arvoredos balançados pela viração, brincar e dançar na areia branca do caminho. Os estalos, que ouvias, eram sem dúvida de alguns porcos-do-mato, ou qualquer outro bicho, que andavam ali por perto a quebrar nos dentes cocos de baguaçu, o que, como bem sabes, faz uma estralada dos diabos.

– E a caveira, meu amo?... de certo era alguma cabaça velha que um rato do campo vinha rolando pela estrada...

– Não era preciso tanto; uma grande folha seca, uma pedra, um toco, tudo te podia parecer uma caveira naquela ocasião.

Tudo isto te fez andar à roda a cabeça azoinada, e o mais tudo que viste foi obra de tua imaginação e de teus sentidos perturbados. Depois, qualquer coisa, talvez um maribondo que o picou.

– Maribondo de noite!... ora, meu amo!... – exclamou o velho com uma gargalhada.

– Pois bem!... fosse o que fosse; qualquer outra coisa ou capricho de burro, o certo é que o teu macho saiu contigo aos corcovos; ainda que atordoado, o instinto da conservação fez que te agarrasses bem à sela, e tiveste a felicidade de vir dar contigo em terra mesmo à porta de tua casa, e eis aí tudo.

O velho barqueiro ria com a melhor vontade, zombando de minhas explicações.

– Qual, meu amo – disse ele –, réstia de luar não tem parecença nenhuma com osso de defunto, e bicho do mato, de noite, está dormindo na toca, e não anda roendo coco.

E pode Vm. ficar certo de que, quando eu tomo um gole, ali é que minha vista fica mais limpa e o ouvido mais afiado.

– É verdade, e, a tal ponto, que até chegas a ver e ouvir o que não existe.

– Meu amo tem razão; eu também, quando era moço, não acreditava em nada disso por mais que me jurassem. Foi-me preciso ver para crer; e Deus o livre a Vm. de ver o que eu já vi.

– Eu já vi, Cirino; já vi, mas nem assim acreditei.

– Como assim, meu amo?...

– É que nesses casos eu não acredito nem nos meus próprios olhos, senão depois de estar bem convencido, por todos os modos, de que eles não enganam.

Eu te conto um caso que me aconteceu.

Eu ia viajando sozinho – por onde não importa – de noite, por um caminho estreito, em cerradão fechado, e vejo ir, andando a alguma distância diante de mim, qualquer coisa, que na escuridão não pude distinguir. Aperto um pouco o passo para reconhecer o que era, e vi clara e perfeitamente dois pretos carregando um defunto dentro de uma rede.

Bem poderia ser também qualquer criatura viva, que estivesse doente ou mesmo em perfeita saúde; mas, nessas ocasiões, a imaginação, não sei por quê, não nos representa senão defuntos. Uma aparição daquelas, em lugar tão ermo e longe de povoação, não deixou de me causar terror.

Contudo o caso não era extraordinário; carregar um cadáver em rede, para ir sepultá-lo em algum cemitério vizinho, é coisa que se vê muito nesses sertões, ainda que àquelas horas o negócio não deixasse de tornar bastante suspeito.

Piquei o cavalo para passar adiante daquela sinistra visão que me estava incomodando o espírito, mas os condutores da rede também apressaram o passo, e se conservavam sempre na mesma distância.

Pus o cavalo a trote; os pretos começaram também a correr com a rede. O negócio ia-se tornando mais feio. Retardei o passo para deixá-los adiantarem-se: também foram indo mais devagar. Parei; também pararam. De novo marchei para eles; também se puseram a caminho.

Assim andei por mais de meia hora, cada vez mais aterrado, tendo sempre diante dos olhos aquela sinistra aparição que parecia apostada em não me querer deixar, até que, exasperado, gritei-lhes que me deixassem passar ou ficar atrás, que eu não estava disposto a fazer-lhes companhia. Nada de resposta!... o meu terror subiu de ponto, e confesso que estive por um nada a dar de rédea para trás a bom fugir.

Mas negócios urgentes me chamavam para diante: revesti-me de um pouco de coragem que ainda me restava, cravei as esporas no cavalo e investi para o sinistro vulto a todo galope. Em poucos instantes o alcancei de perto e vi... adivinhem o que era?... nem que deem volta ao miolo um ano inteiro, não são capazes de atinar com o que era. Pois era uma vaca!...

– Uma vaca!... como!...

– Sim, senhores, uma vaca malhada, que tinha a barriga toda branca – era a rede –, e os quartos traseiros e dianteiros inteiramente pretos; era os dois negros que a carregavam. Pilhada por mim naquele caminho estreito, sem poder desviar nem para uma banda nem para outra, porque o mato era um cerradão tapado o pobre animal ia fugindo diante de mim, se eu parava, também parava, porque não tinha necessidade de viajar; se eu apertava o passo lá ia ela também para diante, fugindo de mim. Entretanto se eu não fosse reconhecer de perto o que era aquilo, ainda hoje havia de jurar que tinha visto naquela noite dois pretos carregando um defunto em uma rede, tão completa era a ilusão. E depois se quisesse indagar mais do negócio, como era natural, sabendo que nenhum cadáver se tinha enterrado em toda aquela redondeza, havia de ficar acreditando de duas uma: ou que aquilo era coisa do outro mundo, ou, o que era mais natural, que algum assassinato horrível e misterioso tinha sido cometido por aquelas criaturas.

A minha história nem de leve abalou as crenças do velho barqueiro que abanou a cabeça, e disse-me, chasqueando:

– A sua história está muito bonita; mas, perdoe que lhe diga, eu por mais escuro que estivesse a noite e por mais que eu tivesse entrado no gole, não podia ver uma rede onde havia uma vaca; só pelo faro eu conhecia. Meu amo decerto tinha poeira nos olhos.

Mas vamos que Vm., quando investiu para os vultos, em vez de esbarrar com uma vaca, topasse mesmo uma rede carregando um defunto, que este defunto saltando fora da rede lhe pulasse na garupa e o levasse pelos ares com cavalo e tudo, de modo que Vm. não desse acordo de si, senão no outro dia em sua casa e sem saber como?... havia de pensar, ainda, que eram abusões?

– Esse não era o meu medo: o que eu temia, era que aqueles negros acabassem ali comigo, e, em vez de um, carregassem na mesma rede dois defuntos para a mesma cova!

O que dizes era impossível.

– Impossível!... e como é que me aconteceu?... Se não fosse tão tarde, para Vm. acabar de crer, eu lhe contava por que motivo a sepultura de Joaquim Paulista ficou sendo assim mal-assombrada. Mas meu amo viajou; há de estar cansado da jornada e com sono.

– Qual sono!... conta-me; vamos a isso.

– Pois vá escutando.

IV

O tal Joaquim Paulista era um cabo do destacamento que naquele tempo havia aqui no Porto. Era bom rapaz e ninguém tinha queixa dele.

Havia aqui, também, por este tempo, uma rapariga, por nome Carolina, que era o desassossego de toda a rapaziada.

Era uma caboclinha escura, mas bonita e sacudida, como ela aqui ainda não pisou outra; com uma viola na mão, a rapariga tocava e cantava que dava gosto; quando saía para o meio de uma sala, tudo ficava de queixo caído; a rapariga sabia fazer requebrados e sapateados, que era um feitiço. Em casa dela, que era um ranchinho ali da outra banda, era súcias todos os dias; também todos os dias havia solados de castigo por amor de barulhos e desordens.

Joaquim Paulista tinha uma paixão louca pela Carolina; mas ela anda de amizade com um outro camarada, de nome Timóteo, que a tinha trazido de Goiás, ao qual queria muito bem. Vai um dia, não sei que diabo de dúvida tiveram os dois, que a Carolina se desapartou do Timóteo e fugiu para a casa de uma amiga aqui no campo do Joaquim Paulista, que há muito tempo bebia os ares por ela, achou que a ocasião era boa, e tais artes armou, tais agrados fez à rapariga, que tomou conta dela. Ali! pobre rapaz!... se ele adivinhasse nem nunca teria olhado para aquela rapariga. O Timóteo, quando soube do caso, urrou de raiva e de ciúme; ele estava esperando que, passados os primeiros arrufos da briga, ela o viria procurar se ele não fosse buscá-la, como já de outras vezes tinha acontecido. Mas desta vez tinha-se enganado.

A rapariga estava por tal sorte embeiçada com o Joaquim Paulista, que de modo nenhum quis saber do outro, por mais que esse rogasse, teimasse, chorasse e ameaçasse mesmo de matar uma ou outro. O Timóteo desenganou-se, mas ficou calado e guardou seu ódio no coração.

Estava esperando uma ocasião.

Assim passaram-se meses, sem que houvesse novidade. O Timóteo vivia em muito boa paz com o Joaquim Paulista, que, tendo muito bom coração, nem de leve cismava que seu camarada lhe guardasse ódio.

Um dia, porém, Joaquim Paulista teve ordem do comandante do destacamento para marchar para a cidade de Goiás. Carolina, que era capaz de dar a vida por ele, jurou que havia de acompanhá-lo. O Timóteo danou. Viu que não era possível guardar para mais tarde o cumprimento de sua tenção danada, jurou que ele havia de acabar desgraçado, mas que Joaquim Paulista e Carolina não haviam de ir viver sossegados longe dele, e assim combinou, com outro camarada, tão bom ou pior do que ele, para dar cabo do pobre rapaz.

Nas vésperas da partida, os dois convidaram ao Joaquim para irem ao mato caçar. Joaquim Paulista, que não maliciava nada, aceitou o convite, e no outro dia, de manhã, saíram os três a caçar pelo mato. Só voltaram no outro dia de manhã, mais dois somente; Joaquim Paulista, esse tinha ficado, Deus sabe onde.

Vieram contando, com lágrimas nos olhos, que uma cascavel tinha mordido Joaquim Paulista em duas partes, e que o pobre rapaz, sem que eles pudessem valer-lhe, em poucas horas tinha expirado, no meio do mato; que não podendo carregar o corpo, porque era muito longe, e temendo que o não pudessem encontrar mais, e que os bichos o comessem, o tinham enterrado lá mesmo; e, para prova disso, mostravam a camisa do desgraçado, toda manchada de sangue preto envenenado.

Mentira tudo!... O caso foi este, como depois se soube.

Quando os dois malvados já estavam bem longe por essa mata abaixo, deitaram a mão no Joaquim Paulista, o agarraram, e amarraram em uma árvore. Enquanto estavam nesta lida, o coitado do rapaz, que não podia resistir àqueles dois ursos, pedia por quantos santos há que não judiassem com ele, que não sabia que mal tinha feito a seus camaradas, que se era por causa da Carolina ele jurava nunca mais pôr os olhos nela, e iria embora para Goiás, sem ao menos dizer-lhe adeus. Era à toa. Os dois malvados nem ao menos lhe davam resposta.

O camarada de Timóteo era mandingueiro e curado de cobra, pegava ali no mais grosso jaracuçu ou cascavel, as enrolava no braço, no pescoço, metia a cabeça delas dentro da boca, brincava e judiava com elas de toda a maneira, sem que lhe fizessem mal algum. Na hora em que ele enxergava uma cobra, bastava pregar os olhos nela, a cobra não se mexia do lugar. Em cima de tudo, o diabo do soldado sabia um assovio com que chamava cobra, quando queria.

A hora que ele dava esse assovio, se havia por ali perto alguma cobra, havia de aparecer por força. Dizem que ele tinha parte com o diabo, e todo mundo tinha medo dele como do próprio capeta.

Depois que amarraram bem amarrado o pobre Joaquim Paulista, o camarada do Timóteo desceu pelas furnas de uns grotões abaixo, e andou por lá muito tempo, assoviando o tal assovio que ele conhecia. O Timóteo ficou de sentinela ao Joaquim Paulista, que estava caladinho, coitado encomendando sua alma a Deus. Quando o soldado voltou, trazia em cada uma das mãos, apertando pela garganta, uma cascavel mais grossa do que esta minha perna. Os bichos desesperados batiam e se enrolavam pelo corpo do soldado, que nessa hora devia estar medonho que nem o diabo.

Então Joaquim Paulista compreendeu que qualidade de morte lhe iam dar aqueles dois desalmados. Pediu, rogou, mas debalde, que, se queriam matá-lo, pregassem-lhe uma bala na cabeça, ou enterrassem-lhe uma faca no coração por piedade, mas não o fizessem morrer de um modo tão cruel.

– Isso querias tu – disse o soldado –, para nós irmos para a forca! nada! estas duas meninas é que hão de carregar com a culpa de tua morte; para isso é que fui buscá-las; nós não somos carrascos.

– Joaquim – disse o Timóteo –, faze teu ato de contrição e deixa-te de histórias.

– Não tenhas medo, rapaz!... – continua o outro. – Estas meninas são muito boazinhas; olha como elas estão me abraçando!..

Faze de conta que são os dois braços da Carolina, que vão te apertar num gostoso abraço...

Aqui o Joaquim põe-se a gritar com quanto força tinha, a ver se alguém, acaso, podia ouvi-lo e acudir-lhe. Mas, sem perder tempo, o Timóteo pega num lenço e atocha-lhe na boca; mais que depressa o outro atira-lhe por cima os dois bichos, que no mesmo instante o picaram por todo o corpo. Imediatamente mataram as duas cobras, antes que fugissem. Não levou muito tempo, o pobre rapaz estrebuchava, dando gemidos de cortar o coração, e deitava sangue pelo nariz, pelos ouvidos e por todo o corpo.

Quando viram que o Joaquim já quase não podia falar, nem mover-se, e que não tardava a dar o último suspiro, desamarraram-no, tiraram-lhe a camisa, e o deixaram ali perto das duas cobras mortas.

Saíram e andaram todo o dia, dando voltas pelo campo.

Quando foi anoitecendo, embocaram pela estrada da mata, e vieram descendo para o porto. Teriam andado obra de uma légua, quando enxergaram um vulto, que ia andando adiante deles, devagarinho, encostado num pau e gemendo.

– É ele – disse um deles espantado –; não pode ser outro.

– Ele!... é impossível... só por um milagre.

– Pois eu juro em como não é outro, e nesse caso toca a dar cabo dele já.

– Que dúvida!

Nisto adiantaram-se e alcançaram o vulto.

Era o próprio Joaquim Paulista!

Sem mais demora socaram-lhe a faca no coração, e deram-lhe cabo dele.

– Agora como há de ser? – diz um deles –, não há remédio senão fugir, senão estamos perdidos...

– Qual fugir! o comandante talvez não cisme nada; e no caso que haja alguma coisa, estas cadeiazinhas desta terra são nada para mim?... Portanto vai tu escondido, lá embaixo no porto, e traz uma enxada; enterremos o corpo aí no mato; e depois diremos que morreu picado de cobra.

Isto dizia o Timóteo, que, com o sentido na Carolina, não queria perder o fruto do sangue que derramou.

Com efeito assim fizeram; levaram toda a noite a abrir a sepultura para o corpo, no meio do mato, de uma banda do caminho que, nesse tempo, não era por aí, passava mais arredado. Por isso não chegaram, senão no outro dia de manhã.

– Mas, Cirino, como é que Joaquim pôde escapar das mordeduras das cobras, e como se veio a saber de tudo isso?...

– Eu já lhe conto – disse o velho.

E depois de fazer uma pausa para acender o cachimbo, continuou:

– Deus não queria que o crime daqueles amaldiçoados ficasse escondido. Quando os dois soldados deixaram por morto o Joaquim Paulista, andava por aquelas alturas um caboclo velho, cortando palmitos. Aconteceu que, passando por aí não muito longe, ouviu voz de gente, e veio vindo com cautela a ver o que era: quando chegou a descobrir o que se estava passando, frio e tremendo de susto, o pobre velho ficou espiando de longe, bem escondido numa moita, e viu tudo, desde a hora em que o soldado veio da furna com as cobras na mão. Se aqueles malditos o tivessem visto ali, tinham dado cabo dele também.

– Quando os dois se foram embora, então o caboclo, com muito cuidado, saiu da moita, e veio ver o pobre rapaz, que estava morre não morre!... O velho era mezinheiro muito mestre, e benzedor, que tinha fama em toda a redondeza.

Depois que olhou bem o rapaz, que já com a língua perra não podia falar, e já estava cego, andou catando pelo mato umas folhas que ele lá conhecia, mascou-as bem, cuspiu a saliva nas feridas do rapaz, e depois benzeu bem benzidas elas todas, uma por uma.

Quando foi daí a uma hora, já o rapaz estava mais aliviado, e foi ficando cada vez a melhor, até que, enfim, pôde ficar em pé, já enxergando alguma cousa.

Quando se podendo andar um pouco, o caboclo cortou um pau, botou na mão dele, e veio com ele, muito devagar, ajudando--o a caminhar até que, a muito custo, chegaram na estrada.

Aí o velho disse:

– Agora você está na estrada, pode ir indo sozinho com seu vagar, que daqui a nada você está em casa.

Amanhã, querendo Deus, eu lá vou vê-lo outra vez. Adeus, camarada; Nossa Senhora te acompanhe.

O bom velho mal pensava que, fazendo aquela obra de caridade, ia entregar outra vez à morte aquele infeliz a quem acaba de dar a vida. Um quarto de hora, aos que se demorasse, Joaquim Paulista estava escapo. Mas o que tinha de acontecer estava escrito lá em cima.

Não bastava ao coitado do Joaquim Paulista ter sido tão infeliz em vida, a infelicidade o perseguiu até depois de morto.

O comandante do destacamento, que não era nenhum samora, desconfiou do caso. Mandou prender os dois soldados, e deu parte na vila ao juiz, que daí a dois dias veio com o escrivão para mandar desenterrar o corpo. Vamos agora saber onde é que ele estava enterrado. Os dois soldados, que eram os únicos que podiam saber, andavam guiando a gente para uns rumos muito diferentes, e como nada se achava, fingiam que tinham perdido o lugar.

Bateu-se mato um dia inteiro sem se achar nada.

Afinal de contas os urubus é que vieram mostrar onde estava a sepultura. Os dois soldados tinham enterrado mal o corpo. Os urubus pressentiram o fétido da carniça e vieram-se ajuntar nas árvores em redor. Desenterrou-se o corpo, e via-se então uma grande facada no peito, do lado esquerdo. O corpo já estava apodrecendo e com muito mau cheiro. Os que o foram enterrar de novo, aflitos por se verem livres daquela fedentina, mal apenas jogaram à pressa alguns punhados de terra na cova, e deixaram o corpo ainda mais mal enterrado do que estava.

Vieram depois os porcos, os tatus, e outros bichos, cavoucaram a cova, espatifaram o cadáver, e andaram espalhando os ossos do defunto aí por toda essa mata.

Só a cabeça é que dizem que ficou na sepultura.

Uma alma caridosa, que um dia encontrou um braço do defunto no meio da estrada, levou-o para a sepultura, encheu a cova da terra, socou bem, e fincou aí uma cruz. Foi tempo perdido; no outro dia a cova estava aberta tal qual como estava dantes. Ainda outras pessoas depois teimavam em ajuntar os ossos e enterrá-los bem. Mas no outro dia a cova estava aberta, assim como até hoje está.

Diz o povo que enquanto não se ajuntar na sepultura até o último ossinho do corpo de Joaquim Paulista, essa cova não se fecha. Se é assim, já se sabe que tem de ficar aberta para sempre. Quem é que há de achar esses ossos que, levados pelas enxurradas, já lá foram talvez rodando por esse Parnaíba abaixo?

Outros dizem que, enquanto os matadores de Joaquim Paulista estivessem vivos neste mundo, a sua sepultura havia de andar sempre aberta, nunca os seus ossos teriam sossego, e haviam de andar sempre assombrando os viventes cá neste mundo.

Mas esses dois malvados já há de muito tempo foram dar contas ao diabo do que andavam fazendo por este mundo, e a coisa continua na mesma.

O antigo camarada da Carolina, esse morreu no caminho de Goiás; a escolta que o levava, para cumprir sentença de galés por toda a vida, com medo que ele fugisse, pois o rapaz tinha artes do diabo, assentou de acabar com ele; depois contaram uma história de resistência, e não tiveram nada.

O outro, que era currado de cobra, tinha fugido; mas como ganhava a vida brincando com cobras e matava gente com elas, veio também a morrer na boca de uma delas.

Um dia em que estava brincando com um grande urutu preto, à vista de muita gente que estava a olhar de queixo caído, a bicha perdeu-lhe o respeito, e em tal parte e em tão má hora lhe deu um bote, que o maldito caiu logo estrebuchando, e em poucos instantes deu a alma ao diabo. Deus me perdoe, mas aquela fera não podia ir para o céu. O povo não quis por maneira nenhuma que ele fosse enterrado no sagrado, e mandou atirar o corpo no campo para os urubus.

Enfim eu fui à vila pedir ao vigário velho, que era o defunto padre Carmelo, para vir bendizer a sepultura de Joaquim Paulista, e tirar dela essa assombração que aterra todo este povo. Mas o vigário disse que isso não valia de nada; que enquanto não se dissessem pela alma do defunto tantas missas quantos ossos tinha ele no corpo, contando dedos, unhas, dentes e tudo, nem os ossos teriam sossego, nem a assombração acabaria, nem a cova se havia de fechar nunca.

Mas se os povos quisessem, e aprontassem as esmolas, que ele dizia as missas, e tudo ficaria acabado. Agora que há de contar quantos ossos a gente tem no corpo, e quando é que esses moradores, que não são todos pobres como eu, hão de aprontar dinheiro para dizer tanta missa?...

Portanto já se vê, meu amo, que o que lhe contei não é nenhum abusão; é coisa certa e sabida em toda esta redondeza. Todo esse povo aí está que não me há de deixar ficar mentiroso.

À vista de tão valentes provas, dei pleno crédito a tudo quanto o barqueiro me contou, e espero que meus leitores acreditarão comigo, piamente, que o velho barqueiro do Parnaíba, uma bela noite, andou pelos ares montado em um burro, com um esqueleto na garupa.

Crônicas

Joaquim Manuel de Macedo

Médico por formação, mas não por ofício, Joaquim Manuel de Macedo nasceu na cidade do Rio de Janeiro em 1820. Homem de muitos interesses, fundou o Instituto Histórico e Geográfico Brasileiro e participou da revista *Guanabara*, um dos principais veículos do nosso romantismo. Foi muito próximo da corte de dom Pedro II, tendo inclusive se encarregado da educação dos netos do imperador.

Autor prolífico, certamente seu livro mais importante é A *moreninha*, retrato psicológico que se tornou um dos marcos do romantismo brasileiro. Escreveu ainda outros romances, entre os quais se destacam O *moço loiro* e A *luneta mágica*. Foi também dramaturgo produtivo, sendo autor de diversos dramas e comédias.

Tendo frequentado o poder de muito perto, e inclusive ocupado cargos legislativos, a sátira política foi um de seus gêneros prediletos. As crônicas que reproduzimos aqui refletem seus interesses históricos. Joaquim Manuel de Macedo morreu em 1882, sem ver a derrocada do regime imperial brasileiro, que certamente lhe causaria grande desgosto.

Memórias da rua do Ouvidor (excertos)

Capítulo I

Como a atual rua do Ouvidor, *tão soberba e vaidosa que é, teve a sua origem em um* desvio, *chamando-se primitivamente* Desvio do Mar, *e começando então (de 1568 a 1572) do ponto em que fazia ângulo com a* rua Direita, *neste tempo com uma só linha de casas e à beira do mar. Como em 1590, pouco mais ou menos, o* Desvio do Mar *recebeu a denominação de* rua de Aleixo Manoel, *sendo ignorada a origem dessa denominação; o autor destas* Memórias *recorre a uns velhos manuscritos que servem em casos de aperto, e acha neles a tradição de Aleixo Manoel, cirurgião de todos e barbeiro só de fidalgos; começa a referi-la, mas suspende-a no momento em que vai entrar em cena a heroína, que é mameluca, jovem e linda, e deixa os leitores a esperar por ele sete dias.*

A *rua do Ouvidor,* a mais passeada e concorrida, e mais leviana, indiscreta, bisbilhoteira, esbanjadora, fútil, noveleira, poliglota e enciclopédica de todas as ruas da cidade do Rio de Janeiro, fala, ocupa-se de tudo; até hoje, porém, ainda não referiu a quem quer que fosse a sua própria história.

Se tão elegante, vaidosa, tafulona e rica no século atual, por ventura lhe apraz esquecer o passado, para não confessar a humildade de seu berço, pois que é do *Ouvidor*, cerre bem os *ouvidos*; porque tomei a peito escrever-lhe a história, mas com tanta verdade e retidão que se lembrando-lhe seus tempos primitivos ela tiver de amuar-se pelo ressentimento de sua soberba de fidalga nova, há de sorrir depois a algumas saudosas e gratas recordações que avivarei em seu espírito perdidamente absorvido pela garridice e pelo governo da moda.

As *Memórias da rua do Ouvidor* têm, em falta de outras, um incontestável, grande e precioso merecimento, pois começa já e imediatamente, sendo os seus hipotéticos leitores poupados aos tormentos do *prólogo*, *proêmio*, *introdução*, ou coisa que o valha, em que, de costume, o autor, abismado em dilúvios de modéstia, abusa da paciência do próximo com a exibição de sua própria pessoa afixada no frontispício do monumento.

* * *

Salvo o respeito devido à sua atual condição de rica, bela e ufanosa dama, tomo com a minha autoridade de memorista-historiador, e exponho ao público a *rua do Ouvidor* em seus coeirinhos de menina recém-nascida e pobre.

A atual rainha da moda, da elegância e do luxo nasceu...

É indeclinável principiar por triste confissão de ignorância: não sei, não pude averiguar a data do nascimento da rua que desde 1780 se chama do *Ouvidor*, do que a ela disso não resulta prejuízo algum, e pelo contrário ganha muito em sua condição de *senhora*; porque, isenta de aniversário natalício conhecido, não há quem ao certo lhe possa marcar a idade, questão delicadíssima na vida do belo *sexo*. Que afortunada predestinação dessa *rua do Ouvidor*!

São menos felizes que ela as próprias senhoras nascidas no último dia de fevereiro ano bissexto, as quais têm o condão de aniversário natalício só de quatro em quatro anos...

Mas memorista-historiador que sou, não hesito em atraiçoar o segredo da idade aproximada da *rua do Ouvidor*, que tão louçã, namoradeira e galante conta com certeza mais de trezentos janeiros.

Sabem todos que a cidade de S. Sebastião do Rio de Janeiro, fundada por Mem de Sá em 1567, teve o seu assento sobre o monte de S. Januário (depois chamado de *Castelo*); mas, perdido o receio de ataques inopinados dos Tamoios, começaram, logo, os colonos a descer do monte e a estabelecer-se na planície.

Primeiramente levantaram à beira do mar casas e choupanas com uma só linha, formando o que alguns anos mais tarde recebeu o nome de *rua da Misericórdia*; em seguida foram adiantando suas rudes construções pela praia de *Nossa Senhora do Ó*, que a mudar de denominação se foi chamando *lugar do Ferreiro da Polé*, *praça do Carmo*, *terreiro do Paço*, *largo do Paço*, e enfim *praça D. Pedro II*.

Da praia de *Nossa Senhora do Ó* (onde logo depois de 1567 um devoto erguera pequena capela com essa santa invocação) as casas e palhoças continuaram a levantar-se mais ou menos separadas uma das outras e ainda à beira do mar, e também em uma só linha, que muito em breve formaram a primitiva *rua Direita* que é desde 1870 *rua Primeiro de Março*.

Tudo isso foi obra de 1568 a 1572, e não admira, porque as primeiras casas eram de construção muito ligeira e evidentemente provisória.

Mas em ano que correu entre o de 1568 e o de 1572 alguns colonos abriram à pouca distância do começo da rua que se denominou *Direita* uma entrada em ângulo reto com ela, e cada qual foi improvisando grosseiro *ubi* para si e para sua família aos lados dessa aberta feita sobre areias e por entre mesquinha vegetação denunciadora de antigo domínio do mar.

E, curiosa, interessante, notável, notabilíssima ideia ou inspiração daqueles colonos portugueses tão bisonhos e tão sem malícia!...

como aquela *aberta* ainda não era rua, e eles precisavam designá-la por algum nome, chamaram-na *Desvio do Mar*. Desvio!...

Eis o berço da bonita, vaidosa e pimpona atual *rua do Ouvidor*! Fica, pois, historiado que ela nasceu de um *desvio*, e desvio da *rua Direita*, ou do *caminho direito*, o que, a falar a verdade, não era de bom agouro.

Todavia foi ali aumentando logo o número dos tetos abrigadores; como, porém, se já estivesse prevendo e prelibando seus destinos futuros, o *Desvio do Mar* ostentou desde os seus primitivos anos suas duas séries de cabanas de aspecto rústico, mas agradável, e perfeitamente alinhadas e paralelas.

O *Desvio* teve por primeiros moradores gente pobre, no trabalho, porém ativa; peões que exerciam misteres, operários, e um cirurgião que era barbeiro dos nobres.

Mas no ano de 1590 e sem intervenção nem audiência da Câmara Municipal, o *Desvio do Mar* por acordo geral dos colonos subiu ao grau honorífico de rua urbana com o nome de *Aleixo Manoel*.

Tal foi a primeira denominação que recebeu, deixando de chamar-se – Desvio – a rua, cujas Memórias escrevo, *Aleixo Manoel!* nome masculino, feio, ingrato, peão sem raiz de fidalguia, nem carta de nobreza.

Procurei nas crônicas do tempo, e nas obras de monsenhor Pizarro e de Baltazar da Silva Lisboa algum *Aleixo Manoel* que tivesse deixado nome na história; mas foi trabalho baldado, não encontrei entre os fidalgos da nascente colônia esse positivo e irrecusável *avô* da atual *rua do Ouvidor*; não há, porém, meio de dissimular o parentesco, porque em livros que escaparam ao incêndio do arquivo da Câmara Municipal da cidade do Rio de Janeiro em 1791 se acha escrita e mencionada a tal denominação de *rua de Aleixo Manoel*.

Ah! que nem por isso se arrepie ressentida, e que não maldiga do seu memorista a Exma. *rua do Ouvidor*.

Até aqui o pouco que deixo relatado é seriamente tradicional quanto ao *Desvio*, e em tudo mais positivamente histórico; quero, porém, em honra e glória da *rua do Ouvidor* dar a todo transe, em falta de origem aristocrática impossível, origem romanesca a denominação *de Aleixo Manoel* que ela teve no outro tempo.

Para casos de aperto como este, o *memorista*, que se reserva direitos confessos de imaginação, deve ter sempre velhos manuscritos ricos de tradições que expliquem o que se ignora.

Não exijo dos meus leitores que tenham por incontestável a tradição que apanhei nos meus velhos manuscritos. Liberdade ampla de aceitá-la ou não.

Aleixo Manoel, colono português, era cirurgião e também barbeiro, mas barbeiro só de fidalgos; morava no monte de S. Januário perto do colégio dos padres jesuítas; como porém poucos doentes tivesse, e ainda menos fidalgos a barbear, lembrou-se um dia de procurar fortuna, explorando a guerra.

Neste ponto a minha tradição se aproveita de uma lúgubre página da história.

Como os índios *Tamoios*, irreconciliáveis e odientos inimigos dos portugueses, hostilizassem a estes quase constantemente, atacando e destruindo seus estabelecimentos rurais na capitania de S. Vicente, e ainda mais na do Rio de Janeiro, o governador Antônio Salema, resolvendo exterminar aquela tribo selvagem, fez partir contra ela duas colunas expedicionárias, uma de S. Vicente e outra da cidade de S. Sebastião do Rio de Janeiro, para nesta capitania levarem a ferro e fogo o extermínio a essa tribo funesta e indomável.

Aleixo Manoel alistou-se voluntário na coluna expedicionária fluminense, que foi comandada por Cristóvão de Barros.

A história guarda a lembrança da justificada, mas horrorosa, guerra: o incêndio devorou dezenas de aldeias de índios, e destes mais de dez mil foram mortos, mais de sete mil prisioneiros e reduzidos à escravidão, e os *Tamoios* que puderam escapar meteram-se pelas florestas, emigrando para muito longe, e para sempre.

Mas o que a história não diz, e a minha tradição informa, é que a tremenda expedição rendeu a *Aleixo Manoel* dois escravos *tamoios*, a quem ele generoso e a custo salvara da medonha hecatombe de uma horda apanhada de surpresa em sua aldeia, nas proximidades de Cabo Frio.

Os dois escravos eram um índio quase sexagenário, e uma índia, sua neta, de três anos de idade; – um homem já a envelhecer, e uma menina a criar; mas para conseguir salvá-los da morte, Aleixo Manoel os tomou à sua conta.

A menina evidentemente não era de raça pura *tupi*; era uma linda mameluca: a aldeia selvagem estabelecida perto de Cabo Frio ocupado por franceses e as relações amigas e frequentes destes com os *tamoios* das vizinhanças, seus aliados, explicavam o cruzamento das duas raças naquela bonita e interessante criança.

De volta à cidade, Aleixo Manoel não quis continuar a residir no monte de S. Januário, e, fazendo construir boa e espaçosa cabana no *Desvio do Mar*, nela se estabeleceu como cirurgião e ainda barbeiro, mas barbeiro só de fidalgos.

Os dois escravos receberam o batismo: o índio já meio velho chamou-se *Tomé*, e a menina ainda criança *Inês*.

Deus abençoa sempre as boas ações e sobre todas as virtudes, a caridade.

Aleixo Manoel colheu em breve proveitoso e merecido prêmio de seu nobre e generoso impulso de amor ao próximo para com os dois infelizes. Tomé, mandado por seu senhor a trazer-lhe do monte do Desterro (depois de Santa Teresa) a famosa e ótima água de Carioca, internava-se na floresta, e nela recolhia ervas, folhas, cortiças e raízes de árvores, cujas virtudes medicinais por experiência, embora rude, conhecia, e as levava ao cirurgião, a quem indicava as moléstias em cujo tratamento elas aproveitavam.

Com esses novos recursos terapêuticos, Aleixo Manoel começou, graças ao pobre escravo, a distinguir-se por admiradas vitórias médicas, ganhou fama; teve clínica extensa e rendosa, reconstruiu sua cabana que se tornou casa muito regular e de bonito aspecto exterior, bem que de um só pavimento, e adicionou-lhe a um lado uma cerca ou gradil de varas, fechando pela frente pequeno jardim e canteiros de legumes, seguindo-se para o fundo o quintal.

E com todo esse luxo o cirurgião não teve ânimo de privar-se da glória de barbear fidalgos.

No entanto, Inês ia crescendo a traquinar pela casa e pelo jardim, e o *senhor* de dia em dia cada vez se deixava enfeitiçar mais pela *escrava*.

Mas Aleixo Manoel já era notabilidade, cirurgião famoso, o mais considerado dos moradores do *Desvio do Mar*, e não havia quem pensasse em dar ao *Desvio* a denominação de *rua de Aleixo Manoel*.

Ao correr do ano de 1590 o cirurgião principiou a observar certa mudança de costumes em alguns fidalgos, que em vez de mandá-lo chamar a suas casas, como dantes, vinham barbear-se na dele.

Nos primeiros dias ufanou-se muito daquela alteração de costumes, atribuindo-a à honraria e consideração pessoal que lhe queriam prestar pelo crédito e pela estima que gozava.

Depois notou que os fidalgos que para barbear-se vinham a sua casa eram Gil Eanes, Lopo de Melo e mais quatro ou cinco, todos de nobres famílias mas também todos célebres na cidade por vida licenciosa e pervertida.

Tendo notado isso, desconfiou logo de fregueses tais, pôs-se de observação dissimulada e cuidadosa, e bem depressa certificou-se de que os seus fidalgos, quando chegavam para barbear-se, metiam os olhos pela porta do interior da casa, e que afora essa curiosidade impertinente faziam *ronda* diária e suspeita pelo *Desvio do Mar.*

Aleixo Manoel não levou muito tempo a procurar a explicação do fenômeno, mas caiu das nuvens, lembrando-se de Inês.

A mameluca fulgurava então entre os dezessete e os dezoito anos de idade, e com seus belos olhos negros, sua boca lindíssima, seu rosto encantador e seu corpo de contornos admiráveis maravilhava pela formosura. Era uma arrebatadora morena esperta, faceira, e – sem o pensar, voluptuosa.

Aleixo Manoel caiu das nuvens, porque só então refletiu do que já sabia, só então reconheceu muito séria e gravemente que a *menina* sua escrava já era *mulher.*

Ele adorava Inês com enlevos e cultos de amor inocente e santo: até esse dia, porém, da queda do alto das nuvens onde se iludia nos segredos ainda não manifestos da natureza da sua afeição, ou deveras só amava Inês com o ardor e a pureza de pai estremecido.

Os fidalgos libertinos lhe alvoroçavam o ânimo: sabia que seus escândalos e atentados ficavam sempre impunes, quando as vítimas eram gente do povo.

Gil Eanes, Lopo de Melo e os outros que o procuravam para barbear-se que intenções trariam?... Nenhum por certo pensava em casar com uma moça que, além de filha de índia, era escrava; que queriam então fazer dela?...

Nessa aflitiva e revoltante conjuntura, Aleixo Manoel apenas escapou de ter sido o primeiro republicano da *rua do Ouvidor*, e aí o mais antigo patriarca das ideias do meu bom amigo o sr. Otaviano Hudson.

Mas que havia de fazer Aleixo Manoel?... era impossível, ou seria loucura meter-se em briga com fidalgos.

Fidalgos! a classe humana super-humanizada, privilegiada e purificada, a classe do seu culto e da sua paixão!... quem diria que o seu maior tormento lhe viria de fidalgos?

Aleixo Manoel velou uma noite inteira a meditar, e a imaginar; mas na manhã seguinte achou-se senão tranquilo, ao menos, porém, esperançoso do bom resultado do plano que forjara.

Nesse plano a primeira e essencial condição era em casa a defesa e a segurança de Inês, quando ele estivesse ausente.

O cirurgião não procurou auxílio fora da família: tinha sob seu teto cão fiel, velho, mas robusto e forte; um índio, o avô de Inês.

Pôs de sobreaviso, mas em segredo absolutamente recomendando o já octogenário Tomé, que se endireitou garboso, como o jacatirão, e murmurou surda e ameaçadoramente:

– Deixa eles!

Além das instruções que deu ao velho índio, o que mais fez Aleixo Manoel, ele lá o soube e nós provavelmente o iremos sabendo; continuou, porém, respeitoso e humilde a receber em casa os tais fidalgos, e a barbeá-los, como dantes, salva a ideia sinistra e repulsada, que às vezes lhe vinha, de experimentar o corte da navalha nas gargantas dos privilegiados sedutores de donzelas pobres.

Entretanto, o cirurgião muitas vezes ficava cismando, e a lembrar-se e relembrar-se de que não era nem pai, nem tio, nem irmão, nem primo de Inês, e que por consequência não havia impedimentos...

É verdade que ele tinha cinquenta anos e a menina dezessete; mas por isso mesmo! velho que se apaixona por menina perde logo com o coração a medida do tempo, principalmente futuro, para ela a florescer, e para ele a murchar.

Inês estava percebendo mil coisas, mas era uma *inocentinha* que não via coisa alguma; divertia-se muito assim; mimo e princesa de casa, a linda escrava era, desde pequenina, a *senhora de seu senhor.*

Uma tarde Inês...

Evidentemente é este o momento em que a linda mameluca entra, manifesta-se em cena, e pois que a minha tradição da *rua de Aleixo Manoel* não pôde caber toda neste folhetim, eu seria o mais inexperiente e insensato dos folhetinistas, se não interrompesse a narração, deixando os meus leitores curiosos de contemplar a bela e voluptuosa Inês em sua primeira hora de travessa, viva e um pouco maliciosa revelação.

Esperar é o tormento do desejo, mas vale a pena esperar sete dias pela contemplação de uma jovem formosa.

Capítulo II

Continuação e fim da tradição achada nos velhos manuscritos. Como Inês, a mameluca depois de pentear e despentear a cabeleira do seu senhor de direito e seu escravo de fato e depois de rir e de zombar muito dele, vê e ouve, fingindo não ver nem ouvir os pervertidos fidalgos que a namoravam, fica cismando, deixa de cismar, apura-se em faceirice, e Aleixo Manoel põe-se de cabeleira nova. Consequências do apuro da faceirice, da cabeleira nova e das denúncias confidenciais de João de Pina e da mãe Sebastiana. Casamento e ceia com dois convidados em desapontamento e contra vontade à mesa, e outras coisas que saberá, quem ler este capítulo, e etc. Fim da tradição da romanesca origem da denominação de rua de Aleixo Manoel *que em 1590 recebeu a atual de* rua do Ouvidor.

Era uma tarde...

Convém não esquecer os costumes do tempo.

No século décimo sexto e ainda até quase o fim do décimo oitavo, os antigos colonos portugueses não tinham no Brasil *café* para tomá-lo com a aurora, mas almoçavam com o sol às seis ou sete horas da manhã, e jantavam com ele em pino ao meio-dia, salvo o direito de merendar (hoje se diz *fazer lunch*) às dez horas da manhã.

Atualmente a sociedade *civilizada* almoça à hora em que os velhos portugueses jantavam, e jantam de luzes à mesa à hora em que se levantavam da ceia aqueles nossos avós.

História de progresso e de civilização, que levam e estendem o sol de seus dias até depois da meia-noite com a iluminação a gás, e, ainda preguiçosos, saúdam o rompimento de suas auroras às nove horas da manhã, quando abrem as cortinas dos seus macios leitos, e tomam, ainda bocejantes, o seu café *madrugador*.

Portanto, a *tarde* tem hoje horas novas, que se confundem com a noite, e eu começava este capítulo, indicando a *tarde* do outro tempo, que atualmente é a hora em que almoçam a começar o dia o progresso e a civilização.

Estamos entendidos.

Era uma tarde (em 1590), uma hora depois do meio-dia, meia hora depois de suculento jantar. Aleixo Manoel sentado em grande cadeira *de encosto* desejava, empenhava-se debalde em dormir sua sesta eminentemente portuguesa; mas com a cabeça levemente inclinada, com os olhos meio cerrados queria e não conseguia adormecer excitado pela lembrança dos fidalgos libertinos, e pelos cuidados ansiosos do objeto do seu amor já um pouco anacrônico; em erupções porém irresistíveis, embora ainda contidas pelos vexames do anacronismo sentimental.

E quando mais de olhos cerrados, e mais de alma em vigília ativa estava Aleixo Manoel, Inês, a linda mameluca, sua escrava de direito, e sua soberana de fato, Inês que sabia bem o que de fato era, entrou na sala pé por pé, bem de manso, e parando atrás da cadeira do velho em suposta sesta, travessa a brincar, e certa da impunidade do abuso traquinas, começou a pentear e a despentear, a arranjar e a desarranjar com seus dedos mimosos a cabeleira e o rabicho da cabeleira do seu senhor.

Aleixo Manoel sentia, gozava o contato das mãos ou de asas de anjo a traquinar suave e deliciosamente em sua cabeleira feliz, e após alguns minutos quase animado por aqueles afagos de mãos de cetim, quase esquecido de que quinquagenário bem pudera ter sido avô da mameluca, menina de dezessete para dezoito anos, sem mover a cabeça que conservava meio curva, e abandonada às travessuras dos dedos da bela mameluca, perguntou com voz comovida, e um pouco hesitante por aquele vexame, que é a consciência do desmerecimento, e que poderia chamar-se o pudor da velhice:

– Inês, se eu te desse a liberdade, tu me deixarias?...

A mameluca puxou pelo rabicho da cabeleira do senhor seu escravo, como subitamente impulsada pela impressão de ideia insólita e súbita:

– A liberdade?... que história é essa?... de que liberdade é que eu preciso?...

– Tu és minha escrava, Inês.

– Pois não sou!... – disse a mameluca rindo e dando com os dedinhos leve piparote no nariz do velho.

Aleixo Manoel riu-se também daquele sinal de reconhecimento da escrava, e logo depois tornou, dizendo:

– Falemos seriamente, é necessário.

Inês, curiosa, respondeu:

– Vamos!... seriamente...

– Dize a verdade: tens visto a rondar-nos a casa... certos fidalgotes vadios e insolentes...

– Tenho, tenho; às vezes, quando estou no jardim, vejo-os...

– E eles?... veem o teu rosto... as formas de teu corpo?...

– É possível... provável... quase certo...

– Ah!... tu te mostras a eles, Inês?...

– Eu?... que aleive me levanta!... que pecados me quer pôr em cima do coração inocente!... está virado em rabugento padre confessor...

– Mas então como é que os perversos te veem o rosto, e...

– Ah!... é o vento...

– A que vem aqui o vento?...

– Vem como o único pecador; o vento às vezes levanta o véu que esconde o rosto, desarranja a mantilha que esconde as formas do corpo.

– Inês, tu te confessas vaidosa; o vento é a tua vaidade.

A mameluca pechou pelos cabelos do senhor e disse-lhe:

– Que velho impertinente!... suponhamos que assim seja: então a gente há de ser bonita e viver e morrer sem amigo vento que levantando-lhe o véu e desarranjando-lhe a mantilha dê testemunho da sua boniteza?...

– Ah! portanto gostas de algum daqueles fidalgos libertinos, sedutores malvados...

– Não, não! eu gosto somente de que eles e todos me achem bonita.

– Inês!

– Tal e qual; não nego, nem dissimulo.

– E eu?... eu te acho bonita, Inês?

– Sim! sim! e muito! – e a escrava beijou docemente a fronte de seu senhor.

Aleixo Manoel estremeceu todo, e disse:

– Inês! tu és filha de índia, e minha escrava: aqueles fidalgos desmoralizados, embora elegantes mancebos e fingidos namorados, só pensam em seduzir-te e lançar-te depois no desprezo da ignomínia...

– Também eu desconfio disso...

– Ah! pois bem: Inês, tu precisas de protetor legítimo...

– E não o tenho já?

– Falta-lhe condição essencial!

– Qual é?... eu ainda não senti a falta.

– Inês, queres passar e subir de minha escrava à minha legítima esposa?...

A dominante e leviana mameluca desatou a rir.

– De que te ris, doida?

– De três tolices na sua proposta: primeira, a escrava, que é senhora, passar a senhora escrava; – segunda, uma menina casar com um velho; – terceira, filha da segunda, por ser menina casada com velho usar dois véus em lugar de um e de duas mantilhas em vez de uma.

– E se a escrava que é senhora se tornasse ainda mais soberana, sendo esposa?...

– Não é muito seguro.

– E se o velho esposo fosse a proteção salvadora e o amor mais extremoso?...

– Isso eu creio.

– E se perfeitamente confiado na virtude da esposa o velho esposo só lhe impusesse véu e mantilha quando ela saísse à rua?...

– Oh! duvido!...

Aleixo Manoel pôs-se em pé, voltou-se para a mameluca, e, vendo-lhe nos lábios zombeteiro riso, disse-lhe triste:

– Apesar do meu amor e da minha proteção, tu és filha da índia e escrava: pensa!

E, tendo ajustado a cabeleira, saiu.

Inês foi passear no jardim.

Gil Eanes e logo depois Lopo de Melo, que eram os mais assíduos, passaram e tornaram a passar por junto da cerca do jardim, olharam e sorriram para Inês, que não os olhou nem lhes sorriu.

Gil Eanes, demorando os passos, disse-lhe:

– Linda tamoia, se queres ser minha catecúmena, eu te ensinarei a cultivar as flores em lições de amor: queres?...

Lopo de Melo passou pouco depois e disse-lhe:

– Bela selvagem, resolve-te a fugir comigo para as florestas que eu juro tornar-me selvagem também.

A mameluca fingiu não os ter ouvido, como fingira não tê-los visto.

Era a primeira vez que eles lhe falavam.

Inês sentiu o desprezo da sua condição no modo por que lhe falaram os dois fidalgos que a namoravam.

E lembrou-se que Aleixo Manoel tinha acabado de dizer-lhe: – *pensa*.

E, sem o pensar, Inês *pensou*.

Nos seguintes dias quem mais *cismava* não era Aleixo Manoel, era Inês.

Quase logo famílias da amizade do cirurgião principiaram a visitá-lo a miúdo, vindo cear com ele, e, enquanto os homens conversavam com Aleixo Manoel, as senhoras, em círculo separado, tinham sempre a contar casos escandalosos de seduções e de raptos de meninas pobres, vítimas de Gil Eanes, de Lopo de Melo e de seus companheiros de libertinagem.

Inês escutava essas histórias sinistras, fingindo-se indiferente a elas, se bem que às vezes dissimulada sorrisse, adivinhando a encomenda, não menos se sentia impressionada.

Gil Eanes e Lopo de Melo fizeram mais e melhor do que as comadres de Aleixo Manoel.

Gil Eanes mandou propor a Inês que em noite aprazada fugisse da casa do cirurgião para doce retiro, onde ele lhe assegurava, além do seu amor, felicidade e riqueza. Lopo de Melo mandou oferecer-lhe a liberdade por dinheiro, prestando-se ela a ficar para sempre sob sua amorosa proteção.

Inês repeliu as proposições; mas desde que lhas trouxeram, deixou de cismar, voltou ao seu natural caráter alegre e travesso, e ainda mais faceira se mostrou.

E por isso ou por alguma outra razão Aleixo Manoel pôs-se de cabeleira nova.

Entretanto ele não perdia de vista os libertinos rondantes do *Desvio do Mar*.

Cirurgião caridoso e com numerosa clínica gratuita, Aleixo Manoel tinha corações agradecidos entre a gente pobre e desgraçada de quem era benfeitor.

Uma noite veio um embuçado falar-lhe: entrou meio atarantado e descobriu o rosto.

– Oh! és tu João de Pina?... temos história?...

João de Pina era um degradado, vadio e desordeiro valentão, que muitas vezes servia a Gil Eanes em suas empresas mais arriscadas.

– Temos... – respondeu João de Pina –: amanhã é domingo de entrudo, não é?...

– É.

– Pois amanhã, às onze horas da noite, venho eu e mais meia dúzia, aqui com o senhor Gil Eanes, e arrombada a sua porta com berraria de entrudo, havemos de roubar-lhe a menina sua escrava, a pesar seu e dela.

– Podes ter mais dez vezes ataques de fígado e de bofes, que eu te hei de curar, como já o fiz o ano passado, e neste: vai-te embora, bom tratante, e toma lá para molhar a garganta...

João de Pina recebeu uma moeda de prata, embuçou-se bem, cobrindo o rosto, e disse, saindo:

– Até amanhã às onze horas da noite...

Aleixo Manoel tomou o chapéu e a bengala, e pôs-se em marcha; mas ao dobrar pela *rua Direita*, tomou-lhe o braço uma mulher de mantilha, que lhe disse:

– Senhor Aleixo, eu ia lá... à sua casa...

– Inútil; nem que fosse o senhor capitão-mor governador; morra quem morrer, esta noite não vejo doentes...

– Mas não é caso de doença... é do seu crédito... eu sou a velha Sebastiana...

– Oh! mãe Sebastiana! então que há?

– Amanhã não é domingo de entrudo?...

– É, que diabo!...

– Foi meu filho que me mandou em segredo...

E a velha agarrou-se ao cirurgião, que lhe curava as erisipelas e ao filho tinha curado de uma vômica, e disse-lhe baixinho ao ouvido:

– Amanhã às onze horas da noite o senhor não estará em casa...

– Eu?... pode ser... mas... por quê?...

– Porque meia hora antes hão de bater-lhe à porta, e chamá-lo para acudir a um ataque de cabeça do senhor governador...

– E depois que eu sair a acudi-lo?

– Meu desgraçado filho e outros sequazes do senhor Lopo de Melo (que conta com o seu escravo Tomé), entrando pela porta que abre para o jardim de sua casa tomarão e à força levarão, não sei para onde, a menina Inês, sua escrava.

– Obrigado, mãe Sebastiana; eu lhe darei notícias minhas... agora tenho pressa...

E Aleixo Manoel foi dizendo consigo:

– Dois à mesma noite e à mesma hora!... Que canalha de fidalgos!... mas... Tomé... duvido.

Era quase meia-noite quando Aleixo Manoel, de volta do monte do Castelo, recolheu-se a casa. Estava tranquilo e contente; mas, ao entrar, disse a Tomé, que lhe abrira e depois trancara a porta:

– Vem cá.

E na sala perguntou-lhe:

– Inês?...

– Dorme.

– E que há de novo?...

– Lopo hoje me pagou traição: amanhã onze horas da noite ele vem roubar a menina.

– Deixa ele!...

– Queres que deixe roubá-la?...

O velho índio riu-se horrivelmente, saiu da sala, e quase logo voltou, trazendo na mão uma clava de gentio, a *tacape* pesada e terrível:

– Deixa! – repetiu Tomé –; eu mato!

– Vai dormir – disse Aleixo Manoel –: amanhã te direi o que hás de fazer.

No dia seguinte, domingo de entrudo, e do entrudo selvagem e delirante daqueles tempos, era pouco antes das onze horas da noite, quando bateram fortemente à porta da casa do cirurgião, e o chamaram a alto bradar em socorro do governador, o venerado Salvador Correia de Sá, que se achava em perigo de morte.

O índio Tomé abrindo uma janela despediu os emissários, dizendo-lhes que seu senhor ia partir imediatamente, e com efeito, minutos depois, saiu apressado da casa um homem embuçado, que era sem dúvida o famoso cirurgião da cidade.

Às onze horas da noite gritaria infernal rompeu em frente à casa de Aleixo Manoel, cuja porta cedeu, quebrada a fechadura.

Mais minuto, menos minuto, a porta do jardim abriu-se a toque de sinal dado por gente que entrava pelos fundos do quintal.

E, penetrando no interior da casa, esbarraram-se em face um do outro, Gil Eanes e Lopo de Melo, cada qual seguido de seus cúmplices.

Aleixo Manoel e Inês estavam ausentes; na sala de jantar, porém, achava-se servida a mais profusa e rica ceia que então se podia dar na colônia.

O índio Tomé, arrimado à sua clava, disse aos dois fidalgos:

– Senhor tem ceia... e convida senhores... não tarda.

Gil Eanes e Lopo de Melo mediam-se furiosos: mas não tiveram tempo nem de trocar palavras e provocações, porque sentiu-se logo ruído de gente que entrava.

Os cúmplices saíram todos para o jardim, e dali fugiram, vendo quem chegava.

Os dois fidalgos libertinos ficaram como fulminados, quando lhes apareceram o governador Salvador Correia, e o prelado Simões Pereira, precedendo a Aleixo Manoel e Inês, de cujo casamento acabavam de ser testemunhas, e seguidos de alguns dos principais da nobreza da colônia, e entre eles dois respeitáveis parentes de Gil Eanes e de Lopo de Melo.

– Os senhores Gil Eanes e Lopo de Melo serão também meus convidados, se o senhor Governador o permitir – disse Aleixo Manoel.

O venerando Salvador Correia de Sá olhou para os dois com sobrolho carregado, como o traziam também os parentes deles.

– Ceemos! – disse o governador.

Sentaram-se todos, ficando o prelado à direita, e Inês e Aleixo Manoel à esquerda de Salvador Correia.

Só Gil Eanes e Lopo de Melo, abatidos e trêmulos, tinham-se conservado em pé.

O governador lhes disse com voz severa:

– A empenho de Aleixo concedo-vos perdão do crime desta noite; mas só deixais de servir-nos à mesa como baixos criados porque devo poupar mais vergonhas a estes dois ilustres fidalgos, que bem quereriam não ter parentes como vós. Sentai-vos à mesa!...

A ceia começou: na ocasião do primeiro brinde Salvador Correia falou ainda a Gil Eanes e a Lopo de Melo.

– Enchei vossos copos!...

Os dois obedeceram.

– Agora de pé! e saudai e bebei à felicidade dos noivos!...

E cumprida a sua ordem, Salvador Correia pôs a mão espalmada sobre a cabeça de Inês, e disse aos dois:

– Lembrai-o bem!... é minha afilhada.

Logo depois expandiu o rosto, e acrescentou alegremente:

– Senhor Gil Eanes, senhor Lopo de Melo, tudo está esquecido. Não haja tristezas nem vexames a perturbar o júbilo dos noivos e o nosso!...

E a ceia continuou e acabou vivamente animada.

Desde o dia seguinte propalou-se a notícia das duas escandalosas tentativas de rapto de Inês, e da famosa logração que habilmente preparara aos indignos e pervertidos fidalgos Aleixo Manoel.

O povo aplaudiu muito o ardil do cirurgião, e o seu feliz casamento: nas noites da segunda e terça-feira foi numeroso bando de colonos cantar à porta da casa dos noivos, e creio que as serenatas teriam ainda continuado, se a Quarta-Feira de Cinzas não fosse começo da Quaresma, que era muito respeitada.

Aleixo Manoel, porém, subira ao galarim da fama e da moda; fizeram-lhe cantigas, e no fim de poucos dias o povo sem audiência da Câmara nem licença do governador deu ao *Desvio do Mar* a denominação de *rua de Aleixo Manoel*.

Capítulo III

Como a rua de Aleixo Manoel estendeu-se para o interior até a dos Latoeiros, ficando por muitos anos, onde começara em Desvio do Mar, e viu ali nas tardes de verão moças a pescar no mar e em terra. Como se aterrou aquele mar da rua Direita, a de Aleixo Manoel já com a denominação de rua do Padre Homem da Costa avançou até a atual do Mercado, e aí na praia se estabeleceu o primitivo mercado com o nome de Quitanda das Cabanas que depois se trocou pelo de Praia do Peixe. Refere-se uma tradição duvidosa do Padre Homem da Costa, e diz-se, como se abriu a vala da Carioca, e a rua daquele feio nome, até à qual se alongou a do Padre Homem da Costa; fala-se dos inconvenientes da vala e dos aplausos que por mandar cobri-la de grossos lajedos recebeu o vice-rei conde da Cunha, que aliás pouco influíra na obra, tendo sido esse melhoramento determinado por grotesco e infeliz caso, história romanesca que se contará no capítulo seguinte.

Adiantava-se o século XVII e a *rua de Aleixo Manoel* que pelo lado de terra não se estendia além da dos *Latoeiros* que a corta em ângulos retos, e que hoje se denomina de *Gonçalves Dias*, pelo lado do mar ainda começava onde rompera em *Desvio*.

Na *rua Direita* a praia era em pouco irregular: em alguns pontos o mar muito baixo sem a menor dúvida se mostrava retirante, e acumulava aqui e ali areias, formando ilhotas brancas e privadas de vegetação.

Mas entre esses pontos o mar ainda investia menos baixo sobre o continente, como teimoso a negar-se ao recuamento de suas águas.

E naqueles tempos a praia e o mar (onde ele era mais fundo ou menos entupido de areias) serviram de lugares de recreio, se o recreio não servia de pretexto para exibições ardilosas.

Envolvidas em suas mantilhas, e cobrindo o rosto com seus véus, as senhoras da *rua Direita*, e principalmente (dizem) as da de *Aleixo Manoel*, tinham por costume ir à tardinha nos meses de verão pescar de caniço sentadas ou em pé na praia. As mães ou as tias já velhas acompanhavam as filhas e sobrinhas moças, zelando sua pudicícia e o seu decoro.

Todavia as pescadoras jovens sabiam perfeitamente o segredo de Inês – a mameluca, e ao deitarem os anzóis ao mar, o amigo vento vinha sempre desarranjar suas mantilhas e levantar seus véus, de modo que os observadores curiosos podiam ver e admirar olhos formosos, bonitos semblantes e soberbos colos.

E muitas vezes as vaidosas arteiras eram tão felizes na pesca que chegavam a pescar duplamente – peixes no mar e corações em terra.

Vejam como se mudaram os costumes!...

Naquele tempo, as jovens da *rua de Aleixo Manoel* iam pescar para se mostrar; e hoje frequenta a *rua do Ouvidor* certo bando de pescadoras que andam se mostrando para pescar.

Mas não há bem que sempre dure!...

Tratando-se de construir a fortaleza da Lage à custa do povo, e, achando-se este sobrecarregado de impostos, a Câmara Municipal (que ainda não era *ilustríssima*), como não bastassem para essa obra algumas rendas que propusera aplicar à fortaleza, deliberou vender alguns terrenos das *marinhas da cidade*, sendo o produto da venda destinado àquele fim.

Uma das *marinhas* vendidas foi a que fazia frente à primitiva linha de casas da *rua Direita*.

E assim lá se foi a praia de exposição ardilosa de bonitas pescadoras.

Ganharam com isso as ruas *Direita* e *de Aleixo Manoel*.

Em poucos anos aterrou-se o mar que ajudava o aterro, amontoando areias, e tão rapidamente que no fim do mesmo século décimo sétimo já era regular e contínua a edificação e série de casas fronteiras às da única linha antiga da *rua Direita*. Em 1698 já estava construída a casa que por ordem régia então se comprou para residência dos governadores e que é aquela onde desde anos se achavam estabelecidos o *Correio Geral* e a *Caixa da Amortização*.

É casa histórica: em 1710 Carlos Duclerc atacando por terra a cidade do Rio de Janeiro entrou com a sua falange nesta casa, e em rígido combate foi dela expelido por Gurgel do Amaral com os seus estudantes e paisanos armados.

Agora a *casa dos governadores* vai ser demolida. Que haja ao menos quem lhe assista às últimas horas de existência e lhe escreva a necrologia.

(Prevenção ao Instituto Histórico.)

Mas a *rua de Aleixo Manoel*, vendo aterrado o mar do qual fora *Desvio*, atravessou a *rua Direita*, ou foi além dela estender-se até ao lugar que ficou sendo então praia, e que era pouco mais ou menos onde hoje a *rua do Mercado* corta em ângulo reto a do *Ouvidor*.

No fim do mesmo século décimo sétimo essa praia tornou-se lugar de mercado de *peixe, de verduras* e *de algumas frutas,* que se vendiam não debaixo de barracas de lona, mas sob pequenas palhoças, pelo que foi denominado e conhecido por – *Quitanda das Cabanas* – primeiro nome da atual *praça do Mercado.*

Assim, pois, a rua que desde um século menos dois anos se chama do *Ouvidor* começava então em face da *Quitanda das Cabanas.*

Quitanda das Cabanas! Apesar de *Quitanda,* graças porém às *Cabanas,* era nome rústico, mas um pouco lírico o tinha laivos de poesia de civilização primitiva; a mais chata e infeliz das lembranças eivada de maresia mais tarde trocou essa denominação pela de *Praia do Peixe.*

Mil vezes antes *Quitanda das Cabanas!*

É certo que naquele mercado o que predominava era o peixe, e peixe ótimo e a fartar baratíssimo a cidade, e peixe miúdo que se vendia então a cinco réis por quantidade abundante.

As verduras eram poucas e limitadíssimas em variedades. As frutas estavam no mesmo caso. Flores ninguém vendia nem comprava, davam-se como davam-se e trocavam-se as mudas e sementes das que já se cultivavam; quais eram além das do país?... Não estudei a questão floriantiquária, mas que havia cultivo de flores juro-o, porque havia senhoras.

Mas, em todo caso, não há desculpa que aproveite a quem mandou rebaixar a *Quitanda das Cabanas* para *Praia do Peixe.*

Em *memórias históricas* o anacronismo é naufrágio, e eu estava deveras naufragando em anacronismo.

A rua chamada *de Aleixo Manoel* quando atravessou *rua Direita* e foi parar na *Quitanda das Cabanas* não tinha mais aquele nome, pois que desde o ano de 1659 se denominou *rua do Padre Homem da Costa.*

Certamente o cirurgião *Aleixo Manoel* já tinha morrido sem deixar filhos ricos, e a linda mameluca Inês, se ainda vivia, era viúva maior de oitenta anos, e por isso desde muito esquecida do amigo vento, que outrora oportunamente lhe desarranjava a mantilha e lhe levantava o véu, e portanto um por morto sem herdeiros de seu nome com herança de áureo prestígio e a suposta viúva já por velha, ex-adorada mameluca, foram despojados da glória daquela denominação da rua.

Quem foi porém na ordem das coisas, e qual o merecimento do *padre Homem da Costa* positivamente morador à rua que tomou o seu nome?... Não sei.

Naqueles tempos encontro um padre Pedro *Homem* Albernaz que foi vigário da freguesia da Candelária, e prelado do Rio de Janeiro; mas, embora fosse *Homem*, não foi *da Costa*; além disso, descobri um padre Pedro *Homem da Costa* que depois de paroquiar por alguns anos a freguesia de Nossa Senhora da Conceição de Angra dos Reis entregou-a em 1636 ao padre Roque Lopes de Queirós, e recolheu-se à cidade do Rio de Janeiro.

Seria esse o padre cujo nome passou à rua que se chamava *de Aleixo Manoel?...* ignoro-o, e não devo expor-me a falsos juízos.

Sei de uma tradição – que não se encontra nos meus velhos manuscritos, mas que me foi transmitida por um antigo fluminense honradíssimo, carpinteiro e mestre de obras, a quem devi curiosíssimas informações de coisas do fim do século passado e do princípio do atual; esta tradição, porém, que é a do padre *Homem da Costa*, só a esse meu amigo ouvi, e portanto é apenas individual, e não popular, e, tratando-se de caso passado há duzentos anos, não a posso reproduzir sem previamente declará-la muito duvidosa.

Quando *imagino episódios* para suavizar a leitura destas *Memórias*, indico-os sempre com bastante clareza: Agora não *imagino*, não invento a tradição, mas refiro-a, porque *se não é verdadeira é bem achada*.

O padre *Homem da Costa* (que só esses dois nomes tinha) era padre de letras gordas, mas passava por bom *cantoconista*, porque sabia um pouco de música: indulgente, agradável e de benigno coração, era geralmente estimado, e como gostasse de cantar modinhas e lundus, todos o queriam nos seus saraus; tinha ele porém uma fraqueza ou uma paixão predominante – a da gastronomia.

Padre e já velho, mas ainda rei da viola ou do cravo acompanhadores de suas cantigas nas sociedades, as senhoras o festejavam à porfia; e por fim de contas as moças solteiras e desejosas de casar descobriram nele a mais preciosa qualidade, um talento sublime.

O padre *Homem da Costa* era maravilhoso a facilitar e promover casamentos.

Qual foi a primeira ardilosa que fez a descoberta de tão rico tesouro não se sabe e isso pouco importa: o certo é que conhecido o milagre do padre as moças o tomaram em devoção.

Mas a candidata a casamento e o padre firmavam a rir e brincar, contrato que aliás era cumprido sem falha.

A candidata abria seu coração ao padre *Homem da Costa*, dizia-lhe o nome do seu namorado, e, expondo-lhe as dificuldades que se opunham ao seu casamento, pedia intervenção protetora.

O padre *Homem da Costa* respondia rindo e como a gracejar:

– Bem, bem: mas eu quero uma *garoupa de forno* no dia do ajuste do noivado e convite para o banquete do casamento.

Não havia nada mais barato!

E o padre a entender-se com os pais do namorado e depois com os pais da candidata era tão persuasivo e hábil que acabava sempre por ganhar a *garoupa de forno*, e ir ao banquete do casamento.

E era sempre feliz nos empenhos tomados; porque, quando a pretensão lhe parecia inconveniente ou desajuizada, não hesitava em desenganar a candidata.

É claríssimo que se multiplicavam as candidatas a casamento e os contratos de aparência zombeteira e de realidade gastrônoma.

As confidências e as expansões das candidatas eram pouco mais ou menos semelhantes, edições mais ou menos corretas e emenda-das do mesmo romance de amor.

Nos contratos gastrônomos havia alguma variedade, mas sem importância para as candidatas: em vez de *garoupa de forno*, vinha neste *peru recheado* –; naquele um prato de *chouriço*, etc.; mas em regra predominavam em primeiro lugar a *garoupa de forno* e em segundo o *peru recheado*.

Em pouco tempo o padre *Homem da Costa* promoveu e aben-çoou ou fez abençoar mais casamentos do que o prelado do Rio de Janeiro, e os vigários das freguesias da cidade.

E as noivas e casadas agradecidas e as novas candidatas em de-voção, querendo honrar o milagroso casamenteiro, começaram a chamar a rua onde ele morava, que era a *de Aleixo Manoel, rua do Padre Homem da Costa*.

Não houve nem Câmara Municipal, nem clero, nobreza e povo que pudessem resistir àquela proclamação do belo sexo.

A *rua de Aleixo Manoel* passou a denominar-se – *rua do Padre Homem da Costa*.

E o velho padre continuou a adotar e proteger candidatas a ca-samentos, até que no fim de alguns anos, em uma noite, morreu de apoplexia fulminante, depois de uma ceia em que devorara metade de uma *garoupa de forno*, uma fritura de camarões e ostras, e um pratarraz de chouriço.

Não se pôde levantar da mesa, e expirou sem agonia, sentado, risonho e provavelmente a pensar no almoço do dia seguinte.

Se esta tradição pudesse correr com fundamentos de veraci-dade, o padre *Homem da Costa*, pondo-se de lado a sua paixão gastrônoma, que não foi nociva senão a ele, deveria ser aplau-dido pela sua influência benigna, moralizadora e social, e bem merecera a honra de passar seu nome à rua onde morava e onde enfim morreu.

Ah! se hoje em dia florescesse algum padre como aquele *Homem da Costa*, certamente o preço das *garoupas* e dos perus seria já fabuloso na *praça do Mercado*; porque o número das *devotas* do padre casamenteiro chegaria pelo menos a igualar ao dos candidatos a empregos públicos; mas também seria menor o número daquelas mártires, a quem chamam *solteironas*.

Mas enfim a *rua de Aleixo Manoel* passou a chamar-se do *Padre Homem da Costa*, nome que conservou por cento e vinte anos, tendo trocado a casaca e a cabeleira do cirurgião pela batina e pelo solidéu do padre, e faz vontade de rir imaginar beata e clerical durante um século e anos esta *rua do Ouvidor* filósofa sensualista, e até rua um pouco ou muito endemoninhada pela multiplicação das *tentações*.

Em meados do século XVIII a *rua do Padre Homem da Costa* estendeu-se um pouco mais para o lado do continente, avançando até a rua que se chamou *da Vala*; deveras, porém, que não devia aplaudir-se desse prolongamento.

Construída a fonte ou chafariz da *Carioca* no *lugar*; depois *largo* e hoje praça da Carioca, nome que tomou do das vertentes ótimas que recebeu canalizadas, sobravam tanto as águas que, para dar-lhes esgoto, abriu-se grande *vala* com leito e paredes de pedra desde a *Carioca* (chafariz) até o mar no sítio chamado *Prainha*.

(*Entre parênteses: carioca* quer dizer em língua tupi – *casa do homem*: – donde proveio semelhante denominação?... quem era o *homem da casa?...* pretendiam os selvagens tamoios que aquelas águas como as da fabulosa Cabalina tinham a virtude de inspirar estro poético: donde provinha essa falsa crença?... o *homem da casa* teria sido algum *pajé* poeta, algum tamoio solitário, *homem* notável pelo talento poético que os índios julgassem devido às águas que corriam perto da sua – *oca?...* deixo aos meus ilustrados amigos os srs. drs. Brigadeiro Couto de Magalhães e Batista, os juízes mais competentes que conheço na matéria, o empenho de resolver este problema, e fecho o parênteses.)

A *vala* foi de considerável utilidade, porquanto serviu para dar vazão àquelas águas que caíam sobrepujantes da fonte e dos tanques de pedra, e também às das chuvas então muito frequentes e algumas torrenciais, que tornavam como rios as ruas, e inundavam as casas da cidade. Além disso a *vala* teve durante anos certa importância administrativa, porque foi considerada *muro da cidade*, ou linha extrema urbana.

Entretanto a *vala* ficou exposta, destapada, e como de tudo se abusa, abusaram da inocente e benfeitora os colonos moradores das vizinhanças que a fizeram servir, para o *despejo* de quanto de pior serviço de suas casas era preciso *despejar*.

Em breve e necessariamente a desvirtuada *vala* tornou-se imunda, repugnante, fétida e foco de miasmas, e a *rua do Padre Homem da Costa* que avançou até ela devia ser nesse seu novo limite de habitação muito desagradável e anti-higiênica.

Mas apesar das ruins condições determinadas pelo abuso que ficou mencionado, casas se foram construindo aos lados da *vala* e principiou a formar-se a rua que tomou dela o nome e que hoje se chama de *Uruguaiana*.

Além da *vala*, o espaço que se estendia entre o monte de Santo Antônio e o mar, e dessa linha para o centro até a depois chamada *cidade nova* inclusive, tudo era *Campo do Rosário*.

Em 1764 ou 1765 o vice-rei conde da Cunha ordenou à Câmara Municipal da cidade que fizesse cobrir com lajes grossas a *vala* fétida e pestífera; a obra executou-se prontamente, e para que não fosse de todo prejudicado o esgoto das águas das chuvas, a *vala* recebeu ralos de pedra no encruzamento das ruas.

E todavia ainda houve abuso de ralos!

Em todo caso foi considerável o melhoramento olfativo e higiênico, sendo o conde da Cunha muito aplaudido e louvado por isso nas *memórias* do tempo.

E eis aí como se escreve a história!

O vice-rei conde da Cunha, doente e velho, que raro se mostrava, passeando pelas ruas da cidade, porventura nunca tinha recebido em seu vice-real nariz o gasoso testemunho das exalações da *vala aberta*, e entrou na obra melhoradora apenas com a sua indispensável assinatura na *ordem* expedida para que a *vala* fosse coberta com lajes grossas.

O que inspirou e determinou esse melhoramento foi noturno e ridículo caso, cuja história parece romance, e há de divertir os meus leitores no capítulo seguinte.

Capítulo IV

Como e por que o ajudante oficial da sala do vice-rei conde da Cunha meteu-se a jogar a banca na casa de João Fusco; desenvolve-se a história que parece romance, e na qual são personagens João Fusco e a sra. Helena, a menina Águeda, a mãe Jacoba, o cão Degola, o oficial da sala, o sacristão da igreja de S. José e um lobisomem *que uma noite põe em desordem a banca, e perseguido pelos jogadores escapa abismado na* vala, *enquanto o sacristão de S. José, aproveitando o ensejo, bate a linda plumagem com a menina Águeda, logo depois sua esposa: diz-se como o banho do* lobisomem *foi o motivo de se cobrir a* vala *com lajedos; o oficial da sala faz prender por falsas suspeitas de pasquineiro o sacristão, que é solto por intervenção do vigário, e transcreve-se um* pasquim *que apareceu em frente à* rua do Padre Homem da Costa *junto da* vala.

O vice-rei conde da Cunha foi mas não foi quem mandou que a Câmara Municipal fizesse cobrir com lajedos a *vala* nauseabunda e pestífera. Este *foi mas não foi* parece absurdo; é, porém, uma das verdades mais verdadeiras, que ainda às vezes se revelam em fatos. *Foi* – porque assinou a ordem, *mas não foi* – porque de outrem partiu a iniciativa e a determinação.

O conde da Cunha, velho, achacado e sem atividade, era o vice-rei; via, porém, pelos olhos, e governava pela cabeça de seu ajudante oficial da sala, o tenente-coronel Alexandre Cardoso de Menezes, que por muito hábil, inteligente e insinuante ganhara sua inteira e cega confiança e se tornara o vice-rei de fato.

Infelizmente Alexandre Cardoso era de mau caráter, de costumes dissolutos, jogador, libertino, desenfreado em suas paixões, e tanto mais perigoso, que além de valente e corajoso, dobravam-lhe a ousadia, o poder de que dispunha e a certeza da impunidade.

No tempo do vice-reinado do conde da Cunha jogava-se muito, jogava-se demasiadamente na cidade do Rio de Janeiro, muito e apenas um pouco menos do que atualmente. O jogo dominante era então a *banca*.

Alexandre Cardoso jogava quase todas as noites; mas só em rodas de gente rica e a mesas cobertas de ouro; uma vez, porém, fez exceção a essa regra.

Uma noite, em 1764 ou em 1765, passando ele pela *rua da Vala*, entrou como por acaso na loja de *João Fusco* e pediu ao caixeiro biscoitos de carimã, balas, e mais ia pedir quando se interrompeu perguntando:

– Que fazem lá dentro?

– Jogam a banca; sim senhor.

– Chama João Fusco.

João Fusco correu logo ao chamado.

– Eu também quero jogar – disse Alexandre Cardoso.

E entrou sem-cerimônia, dizendo aos jogadores que respeitosos e surpresos se levantaram.

– Não há nada de novo, é apenas mais um parceiro.

Alexandre Cardoso mostrou-se agradável, desfez o acanhamento da companhia, jogou, perdeu duzentos cruzados, e alegre, e brincalhão levantou-se e disse:

– Basta por hoje, voltarei porém à desforra, João Fusco! na tua casa joga-se liso. Adeus.

E saiu.

Agora breve explicação.

João Fusco, a quem tinham alcunhado *Fusco* pela cor muito trigueira, era ilhéu açoriano, e morava na *rua da Vala*, logo além da *rua do Cano* (hoje *Sete de Setembro*) em pequena casa de duas portas e com sótão, a qual abria portão do quintal para a *rua dos Latoeiros*.

João Fusco tinha consigo uma irmã, a sra. Helena, ilhoa como ele, e que no Brasil enviuvara, ficando-lhe do casamento uma filha, a menina Águeda, então com dezoito anos, carioca lindíssima, mas previamente condenada a casar com o tio já quinquagenário – homem de bem, mas genioso, desconfiado, ciumento e terrível como um turco.

Aproveitando a habilidade e prática da irmã e da sobrinha, que eram *doceiras magistrais*, João Fusco abrira na frente da casa loja de doces, espécie de confeitaria daquele tempo, e ali vendia excelentes biscoitos, bolos, amêndoas de castanhas de caju, balas e confeitos, e em vez de sorvetes, que somente setenta anos mais tarde se tornaram na cidade do Rio de Janeiro, o refrigerante e saboroso *aloá*.

Além de Helena e Águeda, João Fusco tinha em casa o caixeiro que o ajudava no serviço da loja, mas que era absolutamente privado de comunicação com a família, uma negra sexagenária escrava de Águeda, cuja ama de leite fora, e enfim um grande cão.

A mãe Jacoba (a escrava) e Degola (o cão) eram os guardas do quintal e do portão, do qual em todo o caso João Fusco à noite guardava a chave.

Helena e Águeda de dia trabalhavam na sala de jantar e na cozinha, e às oito horas da noite se recolhiam ao sótão, que constava de uma saleta na frente, e outra no fundo: a primeira era ocupada por Helena, a segunda pela menina. As janelas das saletas eram fechadas de cima a baixo por varões de ferro.

Águeda tinha em horror o tio, e a ideia de lhe pertencer como esposa fazia o tormento da sua vida; no entanto dissimulada e sonsa ela ria, e cantava de dia, e rezava muito de noite; mas santo Antônio sabia o que a menina, sua devota, nas rezas e em promessas lhe pedia.

Coitadinha! todos contra ela: Helena, que era a ilhoa mais áspera e desalmada, querendo-a todo o transe casada com o irmão, vigiava incessantemente a filha e não a deixava pôr pé em ramo verde.

As moças aproveitam ainda o mais fraco recurso para satisfazer sua vaidade de boniteza, e o único recurso de Águeda era, duas ou três vezes por dia, e quando a mãe se achava mais atarefada, correr por minutos à sua saleta do sótão, e pondo-se à grade da janela, mostrar seu rosto, seu colo e seus ombros aos que por acaso passavam pela *rua dos Latoeiros*.

Quase sempre atrás da menina era mandada a escrava, que, ao vê-la à janela, benzia-se, dizendo:

– Ah, Nené! você faz pecado! olha senhô João!

Águeda ria-se.

Oh! mas é claro, que Jacoba era mais vigilante e mais terrível do que o dragão das Hespérides, e tanto que João Fusco para experimentá-la já tinha pago falazes tentativas de sedução para recados à Águeda, e a negra se mostrava sempre incorruptível e ameaçadora de denunciar à mãe e ao tio da menina.

Que escrava modelo!... ela porém quase tanto como Helena criara em seu colo Águeda, e amava-a com idolatria de quase avó.

Ainda mesmo com os seus varões de ferro as duas janelas do fundo do sótão da casa de João Fusco tornaram célebre a beleza de Águeda, na cidade do Rio de Janeiro.

Fora daquelas janelas, e aí mesmo, através das grades, e só por breves minutos, ninguém conseguia ver a sabida noiva de João Fusco, que apenas aos domingos saía com a irmã e com a sobrinha para ouvir missa na igreja de S. José; mas então irmã e sobrinha levavam mantilhas e véus impenetráveis.

E nem a simples hipótese de *amigo vento* em socorro de Águeda!

Ao entrar na igreja era sempre o sacristão (santo rapaz, sobrinho do vigário, e que não levantava os olhos do chão) quem apresentava às duas senhoras o hissope para que elas se persignassem com água benta.

Foi num desses momentos rápidos de oferecimento e tomada de água benta que o libertino Alexandre Cardoso, sem poder apreciar bem, adivinhou a beleza de Águeda.

Dias depois ele viu-lhe o rosto à janela do sótão, e, aceso em criminosas flamas, resolveu seduzi-la e apoderar-se dela.

Perdeu tempo, mandando tentar a todo o preço a conivência e o concurso da negra Jacoba.

Perdida a esperança de entrar pelo portão, determinou introduzir-se pela porta da frente.

E foi jogar na casa de João Fusco.

A roda dos jogadores não era indigna; toda, porém, de gente da classe média, e de *banca* modesta, estava longe de satisfazer o oficial da sala, frequentador de sociedade aristocrática e jogador delirante.

Todavia, Alexandre Cardoso voltou a jogar em casa de João Fusco mais de dez vezes, perdendo quase sempre cem, duzentos e muitos mais cruzados.

O jogo durava ali até muito depois da meia-noite; mas de ordinário Alexandre Cardoso, quando perdia, retirava-se antes de terminada a *banca*.

Já se desenganara do esperançoso plano de chegar a introduzir-se, mercê do jogo, no interior da casa, porque a *banca* tinha por limite absoluto o fundo da saleta contígua à loja, e a porta de comunicação interna sempre estava trancada; já estava disposto a libertar-se do sacrifício daquele jogo plebeu, quando uma noite, saindo pouco antes da meia-noite da *banca* de João Fusco, ao tomar no *largo da Carioca* a *rua da Cadeia* viu um vulto de homem embuçado ao portão do quintal da casa que era o seu objetivo.

Alexandre Cardoso recuou, e, pregando-se à quina da *rua dos Latoeiros*, estendeu o pescoço, adiantou a cabeça até os olhos, e apurando a vista, e no silêncio geral aproveitando o ouvido, observou curioso...

O vulto bateu de leve e compassadamente três vezes no portão, que quase logo se abriu com abafado ruído da chave...

O vulto entrou, e o portão se trancou com o mesmo cuidado.

Alexandre Cardoso estava informado de que havia bravíssimo cão no quintal, mas não ouviu nem latido, nem enfezado rosnar de cão.

– É um amante feliz! – disse entre si com ciúme e contusão o soberbo oficial da sala do vice-rei.

Havia explicável erro no pensamento íntimo de Alexandre Cardoso. Águeda não era vítima de um sedutor; mas, graças à segunda chave fabricada por artifícios de exaltado amor, e confiada à velha escrava protetora, a menina recebia algumas vezes em entrevistas o escolhido de seu coração, e seu desejado noivo.

Helena cansada dos trabalhos do dia inteiro, desde que dormia, era sono de pedra; João Fusco, desde que começava a jogar, e tinha no bolso a chave do portão, só ia aos fundos da casa, se o Degola rosnava, ou assanhava-se no quintal; a negra Jacoba velava protegendo o amor da menina: em noites ajustadas, ouvindo os três toques de sinal, abria o portão que outra vez trancava depois de dar entrada a um mancebo, e enquanto ia anunciá-lo a Águeda, o Degola festejava o seu já conhecido, que lhe trazia sempre algum regalo à gulodice canina.

No entanto, Águeda chegava, mas a sua entrevista com o namorado nunca se estendia além de um quarto de hora, nunca se passava livre da presença da escrava, nisso ao menos prudente.

O namorado de Águeda era o sacristão, sobrinho muito querido do vigário da freguesia de S. José.

Mas Jacoba precauta a preparar defesa para si, ou fonte de astúcias para os seus protegidos amantes, andava a fingir-se assustada, dizendo a João Fusco e a Helena que havia *lobisomem* a correr de noite pelas vizinhanças.

A crença insensata nos *lobisomens* era muito comum então entre a gente rude; João Fusco deu a coisa por certa, e Helena chegou a assegurar que o *lobisomem* de que Jacoba falava devia necessariamente ser um meirinho que morava na *rua do Cano* e que era muito *amarelo*.

Pelo medo que o *lobisomem* causava Jacoba se presumia de domínio mais seguro no quintal durante as noites.

Nem tudo, porém, havia de ir correndo à medida dos desejos da velha escrava que, ao amanhecer de um dia, achou morto no pé do portão o bravo Degola, que era tão amigo do sacristão. Debulhada em lágrimas correu ela a dar parte do caso, e João Fusco, tendo examinado o corpo do pobre animal e não encontrando nem ferimento, nem contusão, declarou o cão morto de peste e consolou a escrava, prometendo dar-lhe em breve um outro Degola, o que aliás era do seu interesse.

Quem sabia perfeitamente de que mal tinha morrido o Degola era Alexandre Cardoso.

O extravagante e dissoluto oficial da sala descobrira depois de algumas noites de espreita que o amor e suposto sedutor de Águeda era o sacristão e sobrinho do vigário de S. José.

Alexandre Cardoso delineou então atrevido ou antes adoidado plano só explicável em quem muito contava com o respeito que impunha a sua posição oficial, além de confiar não menos na própria valentia.

Continuou a jogar na casa de João Fusco; mas às onze horas da noite saía, indo encontrar-se no *largo da Carioca* com um soldado do seu regimento, que ali o esperava.

Perdeu três noites assim; na quarta, porém, viu o embuçado, reconheceu o sacristão que dobrava da *rua da Cadeia* para a dos *Latoeiros*.

– É aquele... – murmurou.

O soldado avançou rápido e, chegando ao pé do embuçado, disse-lhe vivamente:

– Senhor Sacristão, o reverendíssimo senhor vigário o manda chamar já e já à igreja.

O sacristão atarantado por terem-no reconhecido, e não sabendo que pensar do que àquelas horas tinha de fazer na igreja, voltou apressadamente.

Alexandre Cardoso despediu o soldado, chegou-se ao portão da casa de João Fusco e bateu de leve três vezes.

O portão abriu-se, e ele que não se arreceava mais do Degola entrou imediatamente.

Jacoba trancou de novo o portão, e tão escura estava a noite, que ela não deu logo pela troca do namorado da menina.

Mas Alexandre Cardoso, sentindo-a tirar a chave do portão, e querendo ter saída livre, disse baixinho e disfarçando a voz:

– Dê-me a chave.

A negra recuou desconfiada, e perguntou:

– Você quem é?... fala!

Alexandre Cardoso, em vez de falar, avançou dois passos, e Jacoba recuou quatro, e um a avançar e a outra a recuar chegaram, isto é, a negra meteu-se pela cozinha, e o tresloucado substituto do sacristão parou à porta, e à fraca luz de ruim candeia mostrou uma bolsa, sacudindo-a para assinalar que estava cheia de ouro.

Jacoba, verificando que não era o sacristão, soltou um grito, e, atirando-se para dentro da casa, começou a bradar:

– Tem *lobisomem* em casa!... *lobisomem* entrou!

Alexandre Cardoso sentiu alvoroço na sala de jogo, e não tendo retirada pelo quintal, perdida a cabeça, lançou-se além da cozinha pela sala de jantar, tomou por estreito corredor, e ao ouvir o ruído que faziam os jogadores, que acudiam aos gritos da negra, foi subindo uma escada que achou no fim do corredor sem saída... Mas no topo da escada apareceram Helena e Águeda a bradar:

– O *lobisomem* vem para o sótão!... o *lobisomem* está aqui!...

Alexandre Cardoso precipitou-se pela escada abaixo, tornou à sala de jantar, viu os jogadores que voltavam apressados do quintal, tomou por outro corredor, chegou à saleta do jogo, e enfim, orientado, saiu veloz pela porta ainda entreaberta da loja.

Estava livre do maior perigo; não querendo, porém, que o reconhecessem, e certo de ser perseguido, como de fato logo o foi, fugiu, correndo pela *rua da Vala*, e aturdido pela vozeria dos jogadores já a segui-lo, ao chegar diante da extrema da *rua do Padre Homem da Costa*, deu infeliz salto para vencer a *vala*, e caiu dentro dela.

Pior do que isso! João Fusco e os companheiros da *banca* aproximaram-se, e Alexandre Cardoso, furioso, sem medo, mas envergonhado do ridículo de sua situação, e para escapar à publicidade do seu escandaloso procedimento, abismou-se até o pescoço na *vala* nauseabunda e malcheirosa.

Os perseguidores o procuravam... alguns diziam que ele se escondera dentro da *vala*, já falavam em mandar vir luzes e archotes, o poderoso oficial da sala do vice-rei estava em torturas, quando angustioso brado veio salvá-lo.

– O *lobisomem* carregou com Águeda!... – gritava Helena desesperada.

João Fusco e seus amigos acudiram ao clamor de Helena.

O caso era simples.

O sacristão achara a igreja fechada e a casa do vigário seu tio também de porta trancada, e amante apaixonado a imaginar traição, voltara à *rua dos Latoeiros*, ouvira grande ruído na casa de João Fusco, e apreensivo se dirigira para a *Loja de Doces*.

Quando ali chegava, Helena saía como espavorida agarrando--se ao irmão que com os sócios da *banca* iam em perseguição do *lobisomem*.

À porta da loja ficaram somente Águeda e Jacoba que lhe contaram quanto se passara.

O sacristão, adivinhando pela ousadia da tentativa algum poderoso rival, disse com ansiedade a Águeda:

– Oh!... em tal caso, ou já ou nunca!

E ofereceu a mão à menina.

Águeda o compreendeu, e, tomando-lhe a mão, fugiu com ele.

Pouco depois Helena menos aterrada, lembrando-se da filha, voltou cuidadosa para casa; mas debalde procurou Águeda, encontrando apenas Jacoba caída no chão e em terríveis contorções.

Tudo obra do *lobisomem!*

João Fusco e os outros chegaram para reconhecer a triste verdade.

Águeda tinha desaparecido.

Alexandre Cardoso, aproveitando a súbita retirada dos perseguidores, saiu da *vala*, e desapontado e prestes recolheu-se a sua casa, onde, livre da roupa imunda, só depois de três sucessivos banhos, foi no leito pedir ao sono o esquecimento das suas extravagâncias e do seu desastre dessa noite.

O epílogo desta tradição tem o merecimento de dois bonitos quadros: um o da felicidade de dois jovens amantes; outro o de um benefício público.

O vigário de S. José perdoou facilmente a travessura do sobrinho, casando-o com Águeda, a despeito dos impedimentos que João Fusco protestava que ia apresentar, mas que não ousou fazer.

Alexandre Cardoso, o ajudante oficial da sala do vice-rei, tomara em aversão a *vala*, e sem dúvida para obviar iguais e possíveis desastres futuros fez com que o conde da Cunha ordenasse à Câmara Municipal que a mandasse cobrir com lajedos.

Precaução de useiro salteador amoroso noturno.

Veio *ex-fumo* a luz, do mal o bem; de um banho fétido na *vala* a pétrea coberta desta.

Meses depois de realizada a obra beneficiadora da cidade, e de quase de todo esquecida a famosa história do *lobisomem* na casa de João Fusco, *lobisomem* de que principalmente as velhas davam testemunho até jurado da aparição, da correria e do desaparecimento misterioso por arte diabólica, Alexandre Cardoso que era vingativo e mau, explorando a frequência de *pasquins* injuriosos que amanheciam pregados nas esquinas das ruas contra ele próprio, e contra o vice-rei conde de Cunha, um dia mandou prender o sacristão da igreja de S. José como suspeito de *pasquineiro*.

Era suspeita imaginada, calúnia indigna e perversa, vingança de opressor cruel.

Mas, ainda bem que a vítima, o sacristão, era sobrinho de padre, e ainda mais e melhor, sobrinho de padre vigário.

O marido de Águeda tinha averiguado, ponto por ponto, a história toda do *lobisomem*; guardara-a, porém, consigo a medo do *oficial de sala*.

O tio vigário, sabendo da prisão do sobrinho, foi ter com ele à cadeia, e ouvindo-o então narrar o caso do *lobisomem*, que explicava a injusta prisão, correu logo a referi-lo ao bispo D. Frei Antônio do Desterro, e o bispo deu conhecimento de tudo ao conde da Cunha, que mandou soltar o sacristão, bem que não acreditasse no que diziam contra o seu ajudante oficial de sala.

Propalou-se logo a história do *lobisomem*, e dias depois amanheceu em frente da *rua do Padre Homem da Costa*, junto da *vala*, fincado um poste e nele pregado o seguinte pasquim:

Mude-se o nome da rua,
Tenha outro nome e mais gala;
Seja, em vez de *Homem da Costa*;
Do *Ajudante da sala*,
Que uma noite um *lobisomem*
Aqui se banhou na *vala*.

Horas depois vieram soldados arrancar o pasquim, e derrubar o poste; muitas pessoas, porém, já tinham lido e decorado o malicioso versinho, que a tradição popular conservou.

Graças ao medo das perseguições do terrível oficial de sala do vice-rei conde da Cunha, a atual tafulona *rua do Ouvidor* escapou ao vexame de passar então a denominar-se não – *rua do Ajudante Oficial de Sala*, como propusera o pasquim, mas *rua do Lobisomem*, conforme alguns mancebos *janotas* do tempo, e mais atrevidos pela influência de suas famílias nobres ou ricas, durante semanas a chamaram por zombaria ao aborrecido Alexandre Cardoso.

A rua manteve a sua denominação de *Padre Homem da Costa*; mas parece que a proposição do *pasquim* e a alcunha sarcástica dada por aqueles mancebos destemidos já eram prenúncios da próxima deposição do *Padre Homem da Costa* no seu domínio denominativo da rua, que começava a ser anacrônica pela batina e o solidéu que ele usara.

A rua vai receber nome novo, e é de honra e de etiqueta que o receba em novo capítulo nestas *Memórias*.

José de Alencar

José Martiniano de Alencar nasceu em Messejana, hoje um bairro de Fortaleza, no Ceará, no dia 1º de maio de 1829. Depois de passar alguns anos no Rio de Janeiro, vai para São Paulo, como muitos outros autores de sua geração, para estudar direito. Seu primeiro romance, *Cinco minutos*, é publicado em 1856. No ano seguinte sairia *O guarani*, um de seus livros mais famosos, cuja temática indianista combina perfeitamente com a estética romântica. Nessa mesma linha, *Iracema* seria publicado em 1865.

Outro de seus romances importantes é *Senhora*, retrato psicológico e estudo social de impacto. Alencar também escreveria teatro, textos políticos e crônicas. Sua participação na imprensa (muitos de seus romances foram publicados pela primeira vez como folhetins) sempre foi muito constante. Em paralelo à carreira literária, Alencar também ocupou cargos políticos, inclusive como ministro da Justiça na corte de dom Pedro II.

Quando morreu, em dezembro de 1877, seu nome já era reconhecido como o de um dos principais intelectuais do país e com certeza a principal figura do romantismo, já que Machado de Assis se destacaria sobretudo com romances de viés realista.

Ao correr da pena (excertos)

Rio, 17 de setembro de 1854

Estamos na primavera, dizem os folhetins dos jornais, e a folhinha de Laemmert, que é autoridade nesta matéria. Não se pode por conseguinte admitir a menor dúvida a respeito. A poeira, o calor, as trovoadas, os casamentos e as moléstias, tudo anuncia que entramos na quadra feiticeira dos brincos e dos amores.

Que importa que o sol esteja de icterícia, que a Charton enrouqueça, que as noites sejam frias e úmidas, que todo o mundo ande de pigarro? Isto não quer dizer nada. Estamos na primavera. Os deputados, aves de arribação do tempo do inverno, bateram a linda plumagem; a *Sibéria* fechou-se por este ano, os buquês de baile vão tomando proporções gigantescas, as grinaldas das moças do tom são perfeitas jardineiras, a Casaloni recebe uma dúzia de ramalhetes por noite, e finalmente os anúncios de salsaparrilha de Sands e de Bristol começam a reproduzir-se com um crescendo animador.

Come, gentil spring! Vem, gentil quadra dos prazeres! Vem encher-nos os olhos de pó! Vem amarrotar-nos os colarinhos da camisa, e reduzir-nos à agradável condição de um vaso de filtrar água. Tu és a estação das flores, o mimo na natureza! Vem perfumar-nos com as exalações tépidas e fragrantes da rua do Rosário, da praia de Santa Luzia, e de todas as praias em geral!

Doce alívio dos velhos reumáticos, esperança consoladora dos médicos e dos boticários, sonho dourado dos proprietários das casinhas dos arrabaldes! Os sorveteiros, os vendedores de limonadas e ventarolas, os donos dos hotéis de Petrópolis, os banhos, os ônibus, as gôndolas e as barracas, te esperam com a ansiedade, e de suspirar por ti quase estão ficando tísicos (da bolsa). Esta semana já começamos a sentir os salutares efeitos de tua benéfica influência! Vimos uma *estrela* do belo céu da Itália eclipsada por uma moeda de dois vinténs, e tivemos a agradável surpresa de ouvir o primeiro ato do *Trovatore* e um *speech* da polícia, tudo de graça.

Alguns mal-intencionados pretendem que a noite não foi tão gratuita como se diz; mas deixai-os falar; eu, que lá estive, posso afiançar-vos que o espetáculo foi todo de *graça*, como ides ver. A autoridade policial depois de participar que ficava suspensa a representação e que os bilhetes estavam garantidos, sendo por conseguinte aquela noite de *graça*, como esta notícia excitasse algum rumor, declarou formalmente, e com toda a razão, que se acomodassem, porque a polícia, quando tratava de cumprir o seu dever, não era para *graças*.

Os namorados que tiveram duas noites de namoro pelo custo de uma, os donos de cocheira que ganharam o aluguel por metade do serviço, o boleeiro que empolgou a sua gorjeta sem contar as estrelas até a madrugada, aqueles que lá não foram, não só riram-se de *graça*, como acharam nisto uma graça extraordinária.

Muito olhar suplicante vi eu nos últimos momentos, humilhando-se diante de um rostozinho orgulhoso e ofendido, clamar com toda a eloquência do silêncio: *grazia! grazia!* É preciso advertir que o olhar estava no Teatro Provisório, e por isso não se deve admirar que falasse italiano; além de que, o olhar é poliglota e sabe todas as línguas melhor do que qualquer diplomata.

Finalmente, para completar a *graça* deste divertimento, as *graças* com os seus alvos vestidinhos brancos se reclinavam sobre a balaustrada dos camarotes, cheias de curiosidade, para verem o desfecho da comédia. E a este respeito lembra-me uma reflexão que fiz há tempos, e da qual não vos quero privar, porque é curiosa.

Os gregos, como gente prudente e cautelosa, inventaram unicamente três graças, e consta que viveram sempre muito bem com elas. Nós, de mal-avisados que somos, queremos ter em todos os divertimentos, nos bailes, nos teatros e nos passeios uma porção delas, sem refletir que, logo que se ajuntarem muitas, podem formar necessariamente um grupo de *dez graças*.

Maldito calembur! Não vão já pensar que pretendo que as graças tenham sido a causa de tudo isto, nem também que todo aquele desapontamento fosse produzido por alguma graça da Charton. A prima-dona estava realmente doente, e, aqui para nós, suspeito muito os meus colegas folhetinistas de serem a causa daquela súbita indisposição com o formidável terceto de elogios que entoaram domingo passado. Lembrem-se que os elogios e os aplausos comovem extraordinariamente um artista. Ainda ontem vi como ficaram fora de si as tímidas coristas, unicamente porque lhe deram duas ou três palmas!

Em toda esta noite, porém, o que houve de mais interessante foi o fato que vou contar-vos. Um velho *dilettante* do meu conhecimento, ainda do tempo do *magister dixit*, e para quem a palavra da autoridade é um evangelho, teve a infeliz lembrança de justamente nesta noite encomendar um magnífico buquê para oferecer à Charton no fim da representação. Apenas se declarou o *relâche par indisposition*, o homem perdeu a cabeça, e, o que foi pior, com os apertos da saída perdeu igualmente a bengala, que lá deixou ficar com os ares de novo um chapéu comprado pela Páscoa.

No outro dia, o homem, que tinha seus hábitos antigos de comércio, viu-se em sérias dificuldades. Não podia deixar de acreditar, à vista da declaração da polícia, que o espetáculo da noite antecedente fora de graça; mas, ao mesmo tempo, tinha de dar saída no livro de despesas ao dinheiro que gastara com o aluguel do carro, com a gorjeta do boleeiro, com o par de luvas, com o buquê da Charton, o custo da bengala e o estrago do chapéu. Coçou a cabeça, tomou a sua pitada, e afinal escreveu o seguinte assento: *Importe de um espetáculo gratuito no Teatro Provisório* – 26$000!

O meu *dilettante* ainda não sabia que a palavra *grátis* é um anacronismo no século XIX, e, quando se fala em qualquer coisa de graça, é apenas uma graça, que muitas vezes torna-se bem pesada, como lhe sucedeu. Provavelmente, depois deste dia, o velho lhe aditou ao seu testamento um codicilo proibindo terminantemente ao seu herdeiro os espetáculos gratuitos.

Assim a crônica futura desta heroica cidade consignará nas suas páginas que, pelo começo da primavera do ano de 1854, tivemos um divertimento de graça. Os nossos bisnetos, não falo dos militares de boca aberta, hão de pasmar quando lerem um acontecimento tão extraordinário, e, se nesse tempo ainda estiver em uso o latim, clamarão com toda a força dos pulmões: *Miserabile dictu!*

Depois de uma semelhante noite, era natural que os dias da semana corressem, como correram, monótonos e insípidos, e que o baile do Cassino estivesse tão frio e pouco animado. Entretanto aproveitei muito em ir, pois consegui perder as minhas antipatias pela valsa, a dança da moda. É verdade que não era uma mulher que valsava, mas um anjo. Um pezinho de *Cendrillon*, um corpinho de fada, uma boquinha de rosa, é sempre coisa de ver-se, ainda mesmo em corrupios.

Fiz a *amende honorable* de minhas opiniões antigas, e, vendo nos rápidos volteios da dança voluptuosa passar-me por momentos diante dos olhos aquele rostinho iluminado por um sorriso tão ingênuo, não pude deixar de fazer uma comparação meio sentimental e meio cosmogônica, que talvez classifiqueis de original, mas que em todo o caso é verdadeira.

Quando o mar, que Shakespeare disse ser a imagem da inconstância, revolveu o globo num cataclismo e cobriu a terra com as águas do dilúvio, foi uma pomba o emblema da inocência, que anunciou aos homens a bonança, trazendo no bico um raminho de oliveira. Se algum dia uma paixão de loureira vos revolver a alma, e deixar-vos o desgosto e a desilusão, há de ser um anjinho inocente como aquele quem vos anunciará a paz do coração, trazendo nos lábios o sorriso do amor o mais casto e mais puro.

Rio, 29 de outubro de 1854

Quando estiverdes de bom humor e numa excelente disposição de espírito, aproveitai uma dessas belas tardes de verão como tem feito nos últimos dias, e ide passar algumas horas no Passeio Público, onde ao menos gozareis a sombra das árvores e um ar puro e fresco, e estareis livres da poeira e do incômodo rodar dos ônibus e das carroças.

Talvez que, contemplando aquelas velhas e toscas alamedas com suas grades quebradas e suas árvores mirradas e carcomidas, e vendo o descuido e a negligência que reina em tudo isto, vos acudam ao espírito as mesmas reflexões que me assaltaram a mim e a um amigo meu, que há cerca de um ano teve a habilidade de transformar em uma *semana* uma tarde no Passeio Público.

Talvez pensareis como nós que o estrangeiro que procurar nestes lugares, banhados pela viração da tarde, um refrigério à calma abrasadora do clima deve ficar fazendo bem alta ideia, não só do *passeio* como do *público* desta corte.

A nossa sociedade é ali dignamente representada por dois tipos curiosos e dignos de uma *fisiologia* no gênero de Balzac. O primeiro é o estudante de latim, que, ao sair da escola, ainda com os *Comentários* debaixo do braço e o caderno de significados no bolso, atira-se intrepidamente qual novo César à conquista do ninho dos pobres passarinhos. O segundo é o velho do século passado que, em companhia do indefectível compadre, recorda as tradições dos tempos coloniais, e conta anedotas sobre a rua das Belas Noites e sobre o excelente governo do sr. vice-rei D. Luís de Vasconcelos.

Assim, pois, não há razão de queixa. O passado e o futuro, a geração que finda e a mocidade esperançosa que desaponta, fazem honra ao nosso *Passeio*, o qual fecha-se às oito horas muito razoavelmente, para dar tempo ao passado de ir cear, e ao futuro de ir cuidar nos seus significados.

Quanto ao presente, não passeia, é verdade; porém, em compensação, vai ao Cassino, ao Teatro Lírico, toma sorvetes, e tem mil outros divertimentos agradáveis, como o de encher os olhos de poeira, fazer um exercício higiênico de costelas dentro de um carro nas ruas do Catete, e sobretudo o prazer incomparável de dançar, isto é, de andar no meio da sala, como um lápis vestido de casaca, a fazer oito nas contradanças, e a girar na valsa como um pião, ou como um corrupio.

Com tão belos passatempos, que se importa o presente com esse desleixo imperdoável e esse completo abandono de um bem nacional, que sobrecarrega de despesas os cofres do Estado, sem prestar nenhuma das grandes vantagens de que poderiam gozar os habitantes desta corte?

Quando por acaso se lembra de semelhante coisa, é unicamente para servir-lhe de pretexto a um estribilho de todos os tempos e de todos os países, para queixar-se da administração e lançar sobre ela toda a culpa. Ora, eu não pretendo defender o governo, não só porque, tendo tanta coisa a fazer, há de por força achar-se sempre em falta, como porque ele está para a opinião pública na mesma posição que o menino de escola para o mestre, e que o soldado para o sargento, isto é, tendo a presunção legal contra si.

Contudo parece-me que o estado vergonhoso do nosso Passeio Público não é unicamente devido à falta de zelo da parte do governo, mas também aos nossos usos e costumes, e especialmente a uns certos hábitos caseiros e preguiçosos, que têm a força de fechar-nos em casa dia e noite.

Nós que macaqueamos dos franceses tudo quanto eles têm de mau, de ridículo e de grotesco, nós que gastamos todo o nosso dinheiro brasileiro para transformar-nos em bonecos e bonecas parisienses, ainda não nos lembramos de imitar uma das melhores coisas que eles têm, uma coisa que eles inventaram, que lhes é peculiar; e que não existe em nenhum outro país a menos que não seja uma pálida imitação: a *flânerie*.

Sabeis o que é a *flânerie*? É o passeio ao ar livre, feito lenta e vagarosamente, conversando ou cismando, contemplando a beleza natural ou a beleza da arte; variando a cada momento de aspectos e de impressões. O companheiro inseparável do homem quando *flana* é o charuto; o da senhora é o seu buquê de flores.

O que há de mais encantador e de mais apreciável na *flânerie* é que ela não produz unicamente o movimento material, mas também o exercício moral. Tudo no homem passeia: o corpo e a alma, os olhos e a imaginação. Tudo se agita; porém é uma agitação doce e calma, que excita o espírito e a fantasia, e provoca deliciosas emoções.

A cidade do Rio de Janeiro, com seu belo céu de azul e sua natureza tão rica, com a beleza de seus panoramas e de seus graciosos arrabaldes, oferece muitos desses pontos de reunião, onde todas as tardes, quando quebrasse a força do sol, a boa sociedade poderia ir passar alguns instantes numa reunião agradável, num círculo de amigos e conhecidos, sem etiquetas e cerimônias, com toda a liberdade do passeio, e ao mesmo tempo com todo o encanto de uma grande reunião.

Não falando já do Passeio Público, que me parece injustamente votado ao abandono, temos na praia de Botafogo um magnífico boulevard como talvez não haja um em Paris, pelo que toca à natureza. Quanto à beleza da perspectiva, o adro da pequena igrejinha da Glória é para mim um dos mais lindos passeios do Rio de Janeiro. O lanço d'olhos é soberbo: vê-se toda a cidade *à vol d'oiseau*, embora não tenha asas para voar a algum cantinho aonde nos leva sem querer o pensamento.

Mas entre nós ninguém dá apreço a isto. Contanto que se vá ao baile do tom, à ópera nova, que se pilhem duas ou três constipações por mês e uma tísica por ano, a boa sociedade se diverte; e do alto de seu cupê aristocrático lança um olhar de soberano desprezo para esses passeios pedestres, que os charlatães dizem ser uma condição da vida e de bem-estar, mas que enfim não têm a agradável emoção dos trancos, e não dão a um homem a figura de um boneco de engonço a fazer caretas e a deslocar os ombros entre as almofadas de uma carruagem.

A boa sociedade não precisa passear; tem à sua disposição muitos divertimentos, e não deve por conseguinte invejar esse mesquinho passatempo do caixeiro e do estudante. O passeio é a distração do pobre, que não tem saraus e reuniões.

Entretanto, se por acaso encontrardes o *Diabo coxo* de Lesage, pedi-lhe que vos acompanhe em alguma nova excursão aérea, e que vos destampe os telhados das casas da cidade; e, se for noite em que a Charton esteja doente e o Cassino fechado, vereis que a atmosfera de tédio e monotonia encontrareis nessas habitações, cujos moradores não passeiam nunca, porque se divertem de uma maneira extraordinária.

Felizmente creio que vamos ter breve uma salutar modificação nesta maneira de pensar. As obras para a iluminação a gás do Passeio Público e alguns outros reparos e melhoramentos necessários já começaram e brevemente estarão concluídos.

Autorizando-se então o administrador a admitir o exercício de todas essas pequenas indústrias que se encontram nos passeios de Paris para comodidade dos frequentadores, e havendo uma banda de música que toque a intervalos, talvez apareça a concorrência, e o Passeio comece a ser um passatempo agradável.

Já houve a ideia de entregar-se a administração a uma companhia, que, sem nenhuma subvenção do governo, se obrigaria a estabelecer os aformoseamentos necessários, obtendo como indenização um direito muito módico sobre a entrada, e a autorização de dar dois ou três bailes populares durante o ano. Não achamos inexequível semelhante ideia; e, se não há nela algum inconveniente que ignoramos, é natural que o sr. ministro do Império já tenha refletido nos meios de levá-la a efeito.

Entretanto o sr. ministro que se acautele, e pense maduramente nesses melhoramentos que está promovendo. São úteis, são vantajosos; nós sofremos com a sua falta, e esperamos ansiosamente a sua realização. Mas, se há nisto uma *incompetência* de jurisdição, nessa caso, perca-se tudo, contanto que salve-se o princípio *Quod Dei Deo, quod Caesaris Caesari.*

A semana passada já o sr. Pedreira deu motivo a graves censuras com o seu regulamento do asseio público. E eu que caí em dizer algumas palavras a favor! Não tinha ainda estudado a questão, e por isso julgava que, não dispondo a Câmara Municipal dos recursos necessários para tratar do asseio da cidade, o sr. ministro do Império fizera-lhe um favor isentando-a desta obrigação onerosa e impossível, e a nós um benefício, substituindo a realidade do fato à letra morta das posturas.

Engano completo! Segundo novos princípios modernamente descobertos em um jornal *velho*, a Câmara Municipal não tem obrigação de zelar a limpeza da cidade, tem sim um direito; e por conseguinte dispensá-la de cumprir aquela obrigação é esbulhá-la desse seu direito. Embora tenhamos as ruas cheias de lama e as praias imundas, embora a cidade às dez horas ou meia-noite esteja envolta numa atmosfera de miasmas pútridos, embora vejamos nossos irmãos, nossas famílias e nós mesmos vítimas de moléstias provenientes destes focos de infecção! Que importa! *La garde meurt, mais ne se rend pas.* Morramos, mas respeite-se o elemento municipal; salve-se a sagrada inviolabilidade das posturas!

Filipe III foi legalmente assassinado, em virtude do rigor das etiquetas da corte espanhola. Não é muito, pois, que nós, os habitantes desta cidade, sejamos legalmente pesteados, em virtude das prerrogativas de um novo regime municipal.

Há pouco tempo eu diria que isto era mais do que um contrassenso, porém hoje, não; reconheço que o ministro do Império não deve tocar no elemento municipal, embora o elemento municipal esteja na pasta do ministro do Império, que aprova as posturas e conhece dos recursos de suas decisões.

Respeite-se, portanto, a independência da edilidade, e continuemos a admirar os belos frutos de tão importante instituição, como sejam a reedificação das casas térreas da rua do Ouvidor, a conservação das biqueiras, o melhoramento das calçadas das ruas da Ajuda e da Lapa, e a irregularidade da construção das casas, que se regula pela vontade do proprietário e pelo preceito poético de Horácio – *Omnis variatio delectat.*

Ora, na verdade um elemento municipal, que tem feito tantos serviços, que além de tudo tem poetizado esta bela corte com a aplicação dos preceitos de Horácio, não pode de maneira alguma ser privado do legítimo direito que lhe deu a lei de servir de *valet de chambre* da cidade.

Pelo mesmo princípio, sendo o pai obrigado a alimentar o filho, sendo cada um obrigado a alimentar-se a si mesmo, qualquer esmola feita pela caridade, qualquer instituição humanitária, como recolhimento de órfãos e de expostos, não pode ser admitido, porque constitui uma ofensa ao direito do terceiro.

E agora que temos chegado às últimas e absurdas consequências de um princípio arbitrário, desculpem-nos aqueles a quem contestamos o tom a que trouxemos discussão. Neste mundo, onde não faltam motivos de tristeza, é preciso rir ainda à custa das coisas as mais sérias.

A não ser isto, provaríamos que o sr. ministro do Império, tomando as medidas extraordinárias que reclama a situação, respeitou e considerou o elemento municipal, e deixou-lhe plena liberdade de obrar dentro dos limites de sua competência. Se me contestarem semelhante fato, então não terei remédio senão vestir o folhetim de casaca preta e gravata branca, e voltar à discussão com a lei numa mão e a lógica na outra.

Aposto, porém, que a esta hora já o meu respeitável leitor está torcendo a cabeça em forma de ponto de interrogação, para perguntar-me se pretendo escrever uma revista hebdomadária sem dar-lhe nem ao menos uma ou duas notícias curiosas.

Que quer que lhe faça? O paquete de Liverpool chegou domingo, mas a única notícia que nos trouxe foi a do desembarque na Crimeia. Ora, parece-me que não é preciso ter o dom profético para adivinhar os lances de semelhante expedição, que deve ser o segundo tomo da tomada de Bommarsund, já tão bem descrita, todos sabem por quem.

Há três ou quatro vapores soubemos que se preparava a expedição da Crimeia; depois disto, as notícias vieram, e continuaram a vir pouco mais ou menos desta maneira. – As forças aliadas embarcaram. – Estão em caminho. Devem chegar em tal tempo. – Chegaram. – Desembarcaram. – Reuniu-se o conselho general para resolver o ataque. – O ataque foi definitivamente decidido. – Começou o assalto. – Interrompeu-se o combate para que os pintores ingleses tirem a vista da cidade no meio do assalto. – Continuou o combate. – Fez-se uma brecha. – Nova interrupção para tirar-se a vista da brecha.

Isto, a dois paquetes por mês, dá-nos uma provisão de notícias que pode chegar até para meados do ano que vem. Provavelmente durante este tempo mudar-se-ão os generais, e os pintores da Europa terão objeto para uma nova galeria de retratos, os escritores tema para novas brochuras, e os jornalistas matéria vasta para publicações e artigos de fundo. E todo este movimento literário e artístico promovido por um bárbaro russo, o qual com a ponta do dedo abalou a Europa e tem todo o mundo *suspenso*!

É um fenômeno este tão admirável como o que se nota no Teatro Lírico nas noites em que canta a Casaloni. A sua voz extensa e volumosa, e os enormes ramos de flores enchem o salão de tal maneira, que não cabe senão um pequeno número de espectadores; o resto, não achando espaço e não podendo resistir à força de tal voz, é obrigado a retirar-se. Entretanto os desafetos da cantora dizem que ela não tem entusiastas e adoradores! Tudo porque ainda não compreenderam aquele fenômeno artístico e musical!

Rio, 1º de abril de 1855

Descobriu-se afinal! A questão das custas é uma *querelle d'allemand*! O regimento foi o pretexto, e a causa verdadeira não se pode conhecer.

Quem sabe! Talvez os que censuram o regimento sejam empregados da Secretaria da Justiça, ou eminentes jurisconsultos incumbidos da fatura de códigos civis!

Os defensores, estes, são homens independentes, que nunca solicitaram coisa alguma do Ministério da Justiça, que podem ter aceito uma comissão científica, sem por isso haverem transigido com a sua consciência, ou desistido da mais ampla liberdade de pensamento.

O que, porém, há de notável nisto é que a censura não procura disfarçar-se com a capa do anônimo, ao passo que o elogio tem pejo, tem vergonha de aparecer em público com o seu verdadeiro nome. Como é bela e louvável essa *modéstia* dos grandes talentos!

Mas qual será essa verdadeira causa que não se pode conhecer? Será alguma das anedotas que se contam por aí a respeito da maneira por que vai a nossa repartição da justiça? Será um desses muitos mistérios de secretaria que já começam a divulgar-se, e a tomar as proporções de um grande escândalo?

Não estamos agora para investigar este ponto; mas, se os defensores do regimento desejam muito, estamos prontos a tentar com eles uma pesquisa, que talvez se torne interessante. A exemplo de Xavier de Maistre, de A. Karr e de Garrett, escreveremos a nossa viagem *Autour du Palais de Justice*.

Esta obra há de ser um monumento de glória para muita gente, um livro precioso, digno de ser estudado pelos *pretendentes*, profissão esta que ainda não tem um roteiro certo pelo qual se guiem aqueles que a seguem!

Mas, por falar nisto, ia-me esquecendo dizer o quanto me tem incomodado ver a causa do sr. ministro da Justiça – uma tão bela causa – comprometida sem dó por um dos *P.P.* do ministério, pelo *P.* do *Jornal do Comércio*.

Depois de ter falado (a propósito de custas) em fivelas de calção, em oráculos de Têmis e esfinges do Egito, nas histórias da vovó, nos iconoclastas, no ministro Roland, e na abóbada celeste, acabou por chamar a justiça *barata*!

E então! Que me diz a isto o sr. ministro da Justiça? Vê como se desrespeita a S. Exa., como se ridiculariza uma instituição de tanta gravidade sobre a nossa magistratura, e sobre todos os empregados dessa repartição?

Se a justiça é *barata*, segundo diz o P. do *Jornal do Comércio*, a consequência é fácil de tirar; razão por que o autor da lembrança tem o cuidado de declarar que é inteiramente alheio a essas coisas judiciárias e forenses.

Mais um título, por conseguinte, para bem tratar de questões desta natureza!

Quanto aos negócios das custas, já não tenho nada que dizer em semelhante discussão, visto que os defensores do regimento estão fazendo sabatina e destruindo mutuamente as objeções e argumentos que cada um apresenta.

O *P.* do *Jornal do Comércio* elogia as custas, a ciência de vovô, a razão dos séculos passados, as coisas velhas e carunchosas; o *P.* do *Correio Mercantil* aceita a ideia civilizadora da revogadora das custas, e condena o sistema emolumentário como usança obsoleta dos nossos antepassados. Um diz que temos justiça barata e gratuita, o outro que urge fazer os tribunais acessíveis ao rico e o pobre.

Assim, pois, lá se avenham os dois, que nós lavamos as mãos neste negócio: podem discutir livremente, podem brigar à sua vontade. Só peço a Deus, para bem do sr. ministro da Justiça, que não se realize o antigo anexim: *Brigam as comadres, descobrem-se as verdades*.

Com efeito, a questão está o mais interessante possível. As *estrelinhas* do *Jornal do Comércio*, depois de uma luminosa definição de imposto, declaram magistralmente que as custas não podem ser classificadas como uma contribuição daquela natureza. Ontem apareceu o *P. na mesma* folha, dizendo "que as custas se devem considerar como um *imposto*, que afinal recai integralmente sobre o demandista de má-fé para punir a sua avidez".

Parece mesmo uma coisa de propósito e caso pensado; um diz uma coisa, o outro contraria imediatamente, e, o que é mais engraçado, contradiz-se a si mesmo. Assim o sr. P. do *Jornal*, que "pouco sabe de estilo forense e de fórmulas sacramentais", declara dogmaticamente que não se devem prescrever essas palavras que ele nem compreende.

Mas o correspondente tem medo que, "condenando aquelas fórmulas como inúteis, se sacrifique uma garantia de precedência (não entendo) para com os direitos da parte"; e como o sr. P. tem medo, está acabado, não se deve fazer a reforma.

Na verdade, que fortes garantias não existem nesses *aranzéis* dos termos antigos, nesses erros gramaticais que formam uma gíria, a que infelizmente se chama estilo forense!

Quando no começo de uma escritura se diz: "*Ano do nascimento de Nosso Senhor Jesus Cristo de mil oitocentos e cinquenta e cinco, aos tantos de tal mês, etc.*", a parte tem mais garantia do que se escrevesse simplesmente a data do ano e do mês.

Se o advogado no libelo se esquecer de traçar meia dúzia de letras maiúsculas, que traduzidas formam um palavreado de rábula, a causa está perdida, as leis da justiça ficam desrespeitadas!

E, portanto, conservemos essas frases ocas, que nada exprimem, que só servem de fazer da linguagem da justiça uma espécie de algaravia, uma gíria incompreensível que ainda mais auxilia a dependência em que vivem as partes a respeito dos homens de justiça.

Olhe, sr. P., quem o obriga a falar dessas coisas comete uma impiedade, porque está comprometendo a sua reputação de anônimo, que já ia tão bom caminho com aqueles seus primeiros devaneios jurídicos, com aquelas glosas feitas à reforma judiciária.

Dizem que os *motes* vinham da Secretaria da Justiça, mas eu não creio em semelhante aleive. São coisas que espalham adrede os invejosos, que têm ciúme do seu gênio, da ciência infusa, capaz de tratar profundamente de questões de que pouco entende. E o erro de imprensa? Não é interessante essa omissão em que falam todos os defensores do regimento, mas que nenhum deles sabe qual ela é? Não é tão regular que o regimento esteja em execução, que os porteiros vão recebendo o meio por cento, e que o ministro ativo e laborioso nem sequer se dê ao trabalho de expedir uma circular retificando a omissão do regulamento? Todos os dias aparece um novo achado. O primeiro foi o erro de imprensa, depois os erros de cópia. Pobres compositores, pobres copistas, que carregais com as culpas de vossos ilustres colegas! quando digo vossos ilustres colegas, refiro-me aos que *compõem* códigos, e aos que *copiam* regulamentos e reformas dos livros franceses e das revistas de legislação.

Semelhante lembrança do erro de imprensa foi desgraçada; todos viram nisto uma confissão dos defeitos e das irregularidades do regimento de custas – confissão desairosa – porque nem ao menos tiveram a coragem de a fazer como uma declaração formal, como uma satisfação às justas e comedidas censuras que apareceram.

Mas entenderam que ficava mal aos mestres, aos decanos da ciência, aos novos papinianos, dizerem claramente que tinham errado, sobretudo quando discutiam com uns ignorantes, que não sabem coisa alguma, e que sem a menor modéstia ousam falar em jurisprudência, quando homens como o sr. P., sacudindo a sua cabeleira empoada, deixam cair o *polme sucoso da ciência*.

Esta última frase é *augusta*: servimo-nos dela, mas não sabemos o que quer dizer. Não faz mal: seguimos o exemplo do correspondente do *Jornal do Comércio*.

Concluindo, porém, este artigo, não podemos deixar de felicitarmo-nos por ver que alguns dos mais distintos e extremos defensores do regimento de custas confirmam com o seu talento e os seus conhecimentos a necessidade de acabar com as custas que percebem os juízes, e de livrar a magistratura desse cancro, embora se conserve o regimento antigo para os ofícios de justiça.

Nunca desejamos reformas precipitadas. Quando atacamos em geral a instituição das custas, foi sempre na ideia de que, reconhecida ela como defeituosa, devia ser pouco a pouco substituída por um sistema mais perfeito.

Por isso, se o sr. ministro da Justiça pretende realizar semelhante melhoramento, poderá contar da nossa parte com aquela mesma pequena e pouco valiosa adesão que temos mostrado sempre que S. Ex.ª tem iniciado uma medida útil para a nossa legislação.

A pena que sem interesses nem considerações defendeu a sua reforma judiciária, e censurou o seu regimento de custas, desejaria poder fazer alguma coisa para a adoção de uma ideia cujo grande alcance todos compreendem.

Isto, porém, não quer dizer que voltamos da nossa maneira de pensar a respeito do regimento. Não: temos a este respeito uma opinião firme; mas, desde que atingimos o fim desejado, guarde cada um a sua convicção e unamo-nos para fazer um serviço à justiça do nosso país.

Quando a questão que presentemente se agita nos levar à extinção das custas que percebem os juízes, todos nós teremos motivos de nos felicitarmos.

Se a razão está da parte dos defensores do regimento, que sustentam a necessidade de uma autorização do corpo legislativo, cabe-nos a nós a iniciativa de uma ideia útil e conveniente.

Se, ao contrário, nós temos a justiça pelo nosso lado, os defensores do regimento terão prestado um relevante serviço à causa pública, dando o exemplo de uma discussão leal, aceitando a verdade de onde quer que ela venha, e auxiliando com as suas luzes uma reforma de grande interesse.

Agora, meu amável leitor, podemos conversar mais familiarmente sobre outras coisas da semana.

Esqueci que hoje é o 1º de abril. O que vos tenho a dizer é muito sério. Pretendia escrever-vos um folhetim apropriado ao dia; mas neste tempo de *custas* tudo *custa*, e por isso resignai-vos à sensaboria da quadra.

Demais, os *poissons* do 1º de abril começaram este ano tão cedo, que já perderam a graça.

O *tudo* e *nada* do *Jornal do Comércio*, que escreve sempre a segunda parte do seu artigo e nunca chega à primeira, descobriu que o regimento de custas era uma pulha.

No Maranhão os visionários espalharam que o dr. Olímpio Machado fora demitido da presidência justamente no momento em que aquele digno funcionário merece toda a confiança do governo pela sua excelente administração.

Nesta corte o Teatro Lírico também nos pregou um formidável logro com o seu baile alcunhado de *Remorso*. Se alguma coisa há nesta farsa que se pareça com o título, é o sentimento do autor por tê-la composto, e o da diretoria por se ter animado a fazer representar uma coisa tão grotesca.

O outro logro foi a récita de quinta-feira, que se transferiu a pretexto de moléstia. Se esse foi o verdadeiro motivo, não sei; a diretoria soberana não dá satisfações ao público; mas diziam por aí que naquele dia, por volta do meio-dia, ainda não se tinha vendido um só bilhete de geral. Naturalmente os apaixonados da Zecchini estavam todos aflitos com a moléstia da *terza donna*.

Ainda uma vez insistimos para que se acabe com esse monopólio lírico, tão prejudicial aos interesses do público. Não sei que razão, ou antes que escrúpulo pode fazer continuar semelhante estado, e recear uma concorrência cujas vantagens são geralmente reconhecidas.

Temos uma nova empresa lírica, que sem nenhuma subvenção se propõe dar espetáculos no Teatro São Pedro de Alcântara. O governo devia não só autorizar semelhante empresa, como facilitar-lhe todos os meios de levar a efeito o seu projeto; porque assim conseguimos ter excelentes representações, melhores artistas, e faríamos dentro de alguns anos uma grande economia, reconhecendo que podem existir empresas líricas não subvencionadas.

Outra grande vantagem desta empresa é a edificação de um grande teatro lírico com as proporções necessárias para facilitar a entrada a todas as classes da sociedade; para isto pede a empresa durante dez anos uma subvenção anual de 120 contos, ficando o teatro pertencendo ao governo no fim do prazo da duração da companhia, que é de quinze anos.

Ora, se atendermos a que o governo teria de despender mais de mil contos na edificação de um teatro daquelas proporções, se considerarmos na economia da subvenção, é evidente que muito ganhamos em auxiliar a nova empresa, e fazer com que ela realize o seu plano o mais breve possível.

E basta de ideias profanas; estamos na Semana Santa, no tempo da Sagrada Paixão, dos santos e poéticos mistérios da nossa religião: aí vêm os dias de prece e recolhimento, e as romarias pelas igrejas.

Este ano a rua do Ouvidor deve estar brilhante. Além das belas casas que por este tempo costumam apresentar-se com todo o luzimento, teremos um novo estabelecimento preparado com o maior luxo e bom gosto.

A *Notre-Dame de Paris* abre amanhã o seu magnífico salão. A respeito de elegância e riqueza é decididamente o primeiro estabelecimento deste gênero que existe na corte.

Que felicidade para os maridos e pais de família! Hão de pagar caro os vestidos e as modas; porém ao menos terão o consolo de reverem-se em magníficos espelhos, de pisarem macios tapetes, e recostarem-se em cômodas poltronas.

O que é verdade é que de amanhã em diante as mocinhas do tom terão um lindo palácio de fadas, e os homens casados um verdadeiro purgatório em vida.

Íamos fechar este artigo, quando nos contaram que a relação desta corte tinha absolvido ao procurador de causas Antônio Manuel Cordeiro. No lugar competente examinaremos este processo, e apreciaremos a justiça dessa absolvição, dada a favor de um homem sobre o qual pesava tão grave acusação.

Rio, 13 de maio de 1855

Estou hoje com bem pouca disposição para escrever.

Conversemos.

A conversa é uma das coisas mais agradáveis e mais úteis que existe no mundo.

A princípio conversava-se para distrair e passar o tempo mas atualmente a conversa deixou de ser um simples devaneio do espírito.

Dizia Esopo que a palavra é a melhor, e também a pior coisa que Deus deu ao homem.

Ora, para fazer valer este dom, é preciso saber conversar, é preciso estudar profundamente todos os recursos da palavra.

A conversa, portanto, pode ser uma arte, uma ciência, uma profissão mesmo.

Há, porém, diversas maneiras de conversar. Conversa-se a dois, en *tête-à-tête*; e palestra-se com muitas pessoas, en *causerie*.

A *causerie* é uma verdadeira arte como a pintura, como a música, como a escultura. A palavra é um instrumento, um cinzel, um *crayon* que traça mil arabescos, que desenha baixos-relevos e tece mil harmonias de sons e de formas.

Na *causerie* o espírito é uma borboleta de asas douradas que adeja sobre as ideias e sobre os pensamentos, que suga-lhes o mel e o perfume, que esvoaça em zigue-zague até que adormece na sua crisálida.

A imaginação é um prisma brilhante, que reflete todas as cores, que decompõe os menores átomos de luz, que faz cintilar um raio do pensamento por cada uma de suas facetas diáfanas.

A conversa a dois, ao contrário, é fria e calculada como uma ciência: tem alguma coisa das matemáticas, e muito da estratégia militar.

Por isso, quando ela não é um cálculo de álgebra ou a resolução de um problema, torna-se ordinariamente um duelo e um combate.

Assim, quando virdes dois amigos, dois velhos camaradas, que conversam intimamente e a sós, ficai certo que estão calculando algebricamente o proveito que podem tirar um do outro, e resolvendo praticamente o grande problema da amizade clássica dos tempos antigos.

Se forem dois namorados *en tête-à-tête*, que estiverem a desfazer-se em ternuras e meiguices, requebrando os olhos e afinando o mais doce sorriso, podeis ter a certeza que ou zombam um do outro, ou buscam uma incógnita que não existe neste mundo – a fidelidade.

Em outras ocasiões, a conversa a dois torna-se, como dissemos, uma perfeita estratégia militar, um combate.

A palavra transforma-se então numa espécie de *zuavo* pronto ao ataque. Os olhos são duas sentinelas, dois ajudantes de campo postos de observação nalguma eminência próxima.

O olhar faz às vezes de espião que se quer introduzir na praça inimiga. A confidência é uma falsa sortida; o sorriso é uma verdadeira cilada.

Isto sucede frequentemente em política e em diplomacia.

Um ministério, aliás bem conceituado no país, e que se sente cheio de força e prestígio, vê-se incomodado por uma pequena oposição nas câmaras, e recorre à *conversa*.

Como faziam os exércitos antigos, como fez Roma e Alba, em vez de uma batalha campal, acha mais prudente e mais *humano* apelar para o juízo de Deus, e decidir a vitória pelo combate dos Horácios e dos Curiácios.

Novo Horácio, separa os inimigos por uma *ruse de guerre* e combate, isto é, conversa com cada um dos inimigos.

Ora, todos nós sabemos, desde o tempo em que traduzimos Tito Lívio, que um Curiácio não é para se medir com um Horácio; por conseguinte, o resultado da conversa é sabido com antecedência.

Instâncias de uma parte, confidências da outra, protestos, acusações, queixas e promessas, tudo de mistura, eis em resumo os elementos de uma conversa ministerial e parlamentar.

De ordinário, esta conversa começa friamente. Caminham lado a lado, mas guardando uma certa distância. Nota-se na fisionomia alguma reserva, uma indecisão mesmo. As palavras trocam-se lentamente, e como que medidas e pesadas.

São os primeiros passos, os botes preliminares de dois jogadores de florete.

Dentro em pouco tempo, há um pequeno arranhão, faz-se sangue. Os homens tomam fogo, falam ao mesmo tempo, gesticulam desesperadamente, e medem o assoalho a passos largos e desencontrados.

Depois de procelosa tempestade,
Sombras de oposição que leva o vento,
Traz a pasta serena claridade
Esperança de voto e salvamento.

Camões

A conversa chega ao seu terceiro período, à sua última fase. Passeiam então braço a braço, ou sentam-se nalgum canto, risonhos, contentes, satisfeitos, como dois amigos que se encontram ao cabo de uma longa ausência, como dois amantes que se abraçam depois de pequeno arrufo.

Desde que começou a ter voga este gênero de conversa governativa, ou política, imediatamente certos espíritos metódicos e sistemáticos trataram de classificar por ela as diversas espécies de oposicionistas ou descontentes.

Assim, há hoje três classes distintas de oposicionistas: 1ª) dos que já conversaram; 2ª) dos que querem conversas; 3ª) dos que não admitem conversa.

Esta última classe dizem que é das mais pobres, e com toda a razão. É preciso ser-se bem misantropo e antissocial para fugir a uma conversa tão amável e de tão grande *interesse*.

Não vão tomar à má parte esta expressão. Quando eu disse que a conversa ministerial é de grande interesse, foi no sentido de ser instrutiva e de deleitar o espírito, deixando impressões agradáveis.

Mas, voltando ao nosso assunto, é inegável a influência benéfica que exerce a *conversa* sobre a alma do homem civilizado.

Nos primeiros dias da sessão da câmara, como ainda há pouco se tinha conversado, a chapa ministerial da comissão de resposta à fala do trono sofreu um *échec*.

Porém neste dia mesmo conversou-se. O ministério tem neste ponto uma grande vantagem: é um senhor que conversa por seis bocas.

O resultado foi que a coisa tomou outro caminho, e entrou nos seus eixos.

Dizem, é verdade, que a nomeação dos srs. Ferraz e Assis Rocha para as comissões de Fazenda e Justiça Civil foi uma verdadeira derrota.

Não creio; estou mesmo convencido que o ministério desejou de coração que duas inteligências distintas, como são estes senhores, fossem aproveitadas, cada uma na sua especialidade.

E tanto isto é assim, tanto essas veleidades de oposição não tomam aspecto sério, que a resposta à fala do trono apresentada ontem mostra a inteira adesão que presta a câmara à política do governo e à marcha da administração.

Felizmente estamos no tempo das ironias; e não se me dá de crer que a câmara é capaz de aprovar aquela resposta, e pouco depois declarar-se em oposição aberta.

E nisto não fazia mais do que seguir o exemplo dos ministros que prometem, protestam, dão palavra, e amanhã nem se lembram do que disseram na véspera.

Ora, não vejo por que a câmara não aproveitará das lições dos seus mestres, ainda mesmo que seja para dar-lhes lição.

Terá medo de dissolução? Acreditará num boato que por aí espalham certos visionários?

Custa-me a crer. O tempo em que os ministérios dissolviam as câmaras já passou; agora estamos no tempo em que as câmaras é que hão de dissolver os ministérios.

Outrora, quando os deputados vinham por sua vontade, com toda a pressa, o ministério os mandava embora.

Atualmente, que é preciso que o governo mande buscar os deputados, é natural que estes mandem embora o ministério.

É a regra do mundo. Depois da ação vem a reação.

Aqui vejo-me obrigado a abrir um parêntese, e a trocar a minha pena de folhetinista por uma pena qualquer de escritor de artigos de fundo.

Não brinquem, o negócio é muito sério.

Vou escrever uma tirada política.

***

A situação atual apresenta um aspecto muito grave, e que pode ter grandes consequências para o país.

Chegamos talvez a esse momento decisivo em que os sentimentos políticos, por muito tempo adormecidos, vão novamente reaparecer e tomar um grande impulso.

No meio do indiferentismo e do marasmo em que se sepultavam os antigos partidos políticos, começam a fermentar algumas ideias, algumas aspirações, que talvez sejam o germe de um novo partido.

Os princípios desapareceram; as opiniões se confundem, as convicções vacilam, e os homens não se entendem, porque falta o pensamento superior, a ideia capital, que deve traçar a marcha do governo.

A política e a administração, deixando de ser um sistema, reduziram-se apenas a uma série de fatos que não são consequência de nenhum princípio, e que derivam apenas das circunstâncias e das necessidades do momento.

A conciliação apresentada como programa pelo ministério atual ficou sem realização.

Foi apenas um meio transitório a que se recorreu quando sentiu-se a necessidade de criar esperanças, que foram depois iludidas.

Todos os sintomas, pois, indicam que o organismo político, em que esteve o país, começa a fazer crise. Deste caos de opiniões, de ideias, de teorias, de convicções mortas e de opiniões que se vão criando, há de necessariamente sair um elemento novo, uma combinação de princípios que deve formar um grande partido.

Quais devem ser as tendências e as bases fundamentais dessa nova política? Quais serão as ideias, as reformas e os melhoramentos que constituirão o seu programa de governo?

É difícil, é quase impossível dizê-lo; mas parece-me que a conciliação, que o ministério não conseguiu realizar nos homens, se há de operar nesta confusão de ideias extremas que deve formar o novo partido.

Há certos fatos necessários, que não dependem da vontade humana, e que entretanto podem ser dirigidos e modificados por ela.

Na época atual, o aparecimento de um partido filho das antigas facções políticas que dividiram o país, é uma necessidade, é uma consequência fatal do estado de coisas.

Cumpria, pois, que os homens eminentes que podem de alguma maneira imprimir a sua vontade nos acontecimentos tomassem a iniciativa, e, criando os elementos desse novo partido, lhe dessem uma influência benéfica e salutar.

Há no nosso país, há no seio da representação nacional, há nas altas posições administrativas homens que deviam incumbir-se dessa missão e levantar a bandeira, em torno da qual se agrupariam imediatamente todos os espíritos que hoje vacilam, todas as aspirações que agora vão nascendo.

Iniciado na tribuna, sustentado pela imprensa, acolhido pela opinião geral, esse novo pensamento, essa nova profissão de fé ficaria conhecida pelo país inteiro.

A política não seria mais uma simples luta de interesses individuais, uma oposição de certos homens. A influência e o prestígio dos grandes nomes tornar-se-iam então um verdadeiro pronunciamento de ideias e princípios.

Todos esperam com ansiedade a discussão do parlamento; todos aguardam o momento decisivo de uma demonstração clara e expressa.

Se nem um desses homens de quem há pouco falamos tomar a iniciativa, então, perdida a fé que inspiram os nomes conhecidos no país, não haverá remédio senão caminhar sem eles.

Os homens novos, que não têm comprometimentos nem precedentes, trabalharão como simples soldados. Algum dia acharão um chefe; e, se não acharem, criá-lo-ão.

Os melhores generais foram soldados.

***

Já era tempo.

Vem de novo, minha boa pena de folhetinista, vamos conversar sobre bailes e teatros, sobre essas coisas agradáveis que não custam a escrever, e que brincam e sorriem sobre o papel, despertando tanta recordação mimosa.

Lembra-te do Cassino?

O lindo baile já não é aquela brilhante reunião de outros tempos, onde se viam agrupadas como flores de uma grinalda todas as moças bonitas desta terra.

Tudo passa; algumas daquelas flores, levadas pelas brisas do mar, lá se foram perfumar outros salões; muitas brilham aos raios de outro sol, e poucas ainda aí vão talvez ultimamente para sentirem as reminiscências de tempos passados.

É verdade que lá de vez em quando nesta grinalda já quase murcha desabrocha uma nova flor, que faz esquecer um momento todo o passado.

Nessa última noite era uma flor do Brasil que, depois de ter brilhado entre as pálidas anêmonas de Portugal, entre os alvos lírios da França, entre os suaves miosótis da Alemanha, veio de novo aquecer-se aos raios do sol da pátria, e perfumar as belas noites de nossa terra.

Se vísseis como ela se balouçava docemente sobre a haste delicada, e se reclinava com tanta graça como para deixar cair as pérolas de orvalho e fragrância que destilavam do seu seio delicado!

No meio de um baile tudo é fascinação e magia.

Tocava a valsa, e a flor se transformava em sílfide, em *lutin*, em fada ligeira que deslizava docemente, roçando apenas a terra com a ponta de um pezinho mimoso, calçado com o mais feiticeiro dos sapatinhos de cetim branco.

Um bonito pé é o verdadeiro condão de uma bela mulher.

Nem me falem em mão, em olhos, em cabelos, à vista de um lindo pezinho que brinca sob a orla de um elegante vestido, que coqueteia voluptuosamente, ora escondendo-se, ora mostrando-se a furto.

Se eu me quisesse entender sobre a superioridade de um pé, ia longe; não haveria papel que me bastasse.

Apareceu também no Cassino uma bela roseira, coberta de flores, em torno da qual os colibris adejavam a ver se colhiam um sorriso ou uma palavra meiga e terna.

Mas a roseira só tinha espinhos para os que se chegavam a ela: os estames delicados guardavam o pólen dourado do seu seio para lançá-lo talvez às brisas das margens do Reno ou do Mondego.

Depois do Cassino, o fato mais notável da crônica dos salões foi o benefício da Raquel Agostini com a representação da ópera *Semíramis*.

A Casaloni caricaturou outra vez o papel de *Arsace*. O elegante e ardente guerreiro da Babilônia desapareceu naquele porte sem nobreza, naqueles gestos sem expressão, naquela frieza de caráter.

Por outro lado, a beneficiada teria feito um verdadeiro *benefício* ao público se tivesse cortado do seu programa uma célebre ária do *Roberto do Diabo* e uma polca de invenção moderna que foi dançada pelo corpo de baile.

O *Ginásio Dramático* continua em progresso. A concorrência nestas últimas récitas tem sido numerosa; e o salão começa a ser frequentado pelas melhores famílias e por muita gente da sociedade.

Por isso já esperava eu. Coloquei aquela pequena empresa sob a proteção das minhas amáveis leitoras; e, embora o meu valimento seja nenhum, eu sabia que, por amor da arte, elas não o deixariam de olhar com bons olhos para esse seu protegido.

Ce que femme veut, Dieu le veut. Se as minhas belas leitoras quiserem, em pouco tempo o *Ginásio* será um excelente teatro, e poderá criar artistas novos e dar-nos bem boas horas de agradável passatempo.

Rio, 21 de outubro de 1855

Estava olhando para o fundo do meu tinteiro sem saber o que havia de escrever, e de repente veio-me à ideia um pensamento que teve *Alfonso Karr*, quase que em idênticas circunstâncias.

Lembrei-me que talvez aquela meia onça de líquido negro contivesse o germe de muita coisa grande e importante; e que cada uma gota daquele pequeno lago tranquilo e sereno podia produzir uma inundação e um cataclismo.

De fato o que é um tinteiro?

É à primeira vista a coisa mais insignificante do mundo; um traste que custa mais ou menos caro, conforme o gosto e a matéria com que é feito.

Entretanto, pensando bem, é que se compreende a missão importante que tem um tinteiro na história do mundo, e a influência que pode exercer nos futuros destinos da humanidade.

Assim por exemplo, aquele meu tinteiro, que ali está encostado a um canto, se por voltas deste mundo fosse parar à Europa, podia tornar-se célebre na história do gênero humano.

Lamartine ou Victor Hugo se quisessem tirariam dali um poema, um drama, um livro cheio de poesia e de sentimento.

Rothschild, ou qualquer banqueiro da Inglaterra, podia com uma simples gota fazer surgir milhões e produzir de repente uma nova chuva de ouro.

Qualquer mulher bonita, com um só átomo daquela tinta, faria a felicidade de muita gente escrevendo na sua letrazinha inglesa três ou quatro palavras.

Meyerbeer ou Rossini num momento de inspiração achariam ali uma ópera divina, uma música sublime, como o *Trovador*, a *Semíramis*, ou o *Nabuco*.

Enfim, o papa amaldiçoaria o mundo inteiro, como acaba de fazer com o Piemonte; Napoleão declararia a guerra à Europa; a Inglaterra levaria a destruição por todos os mares; e a guerra do Oriente se terminaria de repente.

E tudo isto, todas essas grandes revoluções, todos esses fatos importantes, todas essas coisas grandes, dormiam talvez no fundo do meu tinteiro, e dependiam apenas de um capricho do acaso.

Para mim porém, para mim, obscuro folhetinista da semana, o que podia haver de interessante nas ondas negras da tinta que umedecia os bicos de minha pena?

Um devaneio sobre o teatro lírico, uma poesia sobre algum rostinho encantador, uma crítica mais ou menos espirituosa sobre a quadra atual, tão fértil em episódios interessantes para uma pena que os soubesse descrever e comentar?

A minha pena, porém, já não presta para essas coisas; de travessa, de ligeira, e alegre que foi em algum tempo, tornou-se grave e sisuda, e olha por cima do ombro para todas essas pequenas futilidades do espírito humano.

A culpa porém não é dela; é a influência diabólica dessa quadra, que merece ser riscada dos anais da crônica elegante.

De fato, como se pode hoje brincar sobre um assunto, escrever uma página de estilo mimoso, falar de flores e de música, se o eco da cidade vos responde de longe: – *Pão – epidemia – socorros públicos – enfermarias!*

Estais no teatro, esquecido deste mundo e de suas misérias, ouvindo a *Grua* cantar algum belo trecho de música, ou a *Charton* trinar as suas notas de rouxinol francês; não vos lembrais de coisa alguma, senão de que tendes a alma nos olhos, e os olhos noutros olhos – quando sentis no ouvido um zumbido pouco harmônico.

É um sujeito que acabou de cear à lauta e que vos pergunta como vai a epidemia, ou vos conta dois ou três casos que ele presenciou, e cuja impressão *agradável* deseja comunicar-vos como vosso amigo.

Se deitais o óculo para algum camarote e começais a contemplar um talhe elegante ou um colo acetinado, é justamente neste momento que um *economista* de polpa vos agarra para discutir a magna questão da farinha de trigo, e do comércio do pão de rala. Ainda se fosse a questão das carnes – podia ter sua analogia!

Como é possível pois ter um pouco de poesia, e de espírito numa semelhante época? Conto escrever duas linhas sem falar da epidemia reinante, dos atos de caridade, e das enfermarias?

Se isto continua, daqui a pouco os jornais tornar-se-ão uma espécie de boletim; não há nada que diga respeito à moléstia que não se anuncie.

Abri um jornal qualquer do dia, e vereis pouco mais ou menos o seguinte:

"O sr. A, partiu para tal parte; o sr. B, voltou de tal lugar; o sr. C, vai para tal vila; o sr. D, tem dado providências; o sr. E, ofereceu mil cobertores; o sr. F, adoeceu, mas já ficou bom".

E assim por diante; ninguém escapa a esta febre de publicação, que já se estendeu até aos diversos períodos da moléstia.

No meio de tudo isto, as mulheres andam inteiramente absorvidas com a caridade, e não pensam noutra coisa: e a tal ponto, que as moças bonitas já não aparecem, de tão ocupadas que têm estado a fazerem trabalhos para o leilão de hoje.

O que há de ser este leilão, eu adivinho; há de ser uma linda festa, muito concorrida, onde a caridade brilhará no meio de sorrisos graciosos e de olhares brilhantes; em que o amor, a vaidade, o orgulho, todas essas paixões mundanas servirão de pedestal à bela estátua da virtude celeste.

É aí, que as lindas mulheres vão retribuir à Providência, os tesouros de beleza e de graça, que a natureza lhes deu; é aí que o seu belo olhar, o seu sorriso, o seu gesto elegante, pedindo para os pobres, renderão a Deus um verdadeiro culto.

Hoje pois terá lugar uma larga remissão de pecadilhos, e uma justa penitência da parte das moças bonitas e *coquettes*, que por tanto tempo zombaram impunemente dos protestos e da paciência de seus adoradores.

Deixemos porém estes assuntos já esgotados, e voltemos ao teatro lírico, que é atualmente o ponto de reunião mais interessante desta bela capital.

Ultimamente a nossa cena lírica ia perdendo muito no espírito público; embora possuísse duas artistas de incontestável merecimento, o repertório estava já tão conhecido que não oferecia a menor variedade.

Eu, pelo menos, ia ao teatro como um homem levado pelo hábito e acostumado a ouvir todas as noites, recostado à janela, cantar nas moitas do seu jardim alguma ave melodiosa.

Uma noite, era um rouxinol que gorjeava as suas canções mimosas – era a Charton. Outra, era a sereia que embriagava com os sons palpitantes de sua voz harmoniosa – era Emy.

Havia gente que gastava o seu tempo a discutir o que era mais agradável e mais artístico. Os homens de juízo e de bom gosto faziam como eu; admiravam a estrela do céu, e a flor do campo, sem procurar saber qual era mais bela.

Agora porém parece-nos que o teatro lírico vai tomar outro aspecto; preparam-se novas óperas, e trata-se de criar um novo repertório.

Além da *Sapho* que se deve representar breve, teremos com a Charton a *Fidanzata corsa* cujo ensaio começou ontem, e depois o *Nabuco* com E. La Grua e o Walter.

Para o dia 2 de dezembro fala-se numa composição francesa, e numa ópera em que cantarão juntas as duas prima-donas rivais.

Com a chegada porém de Tamberlick e de Julienne-Dejean, é que a nossa cena se reanimará completamente; e que fará gosto assistir a uma dessas lutas do talento e da arte, lutas cujos troféus são as camélias, as rosas, e os lindos ramos de flores que se abatem aos pés do vencedor.

A vinda do Tamberlick é sobretudo muito necessária, não só por não termos um bom tenor, como por consideração para com as nossas patrícias.

Na verdade é uma injustiça imperdoável, que elas não tenham um cantor por quem se entusiasmem; entretanto, que nós temos *Emy, Arsene,* e *Anneta*; nada menos do que três, isto é – um número suficiente para revolucionar o mundo.

Começo de novo a olhar para o fundo do meu tinteiro para ver se ainda há alguma coisa.

Esperai! Lá vejo surgir o que quer que seja – um pequeno *ponto,* um ponto quase imperceptível e confuso, que vai pouco a pouco se tornando mais distinto, como uma vela que desponta no horizonte entre a vasta amplidão dos mares.

Talvez nos traga coisas interessantes e curiosas; notícias que vos compensem da insipidez destas páginas ingratas.

Oh! O ponto cresce, cresce! Vai tomando a fisionomia de uma espécie de porteiro de secretaria, ou de bedel de academia.

Agora vejo-o distintamente; é um amigo velho!

– Bem-vindo, meu bom amigo, bem-vindo, amigo sincero dos folhetinistas e dos escritores, bem-vindo, ponto final!

Não há remédio, senão ceder-vos o lugar que vos compete; ei-lo,

(.)

Manuel Antônio de Almeida

Escritor singular, Manuel Antônio de Almeida nasceu em 1831, na cidade do Rio de Janeiro. Como Joaquim Manuel de Macedo, formou-se em medicina, mas nunca exerceu a profissão. Seu sustento viria quase todo do trabalho com a imprensa. Além disso, foi professor e no final da vida acabou designado diretor da Tipografia Nacional.

Seu único romance, *Memórias de um sargento de milícias*, foi publicado em 1852. O tom satírico, os tipos sociais baixos e a linguagem mais leve acabaram fazendo o livro ocupar um lugar particular na literatura brasileira. As crônicas que reproduzimos resumem bem o trabalho de Manuel Antônio de Almeida para a imprensa.

Em 1861, com trinta anos recém-completados, o escritor morre depois que o navio onde estava naufraga na costa do Rio de Janeiro, deixando imensa curiosidade sobre a obra que com certeza realizaria.

Fisiologia da voz

Balzac pôs a fisiologia em moda; por ele e depois dele todos os sentimentos, todas as funções, os gostos, as ocupações, certos sacramentos, e até certas *desgraças*, foram explicadas em seu modo de ser. Verdade é que a *ciência* pouco ganhou com os descobrimentos daquele escritor e de seus discípulos; estamos porém em época de reformas, e hoje que tudo se emancipa, porque há de o absurdo, esse escravo, esse servo, esse plebeu, continuar a viver na tutela tirânica da verdade, ludibriado, escarnecido, pateado, maltratado? Não tem ele direito aos foros da liberdade? E por quê? Não tem por si todos os títulos de autoridade que se contam na terra?

A realeza, por exemplo, prevalece-se da *antiguidade* como um de seus mais valiosos títulos. E o absurdo não é tão antigo como a razão humana, que o deu à luz logo no seu primeiro dia de existência?

Tudo que procura fazer época neste mundo não se prevalece da autoridade dos grandes pensadores? E qual é o grande pensador que não professou pelo menos vinte absurdos de mão-cheia?

A força não é também um elemento de autoridade? E porventura o absurdo não dispõe da força, e em larga escala? Porventura a esta hora o imperador da Rússia não está dando que fazer aos exércitos inglês, turco e francês?

O absurdo pois dispõe dos três grandes e principais elementos de autoridade na terra: o tempo, os homens e a força. A ele pois os foros de cidadão livre da grande república do mundo; a ele pois o direito de falar, de propor, de eleger, de ser eleito – a respeito destes dois últimos direitos, falando a verdade há muito tempo que se acha na sua posse, e não terá que ganhar; o absurdo elege e é eleito desde longa data – que lhe seja livre fazer-se ouvir de todos os ouvidos pelas cem mil bocas da imprensa; que lhe seja livre cortar o espaço nas locomotivas férreas, romper ondas no fumegante vapor, fender as nuvens no assombroso aerostático, que corra, que gire, que voe.

Dir-me-ão que ele faz tudo isso. Sim; faz, é verdade, bem se vê: o papa está em Roma, Luís Napoleão na França, na Rússia exerce o Knut soberanas funções, no conselho de estado de Paris propõem-se leis contra a imprensa, no Brasil há escravos, Victor Hugo está exilado, Rosas ainda vive, Haynau morreu tranquilo na Hungria, os frades têm conventos.

Bem se sabe disso; o que se quer porém é que ninguém se admire dessas coisas, que se acabem de uma vez os murmúrios em voz baixa, o escárnio pelas costas, as contínuas ameaças de que há de vir o futuro, o progresso e todos esses fantasmas que de tão prognosticados já não há quem com eles se assuste.

Vamos pois também por nossa parte concorrer no artigo fisiologia para a consagração dos direitos do irmão gêmeo da verdade.

Falam do olhar, e dizem que é nele que a alma se manifesta com mais verdade; é um erro.

No olhar a alma transluz apenas; na voz a alma expande-se.

O olhar é a flor que se abre, a voz o perfume que se desprende.

O olhar vive da luz que não está em nós, mas fora de nós, deve-lhe suas reflexões, o seu fogo, as suas centelhas, os seus desmaios; a voz em suas inflexões, em sua harmonia, em seu canto, em seus gemidos, em seus gritos, nada, ou bem pouco, deve aos agentes externos; é toda nossa, é toda do íntimo.

O olhar recebe, a voz dá.

Ponde o mundo em trevas, e a voz será a sua luz.

No olhar não há nada que corresponda ao que na voz se chama o timbre; tudo que há no olhar se qualifica, mas o timbre da voz não tem nome. Quando se quer exagerar a força de um olhar diz-se que ele fala.

Dizem que se mente muito com os lábios, e pouco com os olhos; é que os olhos falam raras vezes.

Não sei que escritor moderno fez a seguinte observação, da mais rigorosa exatidão: que a convivência prolongada de dois entes que se amam acaba por torná-los não só moral como fisicamente seme-lhantes; tomam um do outro certos gestos, os modos e os meneios, assim como tomam as ideias e os princípios. É sobretudo quanto à voz que este fato se verifica com mais exatidão.

É que a voz é a correspondência mais direta, mais íntima das almas.

Tudo que há de grande na natureza fala: fala o homem, fala o mar, falam as florestas, fala a tempestade; tudo que há de belo tam-bém fala, e de um modo todo particular: as aves cantam, o regato murmura, a brisa cicia.

Nos excessos de dor ou do prazer as lágrimas vêm aos olhos e empanam o olhar; quando a alma quebra a cadeia da emoção, expande-se, e às vezes parece que toda inteira, num grito único.

O pranto é eloquente; mas a voz também chora: os gemidos são suas lágrimas.

Na escala imensa que a voz percorre, desde o suspiro quase mudo, apenas murmurado, até o grito agudo, pungente, dilaceran-te, há uma nota para cada emoção. A voz fala, e bem claramente, muito antes de ser palavra, e é então que ela manifesta a alma com mais exatidão e pureza. Quando a voz se modifica na palavra, começa a desnaturar-se; a palavra pode ser a mentira, a voz é sempre a verdade. Quantas vezes a palavra está dizendo não quando a voz está dizendo sim?

Quem nunca viu o pudor em luta com o amor? Um combate com a palavra, é o pudor; o outro com a voz, é o amor. É o mesmo quando a calúnia luta com a consciência: a palavra dá o juramento falso; a voz protesta pela verdade.

É por isso que em todas as línguas uma mesma palavra pode ter dois sentidos absolutamente diversos: com um – não – pode afirmar-se, e com um – sim – negar-se.

Entre a voz e a palavra há quase tanta diferença como entre o corpo e a alma.

Se algumas mulheres soubessem qual o encanto da voz, enfeitariam menos os cabelos e contrafariam menos o riso!

Não contam a história de um cego de nascença que amou tanto a uma mulher como tem amado aqueles que podem ver o rosado das faces, a cor dos olhos, as pérolas do riso?

Adivinhou ele a beleza pela voz? Talvez; mas antes creio que ele amou, porque a voz que ouvia e que o encantou tinha por si todos os atributos que despertam o amor.

Não conheço nada de mais voluptuoso, nem o fogo dos olhos, nem as ondulações do movimento, de que o som de uma voz que, perfumada pelo hálito, nos murmura junto à face, ainda mesmo quando não percebemos bem o sentido das palavras, porque de ordinário essas palavras não o tem.

Penso que a voz é tudo que Deus criou de mais perfeito; devia ser a sua última criação, porque nela tudo se resume.

Mas, como já disse, a voz é a alma, e, meu Deus, é isso o que ela tem de mau. Nem todas as almas são boas almas; há com efeito vozes que são tudo que há de mais antipático neste mundo.

Há muita cara feia, verdadeiras calamidades de carne e osso, que, postas nos ombros de um homem, o acompanham por toda a vida, fazendo que o cerque sempre um cortejo de antipatias, de repugnância, de escárnios, mas afinal chega a gente a acostumar--se com elas, e se não a amá-las, ao menos a tolerá-las. Porém há vozes tão amargas umas, tão azedas outras, tão repugnantemente lânguidas, tão asnaticamente fofas, tão ocas, tão dessaboridas, que nem mesmo o costume lhes vale...

Mas dessas nos ocuparemos quando nos der outro dia a mania de filosofar por conta e risco do absurdo.

A.

O nome

Dizem os gramáticos, gente detestável nestes tempos de discordância, que o nome é uma voz com que se dão a conhecer as coisas. Quando nos tempos de colégio de minha memória, rebelde às exigências do decurião, recusava guardar no seu arquivo esta triste definição, é que o meu espírito, agora o conheço, pressentia-lhe já todo o absurdo e falsidade. Nunca em verdade uma mentira tão grande se escreveu em letra redonda.

Aquilo por que as coisas menos se dão a conhecer neste mundo é pelo seu nome.

O nome é hoje, e não sei se o deixou de ser em algum tempo, a primeira mentira de todas as coisas: é como um cunho do pecado original impresso sobre tudo o que existe.

A tradição da Torre de Babel parece-me errada até certo ponto; o que ali se confundiu não foram as línguas, foram os nomes das coisas.

Daí datou, segundo penso, em falta de origem mais remota, essa confusão à custa da qual tanta gente vive.

Com efeito, se as coisas se chamassem pelo seu nome, muitas leis não seriam leis, muitos legisladores não seriam legisladores, muitos governos não seriam governos, muitos sentimentos não seriam sentimentos, e até muitos homens não seriam homens, nem mulheres muitas mulheres.

Quando se fala em confusão não se pode deixar de falar em mulheres, que são os entes mais confusos da criação. É também nelas que a mentira do nome é mais constante e mais manifesta. Tenho visto algumas, feias como um pesadelo, a quem todos, desde o padre que com o batismo santificou a peta, até elas mesmas – e nisto vai o maior escândalo – chamam pelo nome de *Rosa*, por exemplo.

Algumas há a quem a menor contrariedade encoleriza no mais subido grau, que cospem blasfêmias contra a terra e o céu porque se lhes desarranjou a mais pequenina prega do vestido. Pois se numa ocasião dessas alguém lhe perguntar o nome, responderá com voz de tempestade: Angélica! Há outras que passam dia e noite prostradas ante o altar do espelho adorando a imagem de uma divindade, que às vezes não têm segundo devoto, que nunca põem a mão no peito para ver se o coração palpita, e que morrem no dia em que se convencem da existência da primeira ruga no rosto e do primeiro fio de prata na cabeça. Verdade é que muitas destas ficariam eternas se a morte esperasse tal convicção.

Já perguntei o nome a uma criatura nestas circunstâncias, e respondeu-me que se chamava Modesta!

Os homens a esse respeito não terão também muito de que gabar-se. Daqui se pode concluir que há muita gente neste mundo que mente de cada vez que assina o seu nome.

Há algumas coisas que se diz não terem nome; nisto há uma economia de mentiras. Há porém uma infinidade de coisas que tem uma infinidade de nomes. Entre estes contemos os príncipes, o que por certo não lhes deve ser muito lisonjeiro.

Um homem, ou uma coisa com muitos nomes, devia representar uma ideia pelo menos por cada um deles; se isto se não dá, há mentira em cada nome de mais.

É por isso que ninguém se batiza com uma série de nomes; a igreja não quer santificar senão uma mentira, e já não faz pouco.

Não sei qual foi o povo que primeiro pôs em uso ter um indivíduo muitos nomes; isso não deixa talvez de ser uma invenção espanhola. Os ingleses por certo não estabeleceram semelhante uso.

Entretanto – eis aqui uma prova das misérias humanas – um nome é às vezes a história de uma vida; entretanto há épocas em que os lábios não sabem pronunciar mais do que um nome, em que os ouvidos não escutam em todas as vozes da natureza senão um nome, em que não se tem escrito na memória senão um nome. Sabe Deus quantas vezes entre estas palavras que se estão lendo o autor não escreveu sem querer um *nome*!

Isto porém, como já disse, não prova senão a que misérias está sujeita a pobre humanidade.

Queria que me dissesse qual a razão por que quando um homem se eleva acima do comum, ninguém o conhece nem o chama pela enfiada de nomes com que o obrigam a carregar; por que é que se diz: Lamartine, Chateaubriand, e todo o mundo sabe logo de quem se trata?

Há gente que trabalha a vida inteira para conquistar um nome, que deixa em breve à humanidade, às vezes nas mãos de um descendente, que nem lhe pode com o peso, e o atira de lado para tomar outro mais leve e que mais lhe quadre.

E morre-se por um nome!

E morre-se para manter ileso um nome de honra! Nome de honra! Estas palavras invertidas dão: honra de nome, espécie muito comum e vulgar, cuja conquista não vale o menor trabalho.

Havia em Roma, perto do Coliseu, que dele tirara o nome, um colosso de mármore representando o filho de Agripina. A respeito desta magnífica obra de arte dava-se um fato muito curioso: cada soberano que subia ao trono dos Césares queria que o colosso servisse a perpetuar sua memória. Para isso o que fazia? Nada mais simples: mandava copiar em mármore sua cabeça, e fazendo tirar a que a estátua tinha primitivamente, colocava-se-lhe a nova sobre os ombros. Alguns Césares houve menos pretensiosos que fizeram apenas substituir a cabeça do colosso por uma que representava o sol.

Aquele colosso e suas diversas cabeças representam com exatidão o que se passa no mundo em relação ao nome das coisas: um capricho de César decide o batismo: o que era ontem verdade chama-se hoje mentira, o que era ontem soberano chama-se hoje vassalo, só porque isto aprouve a uma seita ou a um homem.

Mas tudo vai como deve ir, e nem se pode dar que fosse de outro modo. O nome verdadeiro das coisas só Deus o há de dar quando a sua obra imensa se achar consumada: o nome há de então caber perfeitamente a tudo, porque há de compreender a essência e o modo; será a última palavra da Divindade, o selo da grande obra.

Enquanto porém este tempo não chega – e eu pressinto que ele está bem longe – vamo-nos servindo com o nome de empréstimo que temos; o que quero apenas é que não se lhe dê grande importância, porque em resumo o nome é a origem de quase todas as questões com que quebra a cabeça a pobre humanidade, e isso explica ainda a razão por que tanta gente se mete a questionar.

A.

O riso

O homem é o único animal que se ri. – A observação não é nova, nem lhe quero as honras do achado. Se estivesse hoje em veia de filosofar havia entrar na indagação das causas desta singular exceção. Mas contento-me por ora, sem discutir, com a explicação de um pessimista que me disse: o homem é o único animal que se ri, porque é o único animal que é tolo.

O riso tem três variedades principais que eu chamarei de forma: É sorriso, é riso, é gargalhada.

Entre o sorriso e o riso há a mesma diferença que entre o botão e a flor.

No sorriso há toda a incerteza, todo o encanto e toda a fugacidade da esperança.

O sorriso é uma palavra que os lábios dizem sem voz.

O sorriso é belo em todos os rostos; em alguns é um raio de luz que os ilumina com o toque da suprema beleza.

É tímido como a modéstia, passageiro como tudo que é belo na vida.

Se eu tivesse, como muitos de meus colegas de pena, o hábito de namorar pela imprensa, tinha agora aqui a lira afinada para cantar um idílio sobre certos sorrisos que às vezes vejo enfeitar um rosto moreno, tão puros, tão suaves, tão cândidos, que morro de inveja ao lembrar-me que não é só para mim que eles desabrocham. Mas não culpo por isso aos lábios em que eles se aninham, não; eles me estão dizendo: – somos como o céu: na primavera não sabemos senão sorrir. E eu creio que eles têm razão.

Voltemos porém ao assunto.

O riso já não tem todas estas qualidades, ou, pelo menos, não as tem sempre.

Há, por exemplo, rostos bonitos a que o riso dá ainda maior encanto; há mesmo rostos feios que o riso, por assim dizer, enfeita. Mas também há por outro lado caras que o riso transforma em caretas. Muita gente conheço eu que não pode fazer maior desfeita a quem a encara, do que rir-se.

O sorriso pode ser às vezes, e quando muito, um ligeiro disfarce; o riso em muitos casos serve de verdadeira máscara!

O sorriso compõe; o riso transtorna.

O sorriso não é todo do mundo externo; metade do que ele é fica conosco, nossa alma guarda essa segunda parte de que os outros não tomam posse.

O riso não, esse, desde que o soltamos, escapa-se inteiro, e nada fica em nós mesmos do que ele foi.

O prazer acaba ordinariamente quando acaba o riso; ao contrário quando nós sorrimos é que o prazer começa.

O riso parece muito expansivo e não é; basta dizer que tem quase uma só forma para todos os sentimentos; vemos um riso e podemos ficar na dúvida se foi de assentimento ou de escárnio.

O sorriso, não; quando é só dos lábios, quando a alma não participa dele, mostra-o logo no que lhe falta de cândido e sincero.

É fácil fingir o riso; o verdadeiro sorriso não tem imitação.

Com o sorriso podemos exprimir o prazer e a dor; há sorrisos pálidos, tristes, são quase o pranto; mas ninguém confundirá estas duas sortes de sorrisos.

No ruído do mundo, no tumulto das sociedades, os homens e as mulheres riem-se quando se encontram. No silêncio, no retiro, quando dois entes que se amam estão sós com o seu amor, sorriem-se apenas um para outro.

Apesar de tudo o que fica dito, ainda o sorriso e o riso têm entre si pontos de semelhança, que ninguém poderá negar.

Se compararmos porém estas duas variedades com a terceira que a princípio notamos, isto é, com a gargalhada, bem se poderá ver o que de diverso há às vezes entre coisas que se dizem da mesma origem.

A gargalhada está tão longe do riso e do sorriso, como a algazarra do canto.

Sem dúvida foi pensando na gargalhada que se fez o provérbio *risus abundat in ore stultorum*.

A gargalhada é uma desnaturação do riso. O riso deleita; a gargalhada aturde. Não é uma expansão, é um desconcerto. Na gargalhada a boca escancara-se, as faces engratam-se e enrugam-se; os rostos mais formosos tornam-se caricatos; não assenta bem em ninguém. O ridículo daquilo que nos arranca uma gargalhada, reverte um pouco sobre nós mesmos. É por isso que muitas vezes está um homem rindo-se às gargalhadas de qualquer coisa que só ele viu, chegam outros, e, sem saber por quê, começam a rir-se do mesmo modo.

E entretanto, meu Deus! parece que há homens fatalizados a este respeito: as gargalhadas são os pontos e vírgulas das suas orações; dão gargalhadas pelo que eles mesmos dizem, pelo que ouvem dizer aos outros, pelo que veem nos outros e por aquilo que os outros veem neles. Que entes lamentáveis! Que caricaturas de carne e osso!

Querem realizar o prodígio do que se chama – gargalhada homérica – mas, não podendo consegui-lo pelo que toca ao volume, buscam suprir esta falta pela continuidade, e então fazem de toda a sua vida uma gargalhada constante.

As mulheres conhecem mais do que os homens o ridículo de semelhante hábito; por excesso porém algumas tornam-se carrancudas e então pecam pelo extremo oposto.

Tudo nesta vida é assim: o segredo do *justo meio* é a sabedoria eterna. No amor por exemplo não há nada pior do que o excesso. E isso é muito natural; os excessos são raros; e um amor excessivo dificilmente achará correspondência... Mas a que veio aqui falar-se de amor? Talvez pensem que isto tem alguma aplicação; não tem: eu estava dizendo que a gargalhada era uma coisa tola; o amor veio a propósito de coisas tolas.

E, para que não venham outras coisas do mesmo gênero interromper o curso destas muito sérias observações, façamos aqui ponto, alegando, em falta de outra razão, uma que anda agora muito em moda, e que entretanto talvez bem poucas vezes seja tão verdadeira como nesta: *a hora está muito adiantada.*

A.

A independência dos jornais

Quando dois interesses se contrariam, um deles não é legítimo. Este princípio, de aplicações fecundíssimas, é o que santifica, nas lutas da imprensa, a independência do jornalista. Não há escrúpulos que resistam a esta verdade.

Há mil causas de ilusão, há muita hipótese enganosa; mas a harmonia entre os direitos é constitucional na vida das sociedades. Uma daquelas causas, a mais comum talvez, é a extensão, a intensidade dos interesses, que se tomam, de ordinário, como sua razão de legitimidade.

A timidez aconselha o sacrifício do menor ao maior, medindo a justiça pelo tamanho do prejuízo individual, ou pelo número dos prejudicados. Há erro em ambas as hipóteses.

Não há coisa alguma isolada e verdadeiramente individual na sociedade: atrás da maioria aparente que disputa um interesse imediato e de fato, há a maioria real, que disputa o princípio em suas aplicações mais remotas.

Essa é que é a maioria do direito. O que hoje aproveita a cem contra um, sendo ilegítimo, prejudicará amanhã a mil em favor de cem.

É o esquecimento desta doutrina que autoriza reação aparentemente fundada, quando os jornais atacam o que se chama interesses constituídos. Resistir a tais reações é uma das grandes virtudes cívicas dos que tomam a pena por ofício.

A imprensa nunca pode localizar-se em torno deste ou daquele, destes ou daqueles: sua posição é demasiado alta para que ela enxergue nas questões os indivíduos; de sua elevação tudo se vê em grande.

Só a insensatez do egoísmo obcecado pode revoltar-se contra a resistência que as penas íntegras do jornalismo oferecem tantas vezes às seduções do interesse imediato e local. Um jornal não é um libelo de circunstância ou de ocasião, escrito pelo advogado mercenário para não perder a freguesia.

Se todos pudessem saber quantos sacrifícios de conveniência, de amor-próprio, de aflições sagradas custam às vezes algumas linhas que o público lê distraidamente sem lhe compreender o alcance, haveria sem dúvida mais sinceridade nas exigências que se fazem todos os dias à imprensa.

Em muitos casos o jornalista consciencioso realiza o predicado que o anexim vulgar atribui à Providência: *escrever direito por linhas tortas*. Na minha obscura e pouco longa vida de imprensa tive muitas vezes lisonjeiros triunfos nesse gênero.

Atacava hoje a autoridade, aliás em boa-fé, os direitos de um em favor das conveniências de muitos; revoltam-se estes, revoltava-se aquela. Amanhã trocavam-se os papéis, e um dos revoltados, por sua vez acometido, vinha reclamar apressado o apoio contra cuja legitimidade tinha protestado na véspera. O que ontem se tinha chamado agressão, chama-se hoje defesa.

Uma longa série dessas palinódias da parcialidade castigada, confirmaram-me nesta doutrina, que tantas vezes repetida, ainda se aceita com repugnância.

Num jornal que começa como *O Parahyba*, nunca é demasiado recordar estes princípios; eles tranquilizam aos que escrevem, e despertam a benevolência dos que leem.

Não se creia porém que estou aqui a pedir vênia, em nome da redação desta folha, a alguns detratores que ela tem encontrado, e a quem tem feito a justiça e o favor de nulificar.

Não me dirijo senão aos homens de boa-fé, que podem não ter bem presentes, em todas as circunstâncias, as causas de erro nos juízos a seu respeito.

Para aqueles que pecam com resistência, e que morrem impenitentes, nunca há castigo bastante. Sejam profligados, abatidos, esmagados, sem escrúpulo, sem piedade. Este procedimento para com eles é ainda uma consequência, uma aplicação de tudo quanto fica dito.

O que eles atacam quando arremetem contra a individualidade que se antepõe com a censura a seus desvarios, é um direito do maior número, é um direito de todos. Toda agressão que se lhes faça é pois legítima em nome desse direito.

A esses é mister fazer-lhes o benefício de os anular: amanhã eles próprios virão gozar dessa anulação, que deu vigor à causa de um princípio geral, que mais tarde ou mais cedo lhes pode ser proveitoso.

Tenham pois os homens de boa-fé bem presente que o benefício mais remoto que produz a independência de um jornal, é o que recai sobre o jornalista: ele lucraria mais direta e prontamente pondo-se ao serviço dos interesses de ocasião.

Os benefícios imediatos recaem sobre os que sancionaram essa independência com a sua tolerância, e imparcialidade do bom-senso.

M. A. D'Almeida

As flores e os perfumes (lenda oriental)

Numa hora de ciúme o sultão Abdul foi encontrar-se no quiosque do lago com a sultana Djali, causa de seus tormentos.

Achou-a brincando tristemente com um pendão de flores. Sentou-se junto dela, tomou a *guzla* que ela há pouco tinha deixado, e ao som de sua toada melancólica cantou-lhe o seguinte:

"A princípio as flores eram todas brancas e não tinham perfume.

"O sol namorou-se delas, e, nos raios com que as beijava, mandou-lhes as cores de que cada uma se vestiu.

"As que se abriam ao amanhecer para receber do horizonte seu primeiro olhar ficaram com as cores da aurora;

"As que lhe mostravam os seios quando ele estava no ponto mais elevado do céu ficaram rubras pelo fogo de seus beijos nesses momentos de triunfo;

"As que lhe esperavam na hora do ocaso para sorrir-lhe um adeus de saudade ficaram com as cores desmaiadas e melancólicas do crepúsculo.

"Os perfumes eram silfos que vagavam no espaço, transparentes e invisíveis; brincavam com as brisas, adormeciam no seio das nuvens brancas, corriam pela superfície dos lagos, dos mares e dos rios.

"Ora, os perfumes, depois que viram as flores tão garridas com as novas cores, namoraram-se também delas, e, ocultos nas gotas do orvalho da noite, vinham beijá-las ao desdobrar dos botões, antes que o sol aparecesse no horizonte, e apenas ele se escondia no ocaso.

"As flores não desprezaram a luz pelos perfumes, nem também os perfumes pela luz; aceitaram tudo, as cores e o aroma.

"Eram flores! Daí veio que as mulheres gostam tanto delas, e que todas as chamam irmãs.

"Os últimos amantes são sempre os mais felizes, porque para eles se guarda o requinte das carícias.

"Assim sucedeu com os silfos.

"O sol nunca passara de beijos na corola; os perfumes penetraram o seio de suas amadas, encarnaram-se nelas, nenhum mistério lhes foi vedado.

"Mas Deus permitiu que a luz castigasse as flores, e é por isso que, dardejando os raios sobre elas, o sol faz acordar no seu seio os rivais felizes que as abandonam medrosos: ao seu calor evapora-se o perfume.

"É por isso que algumas flores, bem raras, que se conservaram fiéis a seus primeiros amores, que não receberam perfumes em seu seio, têm mais longa vida: as flores sem perfume são de ordinário as que mais duram.

"Ao contrário, quanto mais perfumada é a flor, mais é tênue e menos vive.

"É por isso que as flores ficaram sendo o símbolo das glórias neste mundo, que são vãs, das esperanças que são fugazes, dos sonhos que se não realizam.

"É por isso que, como emblema da duplicidade, elas servem para coroar a fronte dos heróis e enfeitam as vítimas do sacrifício, adornam os altares e as sepulturas, o tálamo e o ataúde.

"Deus podia castigá-las ainda mais, tirando-lhes as cores que lhes dera o sol. Mas, como o seu crime era um crime de amor, quis que elas ficassem sempre belas, e que fosse mais uma prova de que a beleza é vária e ingrata".

Quando ele acabou de cantar, a sultana passou-lhe os braços em roda do pescoço, e entreabriu nos lábios um sorriso de amorosa censura.

O amante olhou-a um instante, e disse:

– Sabes o que me lembra esse teu sorriso? Lembra-me as flores da cantiga que acabaste de ouvir...

A sultana aproximou mais seu rosto do dele, e entreabrindo novo sorriso, deixou ao mesmo tempo escapar um vagaroso suspiro.

O amante, vencido, foi colhê-lo com um beijo na passagem, dizendo, à meia-voz:

– ... Mas ah! o perfume de algumas flores dá a felicidade na embriaguez que produz...

A.

Uma história triste

Dois passarinhos tinham tido na primavera uns amores muito inocentes e muito ternos. Começaram por um trinado alegre nos ramos da mesma árvore, depois fizeram juntos um voo para a árvore vizinha, depois chamaram-se um ao outro nuns pios muito doces para o denso da mata, depois um deles baixou à terra, e ergueu-se levando no bico uma palhinha seca.

Sobre o rio que ali perto corria debruçava-se o ramo de uma grande árvore, e com suas folhas beijava quase a superfície das águas.

Para esse ramo foi levada a palhinha seca que deu começo ao ninho.

Por cima havia a copa da árvore, por baixo as águas do rio. O ninho ficou naquele meio voluptuoso de sombra e de frescura.

Durante alguns dias passaram-se ali ao pôr do sol alguns mistérios que a solidão escondeu; ouviam-se uns chilros intercortados, o sussurro de umas asas que se debatiam, o ramo que se agitava. Depois a aragem, passando pela copa da árvore, desfolhava sobre o ninho as flores que haviam desabrochado naquela mesma aurora.

Um dia, ao despontar do sol, os dois passarinhos cantaram mais do que nunca, esvoaçaram alegres em torno do ramo, pousaram em todas as grimpas da árvore, e de cima de cada uma delas cantaram, trinaram, chilraram.

De dentro do ninho partiram uns pios que mal se ouviam, e começaram a agitar-se umas asas pequeninas cobertas de penugem.

Nesse mesmo dia, ao descair da tarde, os céus cobriram-se de nuvens, e as águas do rio tornaram-se turvas.

De noite caiu a tempestade.

Ao amanhecer, um dos passarinhos, tendo ficado a noite inteira com as asas abertas sobre o ninho para protegê-lo, cedeu o lugar ao outro, e foi nos ramos mais altos esperar um raio de sol que lhe enxugasse as penas úmidas da chuva.

Debalde esperou, o sol não veio nessa manhã.

No entanto, as águas do rio, engrossadas pela chuva da noite, começaram a crescer com um ruído longínquo e surdo.

Já as últimas folhas do ramo se achavam mergulhadas, e este começava a balouçar com o movimento da corrente.

Os infelizes pressentiram o perigo que iam correr as premissas do seu amor, e começaram a esvoaçar inquietos em torno do ninho.

As águas continuaram a crescer, e já se não via a extremidade do ramo.

A inquietação dos malfadados crescia com elas; continuavam a esvoaçar soltando uns gemidos rápidos, mas repetidos, único meio por que podiam manifestar a sua aflição. Quando cansavam, pousavam num ramo vizinho, mas só por um instante, e recomeçavam logo a esvoaçar e a gemer.

As águas cresciam sempre, e já grande parte do ramo estava mergulhado na corrente.

Os infelizes redobravam os voos e os gemidos.

Depois o ramo vergou com a força da água, estalou e partiu-se. Preso às plantas marinhas ficou alguns instantes no mesmo lugar; depois começou a correr levado pela corrente.

O ninho ficara fora da água, e dentro dele os recém-nascidos agitavam medrosos suas asas de penugem para os pais que acompanhavam o ramo, disputando no voo a velocidade da corrente. Correram assim por muito tempo, o ninho sobre as águas, os pássaros cortando o ar.

Quando encontravam alguma raiz ou planta, ou quando nalguma volta do rio a corrente menos rápida demorava o ramo, os infelizes tentavam pousar nas bordas do ninho; mas este ameaçava submergir-se com o peso: eles erguiam-se de novo, e começavam, voando, a descrever em torno dele círculos tão estreitos, que muitas vezes suas asas se encontravam.

Fatigados da luta inútil, já o seu voo era rasteiro, trêmulo e incerto. Pousando em qualquer árvore da margem poderiam cobrar novas forças, mas durante esse tempo onde teriam ido o ninho, e os filhinhos que pipitavam de fome!

Continuaram a voar, e o ninho a correr.

Afinal um deles caiu numa vertigem da fadiga sobre a corrente; quis erguer de novo o voo; abriu as asas na superfície das águas; pesaram-lhe porém as penas molhadas; e sumiu-se num redemoinho que fazia o rio.

O companheiro continuou a seguir ainda por algum tempo o ninho; mas venceu-o também o cansaço; abateu-se trêmulo sobre um ramo da margem, donde caiu desfalecido na corrente.

No entanto era já de tarde; o céu tinha-se tornado limpo, aparecera o sol, as águas do rio tinham baixado.

O ninho encalhou por fim no remanso da areia, onde os infelizes filhinhos de um amor tão inocente e tão puro morreram de fome, de orfandade e de abandono, não tendo vivido duas auroras!

Pois sobre aqueles seres tão inocentinhos, tão inofensivos, que parecem não ter sido criados senão para adorno da criação, pesará também a fatalidade da desventura?

Pois nem aquele amor que fora tão puro e tão breve deixou de pagar ao infortúnio o seu tributo de dores?

Ou será que a Providência que rege os destinos do homem deixa o dos outros seres à lei do acaso?

Se não tivesse medo que se rissem de uma questão de passarinhos, havia de apresentar estes problemas aos grandes pensadores, a ver se os resolviam.

A.

Sobre o organizador

Ricardo Lísias nasceu em São Paulo (SP), em 1975. Graduado em letras e mestre em teoria literária pela Universidade Estadual de Campinas, é doutor em literatura brasileira pela Universidade de São Paulo. Ensaísta e ficcionista, é autor de *Duas praças* (Editora Globo), romance classificado em terceiro lugar no Prêmio Portugal Telecom de Literatura Brasileira 2006, *Anna O. e outras novelas* (Editora Globo) e *O livro dos mandarins* (Alfaguara).

Cronologia do romantismo brasileiro

1822 – Independência do Brasil.

1831 – Abdicação de dom Pedro I, que volta para a Europa. O Brasil passa a ser governado por regentes, até que dom Pedro II complete a idade para assumir o trono.

1836 – Gonçalves de Magalhães publica *Suspiros poéticos e saudades*, inaugurando o romantismo brasileiro. No mesmo ano é publicada a revista *Niteroy*, também de viés romântico.

1838 – É encenada no Rio de Janeiro a peça *O juiz de paz na roça*, de Martins Pena, o dramaturgo mais importante do romantismo.

1840 – Dom Pedro II é coroado imperador do Brasil.

1844 – Joaquim Manuel de Macedo publica *A moreninha*, um dos marcos da prosa romântica brasileira.

1846 – Gonçalves Dias publica *Primeiros cantos*, cujo poema de abertura, "Canção do Exílio", torna-se um marco da estética romântica.

1853 – É publicada a primeira parte de *Obras*, de Álvares de Azevedo.

1854 – Com o pseudônimo de "Um brasileiro", Manuel Antônio de Almeida publica o primeiro volume das *Memórias de um sargento de milícias*. O segundo volume sai no ano seguinte.

1855 – Junqueira Freire publica suas *Inspirações do claustro*.

1856 – José de Alencar estreia na literatura com a novela *Cinco minutos*. No ano seguinte, com a primeira edição de *O guarani*, publica um dos maiores romances indianistas da literatura brasileira.

1859 – Publicação de *As primaveras*, do poeta Casimiro de Abreu.

1865 – Sai *Iracema*, de José de Alencar, outro romance indianista.

1871 – Castro Alves publica *Espumas flutuantes*, impulsionando o movimento abolicionista na poesia romântica.

1872 – O visconde de Taunay publica o romance *Inocência*. Machado de Assis lança *Ressurreição*. No ano seguinte sai o volume de contos *Histórias da meia-noite*.

1875 – Depois de publicar alguns romances, Bernardo Guimarães lança sua obra-prima *A escrava Isaura*. Publicação de *Senhora*, junto com o teatro e a crônica, de José de Alencar.

1876 – Franklin Távora lança *O cabeleira*. Sai *Helena*, de Machado de Assis.

1881 – Machado de Assis publica *Memórias póstumas de Brás Cubas*, primeiro romance realista da literatura brasileira.

1888 – Publicação de *O guesa*, de Sousândrade, que permaneceria desconhecido por muitos anos. Abolição da escravatura.

1889 – Um golpe militar derruba a monarquia e faz do Brasil uma república presidencialista.

Referências bibliográficas

Alencar, José de. *Ao correr da pena*. Organização de João Roberto Faria. São Paulo: Martins Fontes, 2004.

Almeida, Manuel Antônio de. *Obra dispersa*. Introdução, seleção e notas de Bernardo de Mendonça. Rio de Janeiro: Graphia, 1991.

Álvares de Azevedo, Manuel Antônio. *Obras de Manuel Antonio Álvares de Azevedo*, vol. III. 7. ed. Rio de Janeiro: Guarnier, [19–]. 3v.

Guimarães, Bernardo Joaquim da Silva. *Lendas e romances: uma história de quilombolas*. São Paulo: Martins, [19–]. (Coleção Excelsior, 32).

Macedo, Joaquim Manuel de. *Memórias da rua do Ouvidor*. Rio de Janeiro: Garnier, [19–].

Machado de Assis, Joaquim Maria. *Contos fluminenses*. Rio de Janeiro: Garnier, [187-].

Machado de Assis, Joaquim Maria. *Histórias da meia-noite*. Rio de Janeiro: Garnier, [1923?].

Machado de Assis, Joaquim Maria. *Histórias românticas*. Rio de Janeiro: W. M. Jackson, 1938.

Machado de Assis, Joaquim Maria. *Papéis avulsos*. Rio de Janeiro: Garnier, [1923?].

Este livro, composto com tipografia Electra e
diagramado pela Alaúde Editorial Limitada, foi
impresso em papel Chamois Fine Dunas setenta
gramas pela Geográfica no ducentésimo trigésimo
sétimo ano de publicação de *Os sofrimentos do jovem
Werther*, de Johann Wolfgang von Goethe. São Paulo,
agosto de dois mil e onze.